LE MANO

Né en 1951, Serge Brussolo se consacre au thriller, explorant le suspense sous toutes ses formes. Doué d'une imagination surprenante, il est considéré par la critique comme un conteur hors pair, à l'égal des meilleurs auteurs du genre, et certains n'hésitent pas à lui trouver une place entre Stephen King et Mary Higgins Clark. Il a reçu le prix du Roman d'aventures 1994 pour *Le Chien de minuit*, paru au Masque, et son roman *Conan Lord, carnets secrets d'un cambrioleur*, a été élu Masque de l'année 1995. *La Captive de l'hiver* est le dernier ouvrage publié chez cet éditeur en 2001. Grand maître des atmosphères inquiétantes, Serge Brussolo a également reçu le Grand Prix du jury RTL-*Lire* pour *La Moisson d'hiver* (éditions Denoël) en 1994.

[handwritten notes:]

The enchanted manor house

The M...

Born in 1951, Serge Brussolo dedicated himself to the thriller genre.

(le roman à suspense)
exploring suspense/bewilderment in all its forms.

SERGE BRUSSOLO

Le Manoir des sortilèges

Narration, par l'arétalogue Brussolo,
des merveilleux faicts du preux
et vaillant escuier Gilles et des grandes adventures
où il s'est trouvé en son temps

ÉDITIONS DU MASQUE

Ces sortes de choses étant mystérieuses, mieux valait ne les point approfondir.

Alexandre Dumas, *Les Trois Mousquetaires*

Sed qui mordere cadaver sustinuit, nil nunquam hac carne libentius edit ; nam scelere in tanto ne quaeras et dubites an prima voluptatem gula senserit ; ultimus autem qui stetit, absumpto iam toto corpore, ductis per terram digitis aliquid de sanguine gustat.

Juvénal, Satire XV

(Mais celui qui a eu le courage de mordre dans un cadavre ne mange plus jamais rien qui lui semble meilleur que la chair humaine. Inutile de te demander si, lors de ce crime incroyable, le premier qui y goûta fut le seul à s'en régaler, puisque quand vint le tour du dernier, celui-ci, voyant que tout le mort avait déjà été dévoré, mouilla ses doigts dans le sang qui couvrait la terre pour ne point être privé d'y goûter.)

Avertissement aux lecteurs

Les actes de cannibalisme évoqués plus loin furent fréquents au Moyen Âge, et ne relèvent nullement de la seule imagination de l'auteur. Perpétrés pendant les famines, les disettes, ils firent de nombreuses victimes, principalement parmi les enfants. Quant à la personnalité de Gilles de Rais – auquel il est fait allusion – elle est complexe et sujette à toutes les polémiques, puisqu'on ne sait toujours pas aujourd'hui si le trop fameux Barbe-Bleue fut effectivement un sataniste et un tueur d'enfants multirécidiviste, ou un innocent pris dans les rets d'un complot ourdi en haut lieu.

D'autre part, il convient de préciser, selon l'usage établi, que les personnages décrits par l'auteur sont imaginaires. Si, par coïncidence ou malice, les noms de personnes existant réellement venaient interférer avec la fiction, il ne pourrait donc s'agir que d'un pied de nez du hasard, et l'auteur ne saurait en être tenu pour responsable.

CHAPITRE PREMIER

LE SANGLIER GRIS

C'était une pluie de fer qui crépitait sur les armures avec un bruit terrible, comme si des milliers d'ongles battaient la mesure sur les cuirasses des jouteurs. Gilles marchait entre les tentes aux vives couleurs. L'averse fustigeait le camp. Les oriflammes, gonfanons et pennons des combattants pendaient, dégoulinants, au sommet des mâts. Il avait suffi d'un nuage pour que la fête prenne soudain sinistre allure. Le soleil enfui, les chevaux avaient commencé à piaffer en secouant leur crinière. D'un coup, toute lumière avait déserté le ciel, la nuit s'était installée en plein jour.

Écuyers, palefreniers avaient aussitôt fait la grimace. Un tournoi sous la pluie, c'était la pire chose qu'on puisse imaginer. Les bêtes allaient déraper dans la boue, se briser les pattes. Les chevaliers ne pourraient mettre pied à terre sans perdre l'équilibre.

Gilles craignait aussi la foudre. Il la savait dangereuse, sournoise. L'acier des armures, des épées brandies, des pointes de lance l'attirait aussi sûrement que l'odeur du sang fait sortir le loup du bois. Un an plus tôt, il l'avait vue foudroyer un combattant au moment où celui-ci levait son glaive. L'image continuait à le hanter.

Le ciel qui s'ouvre dans un craquement, puis la langue de feu bleuâtre, le zigzag de lumière qui descend s'accrocher à la pointe de l'arme brandie. Aussitôt le costume de guerre s'illumine telle une pièce de fer tirée de la forge. D'abord d'un rouge éclatant, le voilà amolli sous la morsure de la chaleur, déjà ses contours commencent à s'affaisser...

Oui, Gilles avait su d'emblée qu'il n'oublierait jamais cette scène, l'homme, debout dans sa carapace incandescente, prisonnier du vêtement de métal, le ciel noir fissuré de crevasses par où coulaient le feu et l'eau du firmament. Quand le malheureux tomba enfin sur les genoux, la cuirasse dégageait une telle chaleur qu'on ne put s'en approcher. À l'aide d'un bâton, l'un des écuyers souleva la ventaille du casque, dévoilant un visage noirci, carbonisé. Un charbon dans lequel on avait sculpté à traits grossiers une ébauche de tête humaine.

Gilles se méfiait de l'orage. Les chevaux devenaient ombrageux, imprévisibles, se cabrant au plus mauvais moment. La pluie rendait les armes glissantes, elle s'infiltrait à l'intérieur des heaumes, aveuglant les chevaliers dont la vision se trouvait déjà limitée par l'étroite fente du casque.

Le jeune homme jeta un coup d'œil autour de lui, embrassant le spectacle désolant des tentes crottées, des oriflammes gorgées d'eau et qui pendaient au bout des hampes telles les peaux d'animaux écorchés.

Et le bruit... Le bruit de l'averse sur les cuirasses, roulement de tambour acide qui vous emplissait les oreilles.

La journée s'était pourtant annoncée riante, la joute aimable. Deux heures plus tôt, le soleil faisait encore resplendir la soie des étendards, le cuivre des trompettes. Tout le camp baignait dans la lumière, l'éblouissement. Les pages, les écuyers couraient, le chiffon à la main, astiquant cuirasses et boucliers, faisant étinceler le fer des armes et le mors des bêtes. Gilles les avait imités. On disait qu'il n'avait pas son pareil pour faire briller l'acier des épées. Souvent, on avait tenté de le saouler pour l'amener à révéler le secret de la pâte dont il se servait pour entretenir les armes de son maître, le chevalier Thibault d'Estriviers. Mais bien qu'encore jeune, Gilles supportait sans mal le vin épais des tavernes, et n'avait jamais livré aucune recette.

Il grelotta. Ses chausses trempées lui faisaient grimper des frissons le long des cuisses. Il n'aurait pas été plus mouillé s'il avait piqué une tête dans l'étang voisin.

Tout en regagnant la tente de messire Thibault, il observait le ciel. La foudre était là, aux aguets, on la devinait grondant derrière le rempart obscur des nuages. Lingot de métal porté à l'incandescence, elle atteindrait bientôt l'état liquide et se mettrait à couler en zigzags de feu sur la tête des hommes. Gilles se signa, le cœur étreint d'un cruel pressentiment. C'était un mauvais jour, un de ces moments de noirceur où les esprits malins s'amusent avec les hommes comme avec des pantins, les contraignant à de ridicules pirouettes.

S'il avait eu quelque pouvoir sur son maître, Gilles aurait prié Thibault d'Estriviers de plier bagage et de reprendre la route sans tarder. De tristes choses allaient se dérouler ici ; l'orage en annonçait la venue imminente, et seuls les fols, les orgueilleux s'obstineraient à vouloir entrer en lice pour s'affronter selon les règles courtoises.

Gilles écarta le pan de toile défendant l'entrée de la tente et se glissa dans la pénombre de l'abri. Un brasero y installait une chaleur agréable. Thibault d'Estriviers était couché sur son lit de camp, à demi nu, seulement vêtu de ses braies, et la lueur des chandelles qu'il avait fallu allumer en hâte jetait un halo tremblotant sur son torse couturé de cicatrices. Gilles connaissait bien la plupart de ces plaies qu'il avait ravaudées lui-même au cours des dernières années. Combien de fois, à la fin d'un tournoi, avait-il dû saisir l'aiguille courbe et le fil frotté de graisse pour recoudre la chair béante de son maître à la façon des fisiciens maures ? Car une joute, même aimable, ne vous laissait jamais indemne. Lorsqu'une lance vous arrachait du destrier en plein galop, votre corps, enveloppé des cent vingt livres de l'armure, heurtait le sol avec violence. Alors la chair se fendait, les os se brisaient. Il n'était pas rare qu'un combattant ait la tête fracassée. Gilles avait vu des blessés dont l'armure était si tordue qu'on ne pouvait plus les en extraire pour leur prodiguer les soins nécessaires. L'écuyer devait s'improviser forgeron, travailler de la pince et du marteau pour libérer son seigneur en piteux état.

Le garçon s'approcha du brasero pour se réchauffer. Du coin de l'œil, il épiait son maître. Thibault vieillissait. Il avait le poil gris d'un vieux sanglier et ses muscles s'affaissaient. Sa silhouette massive avait malgré tout quelque chose de fragile.

« Trop vieux, songea Gilles. Trop vieux pour ces rencontres de chiens fous. Ces défis absurdes. »

Mais Thibault avait été un rude jouteur, le meilleur sans doute. Sans fief ni château, ancien seigneur de guerre privé d'emploi, il avait – à la fin des hostilités – entrepris de gagner sa vie en participant aux tournois qu'organisaient les seigneurs pour égayer la vie monotone des provinces.

Longtemps, Thibault avait régné en maître sur ces rencontres où se pressaient de jeunes guerriers inexpérimentés ou des fiers-à-bras désireux de briller aux yeux des belles dames.

Longtemps, Thibault s'était joué d'eux, les renversant d'une chiquenaude, les envoyant rouler dans la poussière dans un vacarme de ferraille.

La joute gagnée, le droit du vainqueur l'autorisait à se saisir des armes, des montures, de l'équipage et même des serviteurs des vaincus. S'il avait voulu emporter son butin, il lui aurait fallu fréter trois ou quatre carrioles, mais l'on s'arrangeait autrement. Le fer coûtait cher, les bons écuyers ne se trouvaient pas sous le pas d'un cheval, et une armure forgée sur mesure valait son poids d'or. Pour toutes ces raisons, les perdants insistaient pour racheter leur équipement, si bien qu'on s'en allait sans trop tarder, lestés d'écus sonnant joyeuse musique.

Gilles avait partagé durant quatre années pleines cette vie de triomphes faciles. Quoique taciturne, Thibault n'était point méchant. Il aimait manger, boire et culbuter les paysannes au fond d'une grange comme au temps de ses campagnes. Il était resté soudard dans l'âme et regrettait le bon temps des guerres de jadis, quand les armées hurlantes caparaçonnées de fer se jetaient les unes sur les autres pour en découdre dans un bruit de fin du monde. Le vacarme des tueries lui manquait, et les cris des hommes broyés sous les chevaux aux jarrets sciés, et l'odeur du sang, de la sueur, de l'écume...

« Mais à présent, il est vieux », songea de nouveau Gilles en faisant un pas vers la couche. Quand cela avait-il commencé ? Quand Thibault avait-il mordu la poussière pour la première fois ?

Au début, le jeune écuyer avait mis ces défaillances sur le compte des débordements nocturnes de son maître : trop de vin, trop de viande rôtie, trop de filles renversées. Puis la vérité lui était apparue soudain, toute simple et terrible : trop d'années.

— Cela s'arrange ? demanda le chevalier d'une voix rauque. Il pleut toujours ?

Il parlait pour tromper l'angoisse, car personne ne pouvait ignorer le vacarme de l'averse sur les toiles des tentes, ce bruit de tambour feutré, agaçant pour les nerfs.

— Seigneur, plaida Gilles. Le ciel est rempli de mauvais signes, il serait plus sage de renoncer. La nuit s'est installée en plein midi et l'on n'y verra bientôt plus à dix pas. Vous voulez donc combattre à la lueur des torches ?

— Pourquoi pas ? grogna Thibault. Arrête de faire ta femelle, tu sais bien que nous n'avons plus un écu. Il nous faut livrer bataille ou manger nos chevaux. Il n'y a rien à craindre, ce ne sont que des jouteurs de province, des gosses habillés d'armures trop grandes héritées de leurs pères. Je les renverserai au premier passage.

Gilles aurait voulu le croire. Il ne pouvait détacher son regard des cicatrices. Certaines étaient toutes fraîches, encore violacées, elles se rouvriraient au moindre choc. Cependant, Thibault avait raison : l'escarcelle était vide, les dernières agapes en avaient épuisé les ultimes écus. Et puis il y avait eu l'interminable convalescence après cette mauvaise blessure à la poitrine, ce coup de lance qui avait crevé le fer de la cuirasse et ouvert les chairs jusqu'à l'os. Il avait fallu laisser le temps faire son œuvre. « Demain, je serai sur pied », promettait tous les soirs Thibault, mais le matin le trouvait fiévreux, dolent, les pansements suppurants. La plaie avait mis du temps à se refermer, et durant toute cette période, ils avaient dû vivre sur leurs réserves, épuisant peu à peu leur trésor.

Ensuite, il y avait eu des joutes sans importance, ne rapportant rien. De méchantes armures que les vaincus ne s'étaient même pas donné la peine de racheter, et qu'il avait fallu céder à vil prix au forgeron. De médiocres victoires indignes d'un ancien héros des lices. Des tournois organisés par des nobliaux un peu rustres, à peine plus dégrossis que leurs serfs.

Le tonnerre roula au-dessus de la tente, faisant sursauter Gilles. Le feu bleuâtre de l'éclair traversa la toile, jetant sur le corps nu de Thibault un éclat blême, et, l'espace d'une seconde, le chevalier parut vidé de son sang. Gilles se signa, épouvanté par ce présage. Dehors, les chevaux piaffaient, hennissaient, fouillant la boue du sabot.

— Maître... hasarda le jeune homme. Partons, je vous en supplie, il n'y aurait pas de honte.

— Assez ! tonna Thibault en se dressant. Tu me casses les oreilles. On dirait presque que c'est toi qui vas prendre les coups !

Gilles recula, car le chevalier brandissait ses poings énormes, musclés par le maniement incessant des armes, des mains de géant... mais qui se couvraient peu à peu de poils gris.

L'écuyer pensa qu'on aurait dû annuler la fête, reporter la joute. Le baron du lieu était-il stupide au point de ne pas se rendre compte que l'affrontement allait se dérouler dans des conditions épouvantables ? Mais peut-être cela l'excitait-il ? Les dames ne détestaient pas que les rencontres dégénèrent, se changent en effusions de sang. On s'ennuyait tant au fond des provinces.

— Habille-moi ! commanda Thibault d'une voix sourde. Les hérauts vont bientôt sonner l'engagement.

Il n'y avait rien à objecter. Vaincu, Gilles ouvrit le coffre, se saisissant de la longue chemise de lin que rosissait encore, çà et là, la trace d'une ancienne tache de sang. En silence, il commença à vêtir son seigneur, empilant cuir sur toile, laçant, nouant. Il éprouvait un certain soulagement à ne plus voir cette chair couturée, cette carcasse puissante mais usée. Ensuite, il procéda à l'ajustement méticuleux de la cuirasse, vérifiant la souplesse des attaches. C'était une vieille armure qu'il avait lui-même débosselée nombre de fois. Thibault n'en voulait pas d'autre, de toute manière on n'était pas assez riches pour commander un modèle plus élaboré auprès d'un artisan. Quoique démodée, elle restait efficace et ne raccourcissait pas trop la liberté de mouvement. De plus, le chevalier – qui se moquait d'ordinaire des superstitions – y tenait comme à un talisman car elle lui avait sauvé plusieurs fois la vie pendant la guerre.

En sueur, Gilles acheva de boucler Thibault dans sa carapace. La pluie crépitait toujours et le soleil semblait avoir définitivement sombré au sein des nuages gonflés d'encre.

Dans un cliquetis, Thibault s'avança sur le seuil de la tente pour contempler le paysage. On avait dressé les lices au pied d'un méchant château sans grâce, au donjon courtaud. Les tribunes, bien conçues, offraient toutefois une bonne protection aux spectateurs massés sur les bancs. Enveloppés de fourrure, nobles dames et gentils seigneurs attendaient en échangeant des compliments courtois, comme le voulait la mode. Entre les barrières, le champ d'affrontement n'était qu'une mare de boue. Gilles se mordit la lèvre inférieure, imaginant déjà l'enchevêtrement des chevaux renversés, des hommes empaquetés de fer et pataugeant dans le bourbier, tels des insectes culbutés sur le dos, incapables de se relever. Ce serait laid. Un méchant combat, oui, un tumulte où l'on finirait par frapper en aveugle, pressés d'en finir.

En outre, la rumeur affirmait que cette joute avait été organisée dans le seul but de distraire les villageois d'une vilaine affaire de meurtres d'enfants qui défrayait la chronique depuis des mois. On chuchotait qu'un ogre écumait les campagnes, invisible, insaisissable, se gaussant des patrouilles comme des hommes d'armes. Le seigneur de la contrée avait donc improvisé ces festivités pour apaiser la grogne des serfs et s'éviter une jacquerie.

Le pressentiment qui oppressait Gilles depuis le matin lui serra davantage la gorge, il faillit céder au besoin de retenir Thibault par son gantelet.

– Mon destrier, dit le chevalier. Aide-moi à me mettre en selle. Ma blessure à l'aine me fait encore souffrir.

Gilles obéit, dans une sorte d'état second, tel un homme qui s'oblige à accomplir dans le détail une besogne sans importance alors que l'Apocalypse gronde à sa porte. Il entendit son maître gémir au moment où il enfourchait sa monture. Quelque part dans les tribunes, des trompettes résonnèrent, annonçant le début de la joute, et les hérauts clamèrent les noms des braves seigneurs inscrits sur le rôle du tournoiement.

Thibault se redressa sur la selle. Le heaume amplifiait sa respiration saccadée. « Il a peur », pensa Gilles, puis, aussitôt, il eut honte de s'être laissé aller à une telle bassesse.

C'était la première fois qu'il avait lui-même la venette. Jusqu'alors il n'avait jamais douté de la victoire de son maître, et c'est même avec une certaine forfanterie qu'il avait vu le chevalier monter au combat. « Vas-y ! avait-il souvent pensé, et cogne-leur sur le casque jusqu'à les rendre sourds ! »

Longtemps il avait pris plaisir à voir Thibault désarçonner ces fiers-à-bras, ces jeunes coqs arborant des armures si neuves qu'elles paraissaient d'argent.

Il aimait voir se bosseler les cuirasses, se tordre les boucliers. Il se réjouissait du vacarme de ferraille des cavaliers démontés... et puis un jour Thibault était tombé à son tour, et Gilles avait cessé de ricaner. L'inquiétude s'était insinuée en lui. Que se passerait-il si un jour son maître était vaincu ?

« Il cherche le danger, pensait parfois le garçon. Il sait qu'il est vieux, il veut mourir en selle, comme il a vécu. »

Thibault le traitait avec rudesse, soit, mais ce n'était pas un mauvais maître. Jamais il ne l'avait battu ou puni, et Gilles tremblait à l'idée de ce qui lui arriverait si son seigneur mourait. Lorsque les biens du vaincu devenaient la possession du vainqueur, il fallait en effet s'attendre à tout. On pouvait être vendu comme esclave, rabaissé à quelque tâche ingrate, devenir moins qu'un serf. Personne ne vous faisait plus confiance, on vous accusait de porter le mauvais œil. Gilles redoutait le moment où il lui faudrait subir cette déchéance, car depuis quelques mois, il ne doutait plus de l'imminence de la disgrâce.

Les trompettes sonnèrent une troisième fois, et Thibault rabattit la ventaille de son heaume.

– Allons ! dit-il en tendant sa main gantée de fer pour saisir la lance que lui tendait Gilles.

CHAPITRE DEUX

UN VISAGE DANS L'ACIER

Dès le début, la joute s'engagea mal.

Gilles sentit une odeur étrange dans l'air, comme si une bête rôdait à la lisière de la forêt, hésitant encore à sortir du couvert. Les exhalaisons de ce prédateur associées au roulement incessant des éclairs avaient rendu les chevaux fous. Ils se cabraient, hennissaient, battaient l'air de leurs sabots tandis que les cavaliers avaient le plus grand mal à se maintenir en selle. L'écume à la bouche, les montures essayaient de mordre les écuyers. Elles s'emballaient au moindre coup d'éperon, projetant de grandes éclaboussures boueuses en tous sens.

Au premier choc, quelque chose se dérégla. Les lances de frêne, de sapin ou de pommier se brisèrent, aspergeant les spectateurs d'esquilles qui se fichèrent douloureusement dans les visages penchés au-dessus des barrières. Renversés par la violence du coup, un cavalier et son cheval s'abattirent dans la foule, écrasant une femme du peuple et deux enfants dont les os craquèrent sous le poids de la bête revêtue de plaques d'acier. Cet accident ne brisa pourtant pas le rythme des charges. Au vrai, personne n'y prêta attention tant la nervosité de chacun était grande. Le jeu dégénérait, une étrange folie s'emparait des combattants. Tous frappaient comme si leur vie dépendait de la précision des coups.

Un jeune baron fut arraché de selle avec une telle force que son armure éclata. Il s'abattit dans la boue, son costume de fer éparpillé, ses harnais rompus. Le cheval de son adversaire lui passa sur le corps, lui enfonçant la poitrine. Les jouteurs allaient, venaient, ne prenant que le temps de se fournir en armes auprès des écuyers qui leur tendaient lances, épées, massues ou bonne hache danoise.

Le bruit de l'acier martelé couvrait les cris de la foule. On ne savait qui tapait sur qui. Le rideau de pluie estompait les choses, donnant l'illusion que les combattants s'affrontaient sous une cascade, au milieu d'un torrent. Un seigneur digne de ce nom aurait interrompu la joute, mais les gens de la tribune d'honneur demeuraient figés, muets, le visage couleur de cire. Les dames haletaient doucement, une main plaquée sur la poitrine, des taches écarlates sur les joues, à la fois horrifiées et séduites par tant d'inutile bravoure.

Pendant ce temps, les guerriers férissaient de toutes leurs forces, cabossant boucliers et cuirasses. Du sang jaillissait des fentes des casques, des cubitières, en rigoles aussitôt lavées par la pluie.

Il y avait dans l'œil des chevaux une haine démente qui faisait d'eux des bêtes sauvages. Dès qu'un cavalier roulait sur le sol, les destriers le piétinaient, et les sabots écrasaient les heaumes tels des marteaux s'abattant sur un gobelet d'étain. La terre était jonchée de débris d'armures, de blessés que les écuyers avaient abandonnés à leur sort de peur de se faire happer par les bêtes déchaînées.

Gilles se passa la main sur le visage. L'air était brûlant, la pluie avait un goût de sel. Il y vit la confirmation d'un sortilège. Une mystérieuse puissance avait jeté un charme sur le tournoi, et la peur diffuse qui régnait sur le camp depuis le début de l'après-midi s'était répandue dans tous les cœurs. Chacun, se sentant inexplicablement en danger, défendait sa vie contre un ennemi qu'on devinait proche sans parvenir à voir son visage. On frappait au hasard, sur tout ce qui bougeait, pour montrer sa force, pour effrayer la puissance démoniaque rôdant dans les airs.

Les chevaux galopaient, les flancs labourés par les éperons. L'inquiétude s'était emparée de tous, contagion inexplicable qui mettait les esprits en déroute. Derrière les barrières, les enfants s'étaient mis à pleurer et tiraient sur la robe de leur mère ; mais les adultes restaient immobiles, les yeux écarquillés, assistant à la tuerie sans pouvoir s'arracher au spectacle. Les curieux des premiers rangs étaient déjà couverts de fange, de sang. Grelottant dans leurs nippes trempées, ils paraissaient attendre on ne savait quelle catastrophe finale. Gilles eut envie de leur crier de prendre la fuite, de se réfugier au fond de leur chaumière et d'en bloquer la porte avec un banc, mais c'était au tour de son maître d'entrer en lice, et il se planta bravement près du râtelier où s'alignaient lances de rechange, épées à deux mains, guisarmes et fléaux.

Contrairement à ce qu'on attendait, Thibault se comporta d'honorable façon. Sa grande habitude de la guerre le rendait imperméable à l'atmosphère de panique générale. Gardant la tête froide, il contrôlait ses mouvements et profitait des erreurs de ses adversaires. Il en démonta deux sans difficulté, mais sitôt à terre, les chevaliers revinrent à l'attaque, essayant d'éventrer sa monture à coups d'épée. Le combat n'avait plus rien de courtois, c'était à présent une foire d'empoigne où tous les coups étaient permis.

Gilles faisait diligence, passant le plus rapidement possible les armes de rechange que Thibault venait chercher chaque fois que son destrier faisait une volte en bout de piste. Lorsqu'il tendit à son maître la grande épée à deux mains, il eut un frisson de terreur. L'espace d'un moment, il avait cru discerner le reflet d'une face ricanante dans l'acier poli de la lame.

Il connaissait le dicton : *les épées sont le miroir des démons*. Il savait que les créatures infernales se reflètent dans le fer luisant des armes de guerre car c'est là le seul miroir capable de supporter leur image hideuse sans se fendre aussitôt de haut en bas. Quand les diables étaient en veine de méchanceté, on pouvait aussi les voir apparaître dans les cuirasses, et c'était là chaque fois présage funeste.

Gilles se signa, fixant l'épée que son maître brandissait déjà : une fière lame normande pesant ses quatre livres. Avait-il vraiment vu ce visage tordu, au rictus inhumain ? L'odeur du sang et de la folie avait attiré les spectres. Ils étaient là, mêlés à la foule mais invisibles aux yeux des mortels. Seul le fer des armes matérialisait leur reflet. Le jeune homme essuya la pluie qui gouttait de ses sourcils, et scruta le fer d'une hache. Il lui sembla qu'une gueule de gargouille y dansait, déformée par la distance et l'averse. À l'aide d'un chiffon, il frotta la surface de l'arme dans l'espoir d'effacer cette vilaine image. Ce simple geste eut raison de l'illusion.

« Il n'y avait rien ! se dit-il. C'était juste une impression, un jeu de lumière. »

Mais il regarda anxieusement autour de lui et ébaucha un geste pour palper le vide. Des esprits mauvais, invisibles, mêlés aux vivants...

Gilles s'agita, mal à l'aise. Inquiet des présences néfastes qu'il devinait autour de lui.

Il se contraignit à revenir sur terre. Le combat devenait de plus en plus chaotique. On se battait à cheval, on se battait au sol. Tout le monde s'empoignait au hasard, essayant de trancher la gorge de son adversaire. Il n'était plus question d'aimable défi, on cherchait à tuer, aveuglé par une inexplicable fureur. Les destriers se mettaient de la partie, mordant et piétinant les chevaliers désarçonnés. Le fer des lames crachait des étincelles, les armures cabossées prenaient l'aspect d'épaves cliquetantes, perdant leurs pièces.

Thibault n'était pas le dernier à frapper. Seul combattant encore en selle, il se défendait de tous côtés contre ses ennemis. Son épée fendait les casques, écrasait les heaumes, broyait les visages cachés sous le fer. Il avait davantage l'air d'un forgeron que d'un guerrier. Il ne retenait plus ses coups et ahanait en tapant, comme s'il éprouvait une excitation malsaine à voir se plier les cuirasses sous son martèlement déchaîné.

Gilles aurait voulu le rappeler à plus de retenue, lui crier qu'il n'observait pas les règles de la chevalerie, mais qui les respectait encore dans ce carnage ?

Lorsque son épée se brisa, Thibault se dégagea, s'extirpant de la mêlée, et galopa en direction de Gilles. Arrêtant sa monture devant le grand râtelier d'armes, il ôta son casque pour s'essuyer la face et réclama à boire. L'écuyer s'empressa de lui tendre une outre de vin additionné de miel et d'épices. Thibault saignait de dix coupures. Ses arcades sourcilières, sa bouche, son nez avaient éclaté sous les coups, pourtant il ne semblait pas souffrir. Une lueur hallucinée brillait dans ses yeux comme si un sortilège l'obligeait à voir d'autres images que celles de la réalité.

– Maître ! gémit le garçon. Maître ! Il faut vous dégager de cette tuerie, vous allez y perdre l'honneur !

– Ne t'en fais pas, haleta le vieux soldat, il faut tenir jusqu'à l'arrivée des renforts. Ce ne sera plus long maintenant...

– Maître, supplia Gilles. Vous n'êtes plus en guerre. Ce n'est qu'un tournoi. Vous êtes ensorcelé.

Hélas, Thibault se recoiffait déjà, saisissait une autre épée et galopait vers la mêlée.

La gesticulation des hommes de fer avait avivé l'orage ; la foudre ne cessait de s'abattre, faisant se fendre et brûler les chênes de la forêt toute proche. Des bûchers crépitaient dans la broussaille, fumant sous l'averse qui bientôt les étouffait. Le grondement du tonnerre était effroyable, des feux Saint-Elme brasillaient au sommet des casques, à la pointe des lances. Gilles se demanda si la foudre n'allait pas soudain s'abattre sur les combattants, portant les armures à l'incandescence, brûlant vifs ces hommes qui bouillonnaient d'une absurde colère.

Cette fois, la peur s'empara des nobles spectateurs qui refluèrent en désordre vers le fond de la tribune. Les dames se pressaient contre les gentilshommes, quêtant une protection illusoire. La haine et le goût du sang débordaient les limites de la lice. Gilles lui-même sentait s'aviver en lui un curieux appétit de carnage. Il avait envie de saisir une lance et de courir aider son maître, embrochant au passage ces barons gonflés de morgue. Il aurait aimé sentir crisser le fer sous la poussée de ses muscles, crever le cuir et la viande. Il voulait voir le sang couler sur la hampe de son arme, ses mains devenir rouges...

Il s'ébroua au moment même où ses doigts se refermaient sur le manche d'une hache. L'épidémie de violence se répandait à travers la foule. Des croquants se prenaient à la gorge, se fendaient le crâne à coups de bâton. La bataille devenait générale et l'on piétinait les enfants tombés à terre sans se soucier de leurs pleurs. On ne savait même pas pourquoi l'on se battait, c'était une subite poussée de fièvre, un accès de folie furieuse. Un chevalier hagard, se découvrant tout à coup encerclé par les paysans, se mit à tailler dans la masse à grands revers de lame, décapitant hommes, femmes, marmots. Les corps sans tête qui tombaient à ses pieds, il les hachait avec furie, jusqu'à leur faire perdre forme humaine, comme si on lui avait donné pour mission de préparer la pâtée d'un chien d'enfer.

Gilles aurait voulu se réveiller, mais la pluie elle-même lui brûlait la peau. Elle tombait des nuages, bouillante comme la sueur ou l'urine d'une bête échauffée, et la campagne entière fumait.

Brusquement, alors qu'on se croyait à deux doigts du massacre général, l'orage cessa, la lumière revint.

Pas le soleil, non, une lumière grise, couleur de cendre, qui jeta sur le paysage dévasté du champ d'affrontement un éclairage terrible. Ce changement brutal figea les combattants. Nobles et vilains s'immobilisèrent, se réveillant soudain d'un mauvais rêve. Les blessés, privés de l'énergie de la fièvre, s'affaissèrent dans la boue. Les serfs laissèrent retomber leurs poings rougeauds et s'entre-regardèrent, honteux. Seul Thibault était encore en selle, l'épée à la main. Autour de lui, la masse dépenaillée de ses adversaires jonchait le sol. Les chevaux affolés tournaient en rond, les flancs labourés jusqu'à l'os par les éperons.

Gilles poussa un soupir de soulagement. Enfin ! L'enchantement avait fini par se dissiper, laissant chacun hagard, le visage cireux et la bouche tremblante.

Thibault éperonna sa monture pour lui faire accomplir le tour de l'arène. Il était le grand vainqueur de ces minutes de folie. Lui seul avait su rester en selle, il avait jeté à terre, navrés et meurtris, dix cavaliers plus jeunes. C'était à n'en pas douter un triomphe de la science guerrière sur la fougue de l'adolescence.

Mais il était épuisé, sur le point de vider les étriers, et Gilles entendait le bruit de sa respiration à l'intérieur du casque. Çà et là, des filets de sang suintaient aux articulations des cubitières. Sous l'acier de la cuirasse défoncée, son corps n'était sans doute qu'un tissu de plaies dont les sutures avaient craqué.

Cramponné à sa selle, il se présenta devant la tribune d'honneur pour saluer le seigneur du lieu. Il était si affaibli qu'il n'avait pas ôté son heaume et se tenait courbé sur son cheval.

Le baron, qui au plus fort de la mêlée avait couru se réfugier au sommet des gradins, consentit à redescendre. Il était pâle, sa bouche tremblait. Deux pages livides l'entouraient.

— Thibault d'Estriviers est proclamé vainqueur de la joute, bégaya-t-il d'une voix qu'on entendait à peine. Si personne ne vient plus le défier maintenant, nous proclamerons l'affrontement terminé et lui remettrons la récompense promise.

Il avait manifestement hâte d'en finir et de courir s'enfermer dans son château. Autour de lui, sa suite dodelinait de la tête, les jouvencelles se pâmaient. Les lévriers blancs des dames de parage frissonnaient, le poil dressé sur l'échine. Le baron fit un signe à son intendant pour qu'on apporte la cassette contenant le pectoral d'or, prix de la joute. Il prononça une dernière fois la formule rituelle clôturant les tournois :

— Si nulle voix ne se lève pour arrêter nouveau défi, je remettrai à messire Thi...

À ce moment, un bruit d'acier retentit à la lisière de la forêt, et l'on vit les branches des arbres s'écarter pour livrer passage à un étrange chevalier habillé de pied en cap. Son destrier était lui aussi couvert de fer, à tel point que l'homme et la bête ne paraissaient faire qu'un, et qu'on finissait par se demander s'il ne s'agissait pas d'un centaure de légende vêtu pour le combat.

Gilles écarquilla les yeux, ne pouvant croire à ce qu'il voyait. L'armure du chevalier inconnu, son bouclier, son épée étaient couverts d'une épaisse couche de rouille qui les faisait paraître rouges. C'était comme s'il n'avait trouvé pour se vêtir qu'une cuirasse tombée au fond d'un étang. Un costume de guerre oublié dans l'humidité d'une cave. Le caparaçon du cheval n'était pas en meilleur état ; en outre, il montait de la bête et du cavalier une odeur déplaisante d'écurie mal tenue. Le blason de l'écu, masqué par la rouille, demeurait indiscernable.

Gilles avala péniblement sa salive. Non ! Ce n'était pas possible ! Pas maintenant, alors que Thibault ne tenait plus en selle.

— Moi, dit une voix caverneuse s'échappant du casque. Je relève le défi et me propose de combattre sans merci le sieur d'Estriviers.

La ventaille du heaume rabaissée, soudée par la rouille, ne permettait pas d'apercevoir le visage de l'inconnu. Sa voix sonnait désagréablement à l'intérieur de l'armure, à la fois puissante et désincarnée.

Cette fois c'en était trop. Le baron recula, blême, renversant la cassette. Les lévriers hurlèrent à la mort. D'un seul coup, l'assemblée reflua en désordre, les seigneurs piétinant les dames. La tribune se vida tandis que les paysans massés aux barrières s'enfuyaient. Le souffle de la terreur passa sur le camp, provoquant la débandade des écuyers et des montures. En un instant, le champ d'affrontement se retrouva vide. Chiens, chevaux, hommes couraient à perdre haleine, qui vers la campagne, qui vers le château dont on commençait déjà à relever le pont-levis.

Thibault et le chevalier à l'armure rouillée restèrent seuls au centre de la lice, face à face, s'observant sans un mot. Gilles découvrit avec stupeur qu'il n'avait pas pensé à fuir et se tenait toujours près du râtelier d'armes. Thibault fit décrire une volte à sa monture et s'approcha, tendant la main pour réclamer une lance. Gilles la lui donna mécaniquement, sans réaliser ce qu'il faisait. Ses dents claquaient ; s'il avait dû parler, il se serait tranché la langue.

Chapitre trois

LE CHEVALIER DE ROUILLE

Le guerrier inconnu encaissa le premier choc sans difficulté. La lance de Thibault se brisa net en touchant l'écu oxydé, et la charge resta sans effet. Des esquilles de bois volèrent en tous sens ; certaines se fichèrent dans le caparaçon des chevaux, tels des carreaux d'arbalète. Gilles laissa échapper un gémissement. Le coup, bien ajusté, aurait pu renverser l'homme au casque rougi, mais Thibault était épuisé. Il avait mis ce qui lui restait de forces dans ce dernier passage. Son destrier titubait, bavant une écume épaisse.

À partir de cet instant, l'écuyer ne cessa de courir au râtelier pour décrocher les armes réclamées par son maître. Hélas, les fers se tordaient sur le heaume rouillé. L'inconnu parait élégamment les attaques, et c'est à peine s'il levait son écu ou rentrait la tête dans les épaules quand les lames s'abattaient sur lui. Son cheval ne pliait pas davantage sous les assauts, les quatre pattes – semblait-il – fichées en terre par des racines plus solides que celles d'un chêne. Chaque passage du vieux combattant faisait sauter la rouille de la cuirasse, et sous la poussière écarlate se dessinait l'éclat d'un fer luisant. Chaque éraflure traçait ainsi une balafre d'argent et montrait, sous la croûte d'oxydation, la présence d'une armure de grand prix.

« Peut-être s'agit-il d'un alliage nouveau, songea Gilles tout à coup. Une sorte d'acier dont la résistance aux coups dépasse tout ce à quoi on était habitués jusqu'à présent ? »

Il n'ignorait pas que les forgerons saxons travaillaient dans ce sens, élaborant dans le secret de leurs creusets des mélanges qui, une fois solidifiés et trempés dans la neige, faisaient paraître le fer des armes anciennes aussi fragile que du verre.

Thibault haletait, ses gestes perdaient leur assurance. Il n'y eut bientôt plus de lances au faisceau. Cette fois, c'en était fait du vieux sanglier. Gilles crevait d'impuissance. Thibault tournait dans l'arène. Les épaules rompues par l'effort déployé, il se tenait courbé sur son cheval, faisant peine à voir.

– Messire, dit l'inconnu, il est temps d'en finir. Je vous ai laissé l'avantage, mais les dieux n'ont pas daigné armer votre bras et je n'ai pas même perçu le souffle de vos attaques. C'est à mon tour de frapper. Levez votre écu et gardez-vous de ma pointe car je ne vous ferai pas l'affront de vous ménager. Vous êtes homme de guerre et vous verriez sans doute d'un mauvais œil qu'on vous dorlote comme une pucelle.

Ce disant, il darda sa lance vers Thibault. Ce n'était pas une arme de joute aimable, se terminant par une boule de bois, mais un outil de guerre au fer acéré, quoique lui aussi rougi d'humidité. Gilles se sentit paralysé de terreur. Il savait que Thibault ne pourrait résister à une telle charge.

Le destrier du guerrier sans visage arracha ses pattes du sol et, chaque fois qu'il soulevait un sabot, c'était comme si les racines qui l'avaient jusqu'à présent maintenu en terre cédaient les unes après les autres. Il avait l'air d'un arbre qui rompt ses attaches pour s'en aller vagabonder. Il commença à courir, d'abord lourdement, puis avec de plus en plus de vigueur.

Le temps se dilata. Gilles crut que le choc ne viendrait jamais. La terre du champ d'affrontement tremblait, ce grondement de pachyderme emballé grimpait le long des jambes de l'écuyer pour s'épanouir dans son ventre et lui secouer les entrailles. Il se demanda un instant si ses organes n'allaient pas se décrocher. Enfin, le choc se produisit. Terrible. Dans un dernier réflexe, Thibault leva son écu, se cala sur ses étriers, mais le fer de la lance le frappa de plein fouet, perçant le bouclier, crevant l'armure. Il fut soulevé de sa monture ; sa selle elle-même fut arrachée avec ses sangles et harnais. Le cheval, qui avait essayé de se raidir en prévision de l'impact, eut les quatre pattes brisées, l'échine rompue. Du sang lui jaillit de la bouche, se mêlant à l'écume souillant son poitrail.

Rien qu'au bruit du fer heurtant le fer, Gilles sut que son maître était mort. Personne ne pouvait survivre à un tel coup. Au moment où la lance avait touché le bouclier, les os du vieux Thibault s'étaient disloqués, s'éparpillant dans le secret de sa chair, son squelette s'était déboîté, le laissant plus mou qu'une méduse.

Durant une seconde, il parut suspendu dans les airs, ses solerets encore engagés dans les étriers, la selle coincée entre les cuisses, puis il retomba sur le sol, avec un bruit sourd, comme si un talon invisible pesait sur lui, cherchant à l'enfoncer dans la boue.

Gilles se signa et se mit à prier. Thibault était à demi enterré, le devant de son armure aplati, martelé. Son cheval titubait, se traînait sur ses pattes brisées, un sang mousseux aux naseaux. La fidèle monture hennissait, tirant un arrière-train paralysé qui ne répondait plus à ses impulsions, et c'était grande pitié que de voir ainsi périr un brave destrier n'ayant jamais refusé le combat.

« Dieu ! pensa Gilles, je n'ai plus de maître. »

Mais c'était faux, il le savait. Valet du vaincu, il appartenait désormais au chevalier à l'armure couverte de rouille. Celui-ci pourrait faire de lui tout ce qu'il voudrait : le garder à son service ou le vendre comme esclave. Le droit du vainqueur lui donnait licence d'user du serviteur comme d'un animal, de le tuer même, si l'envie lui en prenait.

Gilles se demanda s'il aurait la moindre chance d'échapper au triste sort qui l'attendait s'il prenait la fuite ; il décida que non. L'inconnu aurait vite fait de le rattraper et de lui fendre la tête. Mieux valait attendre sagement, les pieds dans la boue, et prier le saint patron des écuyers pour qu'on l'épargne.

Le chevalier à l'armure rouillée parut enfin s'apercevoir de sa présence. Relevant sa lance, il poussa sa monture vers Gilles.

– Je sais qui tu es, dit-il de sa curieuse voix creuse. Tu as la réputation de détenir une pâte magique qui fait reluire les cuirasses les plus ternes. Peut-être sauras-tu astiquer la mienne ? (Il partit d'un rire mauvais qui résonna curieusement sous son heaume, comme si un nain ricanait tout au fond d'une caverne.) Ramasse tes affaires, ordonna l'inconnu. Saute sur ton roncin et suis-moi à dix pas en arrière. Tu sais que tu m'appartiens et que je puis te fendre en deux si le caprice m'en vient.

Gilles baissa la tête, l'esprit troublé, incapable de bredouiller une réponse intelligible. Pendant quelques secondes, il avait essayé d'apercevoir l'éclat des yeux de son nouveau maître dans la fente du casque, mais il n'avait distingué qu'une ligne obscure.

Sans trop savoir ce qu'il faisait, il alla rassembler ses onguents, son matériel de chirurgie, ses pâtes d'entretien éparpillés dans la tente. Il fourra le tout dans sa vieille besace de cuir et ressortit.

— Viens, dit le mystérieux combattant. Je ne veux rien de ce qui appartenait à ton ancien maître. Tu peux laisser la tente, les armes et l'équipement. Si tu me sers comme je l'entends, tu n'auras rien à craindre de moi. Cependant, si tu veux rester sain d'esprit, apprête-toi à voir d'étranges choses. Il est possible que tu deviennes fou avant que le soleil ne se lève trois fois, dans ce cas j'aurai vaincu Thibault d'Estriviers pour rien, tu ne me seras d'aucune utilité et je n'aurai plus qu'à te tuer.

Ces paroles prononcées, il poussa son cheval en direction de la forêt, sans plus s'occuper de Gilles.

Le jeune écuyer enfourcha le roncin sur la croupe duquel il avait jeté son sac.

« Qu'a-t-il dit ? songea-t-il en tapant des talons sur les flancs de sa rosse. Qu'il avait tué Thibault pour s'emparer de moi ? Oui, c'est ce qu'il a sous-entendu, mais cela n'a aucun sens... Moi, un simple valet ? En quoi serais-je si important ? »

Tout cela ne tenait pas debout, mais comment discuter les ordres d'un être sans visage ?

Le soleil baissait à l'horizon, le ciel se teintait de rouge. Gilles se retourna un instant sur sa selle pour contempler le camp dévasté, avec ses barrières en miettes, ses tribunes désertes, sa lice jonchée de cadavres, de débris d'armures. C'était un triste spectacle. Une dernière fois, il salua par la pensée le corps de son ancien maître dont la dépouille s'était encore enfoncée dans la boue, et sa gorge se noua. Il avait suffi d'un tournoi pour que le cours de sa vie bascule. Il était à présent au service d'un cavalier dont il ignorait la figure et le nom.

CHAPITRE QUATRE

LA PRISONNIÈRE
DES PÉNITENTS NOIRS

Tournant le dos à la ville, ils chevauchèrent en direction d'une abbaye fortifiée érigée au sommet d'une colline. Une confrérie de moines à capuchon noir vivait là, sans jamais prononcer un mot, ne communiquant qu'au moyen de signes élémentaires. Ces frères, durcis par les macérations, veillaient à n'être jamais plus de trente-trois – car trente-trois est le chiffre sacré du séjour terrestre de Notre Seigneur Jésus-Christ. Ils passaient leurs jours et leurs nuits à tresser des fouets de cuir, des disciplines, des cilices à l'usage des ordres pénitents. On les disait fort habiles dans la fabrication des lanières hérissées de pointes de fer, et autres instruments de torture intime dont les fous de Dieu ont coutume de faire usage. Ils se flagellaient eux-mêmes bien souvent, recueillant le sang de leurs blessures sur des linges dont ils faisaient ensuite commerce, car beaucoup parmi les pèlerins considéraient que ces traces d'hémorragie avaient une valeur curative presque miraculeuse ; cependant leur austérité faisait peur, et même les pauvres de la contrée hésitaient à leur demander l'aumône.

On sonnait vêpres quand le chevalier abandonna les rênes de sa monture à un frère convers. On lui présenta selon les usages une écuelle d'eau limpide et une serviette en prononçant la phrase rituelle : « Veez ci l'aigue et la toaille », mais il s'en détourna et demanda à être conduit sans tarder auprès du frère prieur. Gilles remarqua que les moines à capuchon noir semblaient avoir peur du paladin et ne l'approchaient qu'avec répugnance. Le garçon voulut rester dans la cour du moutier, mais son nouveau maître lui ordonna de le suivre. Il dut donc se résoudre à s'enfoncer dans les corridors de la bâtisse, une vilaine église fortifiée presque dépourvue d'ouvertures. Après mille détours, les visiteurs débouchèrent enfin dans une cellule dont les murs étaient creusés de niches abritant une multitude d'antiphonaires et d'incunables. Un homme se tenait là, assis sur une haute chaise de bois sombre. Il avait le visage ridé, la peau cireuse, la chair des joues tombante, mais ses yeux brillaient de cet éclat dur qui n'appartient qu'aux puissants. Le chevalier s'inclina, sans faire mine cependant d'enlever son casque. C'était inhabituel, et même inconcevable. Les gens de guerre avaient l'obligation de se découvrir devant les princes de l'Église, quel que soit leur rang.

— Ainsi tu acceptes ? dit simplement le vieil homme sans user d'aucun préambule.

— Oui, fit le chevalier. Je n'ai pas d'autre choix.

— Je ne veux pas te dissimuler la vérité, fit le vieillard de sa bouche aux lèvres molles. Plusieurs paladins, parmi les meilleurs, t'ont précédé dans cette mission, aucun n'est jamais revenu. Je suppose qu'ils sont morts, victimes des pièges qui t'attendent là-bas. Il est possible qu'un sortilège leur ait fait perdre leur apparence humaine. Les paysans de la contrée prétendent que tous ceux qui tentent d'approcher le manoir sont changés en moutons et se retrouvent condamnés à errer dans la lande en bêlant désespérément.

— Je n'ai pas le choix, répéta le paladin d'une voix pleine de lassitude. Quant aux envoûtements, je ne les crains plus. Vous connaissez la nature de mes tourments.

— C'est vrai, admit le prélat. Tu souffres toi-même d'une malédiction qui t'empêche de mener vie chrétienne, et cela depuis longtemps.

— Je ne désire que le repos, chuchota le chevalier à l'armure rougie. Je veux être libéré du mal qui m'habite.

— Il est possible que la solution à tes malheurs soit au bout de cette mission, fit le père prieur. Après tout, tu n'as plus rien à perdre, n'est-ce pas ? Si tu réussis, nous parviendrons peut-être à découvrir le moyen de te libérer de l'enchantement qui t'oppresse. Mais la clef est là-bas, au manoir de Niel, au-delà des forêts du ponant. T'a-t-on bien expliqué ce que tu devras faire ?

Dès le début de l'entretien, Gilles s'était tenu en retrait. La personnalité du prieur l'intriguait. L'homme paraissait trop sûr de lui pour n'être qu'un simple supérieur de moutier. « Un évêque, songea-t-il, ou même un archevêque, cachant son identité afin de conclure un pacte peu orthodoxe. »

Il en fut alarmé. À quelles mystérieuses tractations allait-il se retrouver mêlé ?

L'éclat d'un anneau précieux à l'un des doigts du prélat le confirma dans ses suppositions. Il eut la certitude que la grosse bure dont était vêtu l'inconnu cachait en fait des vêtements de riche facture.

— Le château appartenait au baron François de Niel, reprit le prieur. Un fier paladin, mais qui commit l'erreur de tomber amoureux d'une bergère... et de l'épouser ! Je pense quant à moi que la gueuse lui jeta un sort ou lui fit boire un philtre d'amour, quoi qu'il en soit, cette fille de rien devint la maîtresse du lieu.

C'était une sorcière fort versée en magie noire, et il ne lui fallut pas longtemps pour faire passer son époux de vie à trépas. Elle s'appelait Lilith, un nom babylonien des plus exécrables qui signifie *fantôme de la nuit*. Certains voient en Lilith la première épouse d'Adam, et le psaume 91 l'associe à Déber, le démon de la peste... C'est un nom maudit qu'aucun bon chrétien ne pourrait endosser sans trembler, et pourtant cette fille s'en est affublée, par provocation.

Le chevalier, craignant l'une de ces digressions savantes dont les hommes d'Église sont coutumiers, leva la main pour l'interrompre.

— Que s'est-il passé après les funérailles de l'époux ? s'enquit-il.

Le prieur s'ébroua, parut redescendre sur terre, et dit :

— Son mari enterré, elle congédia ses serviteurs et ne sortit plus jamais du manoir. Elle y vécut dès lors au milieu de ses moutons, toujours plus nombreux. À la fin de sa vie, des centaines de brebis déambulaient au long des corridors, se rassemblaient dans les salles, ou même pointaient le museau aux remparts, tels des hommes d'armes.

Gilles frissonna, effrayé par cette image contre nature. Il lui semblait voir les têtes des moutons hilares s'encadrant dans la découpe des créneaux.

Le prélat esquissa un geste de faiblesse, comme si cette évocation lui coûtait. Tout à coup, dans la lumière rare des flambeaux, il parut frêle et apeuré en dépit de sa corpulence.

— Des moutons, balbutia-t-il. Une armée de moutons démoniaques. Une ignoble parodie de *l'agnus dei*. Mais le diable a l'habitude d'agir ainsi, en singeant l'œuvre du Créateur.

— Jouissent-ils de pouvoirs extraordinaires ? s'enquit le chevalier.

– Je ne sais pas, avoua le prieur en se ressaisissant. Les observateurs que j'ai envoyés là-bas prétendent que ces animaux n'ont peur de rien, et surtout pas des chiens de troupeau. Ils les mordent, les piétinent. On m'a rapporté qu'ils auraient poussé plusieurs bergers dans le vide, du haut des falaises. Ils n'obéissent à personne. Depuis que l'enchanteresse est morte, ils font régner la terreur à travers la campagne. Les paysans n'osent plus s'approcher du château qui a été laissé à l'abandon.

– Elle a donc trépassé ? s'enquit le paladin.

– Oui, mais son pouvoir ne s'est pas éteint. Elle est morte seule, là-bas, dans son castel en ruine, et la bâtisse est encore imprégnée de sa présence maléfique.

– Que devrai-je faire si je parviens à m'introduire dans la place ?

Le prieur se leva péniblement, fit quelques pas. Il hésitait, la bouche tremblante, les yeux fuyants.

– Elle a laissé un grimoire, souffla-t-il enfin. Un traité... je ne sais comment l'appeler. Un parchemin qui rassemble les dix formules majeures de la nigromancie. À partir de ces dix incantations, on peut nouer et défaire les pires maléfices. C'est là un prodigieux instrument de pouvoir qu'on ne doit laisser exister. Si tu survis aux embûches hérissant le château, tu devras trouver ce grimoire, t'en emparer et me le remettre... afin que je le détruise au cours d'un grand exorcisme. Je ne sais sous quelle forme se présente ce traité, ni même où il est caché. Il vous faudra explorer toute la bâtisse, de fond en comble, du chemin de ronde aux cryptes les plus obscures. Ce sera une gageure. Selon les termes du dicton, vous devrez chercher l'aiguille dans la meule de foin. Je sais que cette femme maudite travaillait à une nouvelle classification des démons, que certains cabalistes répartissent en quatre catégories : les sylphes qui vivent dans les airs, les salamandres cachées au cœur des flammes, les ondins qui s'ébattent dans les fleuves, et les gnomes, maîtres des lieux souterrains...

Il s'interrompit, le souffle court, conscient de s'être, une fois de plus, laissé emporter par son délire sénile.

– Vous savez que je suis maudit, insista le chevalier à l'armure de rouille. Vous ne répugnez donc pas à employer un agent des ténèbres ?

– Non, puisque tu désires te racheter, et que c'est là la seule chance s'offrant à toi d'en finir avec le voût qui t'emprisonne.

Les deux hommes demeurèrent un instant face à face, le prélat au corps usé et le guerrier bardé de fer.

– Ce sera difficile, fit le prieur, même pour toi. Ne te fais pas d'illusions. J'ai dépêché là-bas des âmes d'élite, elles n'ont pu triompher des maléfices, alors pourquoi ne pas essayer de combattre le mal par le mal ?

– Vous savez ce dont je suis capable, dit le paladin. À chaque lune pleine je ne m'appartiens plus. Il se peut que j'accomplisse nombre de mauvaises actions avant d'atteindre le manoir de la bergère. Je ferai couler le sang des innocents, c'est inévitable. Cela ne vous gêne pas ?

Le vieillard baissa les yeux.

– Tu seras en service commandé, martela-t-il. Tu seras le bras armé de l'Église. Qu'importe le sang de quelques vilains quand il s'agit de faire obstacle aux manigances du Malin ! Je vais te remettre un parchemin stipulant que tu agis *Ad Majorem Dei Gloriam*. Si par malchance on t'emprisonnait au cours de ton périple, n'hésite pas à le montrer. Ta mission est trop importante pour qu'on puisse prétendre te contraindre à respecter la loi des hommes. Avec ce sauf-conduit, aucune accusation, si grave soit-elle, ne pourra te mener au cachot.

Quant aux innocents qui tomberont sous tes coups, je prierai pour eux, ne t'en soucie pas, leur âme est dans de bonnes mains.

« Voilà qui est bien commode ! grogna mentalement Gilles. Il sera donc dit que j'aurai vu l'Église donner indulgence plénière à un loup-garou ! »

Il ricanait pour masquer son inquiétude. Tout cela ne sentait pas bon.

Le prélat se détourna pour aller fouiller dans un coffret de cuir posé sur une table. Il en tira un rouleau de parchemin scellé à la cire rouge et une médaille frappée du sceau des inquisiteurs. Gilles comprit que les livres à couverture de bois s'entassant au long des parois étaient sans doute des pénitentiels, ces ouvrages redoutables qui déterminaient les châtiments de toutes les fautes humaines. « Les livres de comptes du malheur ! » songea-t-il avec l'espoir que le prieur ne lirait pas dans ses pensées.

– Tu ne partiras pas seul, ajouta l'homme d'Église en levant les yeux vers la fente horizontale qui trouait le casque du guerrier. Je tiens à ce que tu emmènes avec toi une sorcière, que nous détenons ici, dans une geôle du sous-sol. C'est une fille plutôt jeunette, mais qui a servi d'assistante à une enchanteresse brûlée la semaine passée. Elle a nom Tara d'Alexandrie, c'est une bâtarde égyptienne dressée à vénérer des dieux païens. Elle fabriquait des jouets pour les farfadets et les nains velus, afin d'en obtenir des richesses. Elle se morfondait en attendant de monter à son tour sur le bûcher quand je lui ai offert de t'accompagner. Elle pourra te servir car elle connaît bien des enchantements. Tu as beau être maudit, cela ne fait pas de toi un praticien de l'ensorcellement, et je pense que cette garce te sera utile. Je lui ai promis de la sauver du feu si elle remplissait correctement sa mission, mais il n'est pas nécessaire qu'elle fasse le voyage du retour, si cela ne s'impose pas. Tu comprends bien sûr ce que j'entends par là ? N'est-il pas dit dans L'Exode, Chapitre XXII, verset 26 : *Tu ne laisseras point vivre la magicienne* ?

Le chevalier inclina la tête. Pas une fois au cours de l'entretien il n'avait ébauché un geste pour ôter son casque.

« Est-il lépreux ? se demanda soudain Gilles. Cache-t-il sous sa ferraille un corps occupé à tourner en charogne ? »

– Suivez-moi, ordonna le prieur. Je veux que vous preniez la route le plus rapidement possible. Les signes sont néfastes, de mauvaises choses se préparent, l'ombre du Malin s'étend sur les campagnes. Ce grimoire est un agent de pourriture qui corrompt la nature aux alentours du château de la même façon que le pus s'installe dans une blessure et gagne bientôt le corps tout entier.

Un moine encapuchonné les attendait dans le couloir, un flambeau à la main. Ouvrant la route, il conduisit les visiteurs dans les soubassements de l'abbaye. Il s'arrêta devant un cul-de-basse-fosse dont il déverrouilla la porte. Une jeune fille se tenait recroquevillée au fond du réduit. Elle avait la peau mate, les cheveux noirs. Son visage disparaissait à demi sous les brides d'une muselière qui lui prenait les mâchoires et le nez. Un collier de fer enserrait sa gorge ; une longue chaîne en pendait, permettant de la tirer comme un animal. Elle avait les poignets pareillement attachés et ne portait pour tout vêtement qu'une méchante chemise de cainsil déchirée, et tachée de sang.

– Nous l'avons muselée pour l'empêcher de proférer des maléfices, expliqua le prieur. Méfie-toi ! C'est une garce prompte à se servir de ses dents. Un véritable animal. J'ai veillé à ce qu'elle ne soit pas soumise à la question afin qu'elle puisse prendre la route sans défaillir. C'est à peine si on l'a fouettée. Nous lui donnerons une mule et un manteau. Tu feras d'elle ce que tu voudras.

Le chevalier n'eut aucune réaction, la jeune femme ne semblait guère l'intéresser. Gilles sentit son estomac se serrer. La perspective de voyager avec une sorcière ne l'enthousiasmait pas outre mesure.

Les moines firent comme l'avait ordonné le prélat : la garce fut bientôt tirée de sa niche, enveloppée dans un mantel de camelin, une laine noire de qualité vulgaire, et juchée sur une mule. Elle sentait fort la femme, et l'horrible groin de cuir qui lui couvrait le museau ne permettait pas de savoir si elle était agréable à regarder ou laide comme le cul d'un démon. Une seule chose était sûre : au-dessus de l'entrecroisement des lanières, ses yeux scintillaient de colère.

Une Égyptienne, avait dit le prieur. Gilles ignorait tout de ces gens-là.

– Je prierai pour la réussite de ta quête, dit le vieillard en s'approchant du chevalier qui venait de se mettre en selle. Je ne te dirai pas *Abi in malam rem !* mais je ne te donnerai pas non plus ma bénédiction ; dans l'état qui est le tien, elle ne te servirait à rien.

– Je sais, fit le paladin avec irrévérence. Gardez votre eau bénite, elle risquerait de m'affaiblir. Laissez donc les démons s'arranger entre eux.

Et piquant des deux, il s'élança hors du moutier.

Essayant de juguler la crainte qui montait en lui, Gilles prit à son tour la direction de la forêt.

CHAPITRE CINQ

AU SERVICE DU DÉMON

La forêt s'ouvrait devant eux comme un gouffre de ténèbres. Il faisait si noir sous les arbres qu'on ne pouvait s'y déplacer sans lanterne.

— Règle ton pas sur le mien et chevauche dans ma trace, dit le chevalier inconnu. Je n'ai pas besoin de flambeau pour voir où je vais.

Gilles hocha la tête, peu rassuré. Les doigts crispés sur les rênes de sa monture, il se résolut à entrer dans la nuit. Ils allèrent ainsi un moment, l'écuyer plissant les yeux pour ne pas perdre de vue la silhouette de son maître.

— Je sens que tu as peur, dit le chevalier. Tu as tort. Tant que tu te déplaceras dans mon sillage, tu ne risqueras rien car ma présence effraie les menus démons qui peuplent cette forêt. Les loups aussi me craignent, tu n'as donc point à t'en préoccuper. Si tu étais seul, tu serais bien sûr mis en pièces avant l'aube, mais je te le répète : en ma compagnie tu n'es pas en danger. Je vais te dire mon nom. Je suis Foulques de Braz, baron d'Antérioz et seigneur de guerre, mais tu es trop jeune pour l'avoir entendu prononcer sur les champs de bataille. Il y a bien quinze années que je vis retiré du monde des vivants. (Il se tut, parut s'orienter, puis reprit :) Ta

41

présence m'égaye. J'en avais assez de parler à mon cheval. Et puis je te l'ai déjà dit : j'ai besoin de toi et de tes pâtes mystérieuses. Il faut que tu remettes mon armure en état, que tu la rendes étincelante comme au premier jour. Ta renommée est grande dans le petit monde des tournois. C'est pour cela que j'ai décidé d'occire ton maître : pour que tu passes à mon service.

Gilles n'en croyait pas ses oreilles. Cet être sans visage avait froidement décidé d'abattre messire Thibault pour bénéficier des secrets d'astiquage d'un écuyer ? Toutefois il avait tort de s'étonner, il aurait dû savoir qu'il en allait souvent ainsi chez les nobles, personnages habitués depuis l'enfance à satisfaire leurs caprices dans l'instant, avec une impatience de tyran ne souffrant aucun délai.

Soudain, la lune se leva, aux trois quarts pleine, et sa lueur blême tomba sur la forêt, démasquant une petite clairière bordée d'arbres aux troncs serrés. Le chevalier arrêta sa monture et mit pied à terre.

– Nous allons camper ici, décida-t-il. Tu peux faire un feu si cela te rassure, je n'y vois pas d'inconvénient. Pour ma part, je m'accommode très bien de la nuit.

Gilles ne se fit pas prier. Ayant sauté à terre et attaché les bêtes, il se mit en quête de bois sec pour dresser un bivouac. Foulques de Braz, lui, s'était allongé dans l'herbe humide, raide comme un gisant, les bras le long du corps et les jambes jointes. Il allait donc dormir ainsi ? Sans même ôter sa cuirasse ? Personne ne reposait de cette manière, sauf en temps de guerre quand une attaque pouvait vous surprendre en plein sommeil. D'ailleurs comment aurait-on pu fermer l'œil coincé dans une carapace aussi incommode ?

Gilles grimaça. Devait-il s'occuper du cheval de son nouveau seigneur ? Cette bête, qu'on devinait à peine sous le caparaçon, l'intimidait. De plus elle exhalait une odeur répugnante de gibier faisandé.

— Dois-je... commença-t-il.

— Non, laisse le destrier en paix, ordonna le chevalier. Tu n'auras pas non plus à me faire la cuisine, je ne me nourris pas comme la plupart des gens. Mange si tu en as envie, ne t'occupe pas de moi. Je pourvoirai moi-même à ma pitance.

Interdit, Gilles fit alors descendre la sorcière de sa monture et l'entraîna à l'écart pour boucler autour d'un tronc la chaîne qui pendait du collier. Il ferma ce nœud au moyen d'un cadenas passé au travers des maillons. La jeune fille poussa un gémissement lorsque la traction exercée sur le cercle de métal lui entama la peau, mais garda les yeux baissés vers le sol, comme si elle voulait à tout prix éviter de croiser le regard de son tortionnaire.

Ce travail achevé, Gilles s'appliqua à dresser un feu de camp auprès duquel il déroula sa couverture. Il entendait bruire les taillis. Quelque part, un loup hurlait, rassemblant sa meute. Foulques de Braz était toujours étendu dans l'herbe mouillée, ses armes posées à côté de lui.

— Dois-je vous dévêtir, interrogea Gilles, ou bien allez-vous dormir bouclé dans votre cuirasse ?

Le guerrier eut un rire amer mais ne répondit pas. Que voulait-il cacher ? Qui donc, parmi les paladins les plus vertueux, dormait sans même se défaire de son heaume ? Qui ?

Jamais on n'avait vu une telle chose. Le meilleur des chevaliers retirait au moins son casque pour prendre du repos, ou bien levait sa ventaille pour se donner un peu d'air. Au lieu de cela, le guerrier à l'armure rougie s'était allongé, verrouillé dans sa carapace comme un prisonnier dans sa geôle.

Ce n'était pas naturel.

Gilles se frictionna les épaules pour tenter de se réchauffer. Le feu qu'il avait allumé fumait en répandant une odeur âcre. Il se recroquevilla sur lui-même, ne se décidant pas à fermer les yeux à quelques mètres de cette silhouette de fer oxydé vautrée dans l'herbe.

« Si au moins je pouvais voir ses yeux... », pensait-il.

Il songea que son nouveau maître était peut-être défiguré. C'était pour cette raison qu'il n'ôtait jamais son heaume. Le casque dissimulait un visage affreusement rapiécé, dépourvu de nez, aux lèvres arrachées, à la bouche figée en un perpétuel sourire de squelette. Gilles connaissait les dégâts qu'un coup de masse ou de fléau pouvait occasionner. Il avait lui-même plus d'une fois recousu certains des compagnons de Thibault d'Estriviers à la fin d'un tournoi malheureux. Souvent, le casque bosselé, enfoncé, cachait une physionomie en lambeaux, aux chairs éclatées. Il fallait rapiécer tout cela comme on pouvait, suturer les plaies sans trop se soucier d'esthétique. On pratiquait alors une chirurgie de champ de bataille, parant au plus pressé, cautérisant sans penser à l'avenir. Ses blessures refermées, le malheureux se retrouvait condamné à ne plus jamais enlever son heaume sous peine de faire s'évanouir les pucelles et fondre en larmes les petits enfants.

La plupart des chevaliers arboraient des trognes malmenées, certaines véritablement hideuses.

Le paladin à l'armure de rouille appartenait-il à cette dernière catégorie ?

Gilles s'enveloppa dans sa couverture car la pluie commençait à tomber. Les grosses gouttes traversaient la voûte de feuilles pour crépiter sur l'herbe de la clairière. Elles sonnaient sur la cuirasse du chevalier inconnu. L'homme ne bougeait pas, ne cherchant nullement à se protéger de l'eau qui s'infiltrait dans les jointures de son vêtement de combat et mouillait sa chemise. Gilles se releva pour tenter de ranimer le feu. La couverture qu'il avait jetée sur ses épaules était déjà trempée.

– Vous ne me dites pas tout, siffla-t-il entre ses dents. Je ne suis pas uniquement là pour astiquer votre cuirasse et lui faire retrouver son brillant. Il y a autre chose, n'est-ce pas ?

– C'est vrai, dit le paladin après un moment de silence. Demain se lèvera la lune pleine. Il faudra que tu m'attaches.

– *Quoi ?*

– Tu trouveras des cordes dans les fontes de ma selle. Il te faudra tailler des piquets, les enfoncer dans le sol, et m'entraver de manière que je ne puisse plus bouger. Tu comprends ?

– Et pourquoi cela ?

– Tu n'as pas à savoir. Tu dois seulement obéir.

Gilles se renfrogna. Cette histoire de pleine lune n'annonçait rien de bon. Il se rappela avoir entendu Foulques de Braz dire au prieur des pénitents noirs qu'il était maudit. À quelle malédiction faisait-il allusion ?

Il s'assit près du bivouac, essayant de se réchauffer. Le chevalier ne disait plus rien. Gilles s'évertua à mettre de l'ordre dans ses idées. À la lisière de la clairière, la jeune sorcière au visage muselé s'était enveloppée dans sa cape, le capuchon rabattu sur les yeux. On ne pouvait savoir si elle dormait ou si elle faisait semblant. Ce serait une triste nuit, à n'en pas douter.

CHAPITRE SIX

CE QUI SE PASSA À LA LUNE PLEINE

La voix du paladin le réveilla dès l'aurore :

– Assez dormi, grogna la voix à l'intérieur du heaume. Tu sembles décidé à faire du lard comme un ours à l'approche de l'hiver. Ce soir, la lune sera pleine et il faut que je t'enseigne les règles à observer.

Gilles eut un mouvement de recul.

– Je ne me plierai à aucune pratique magique, déclara-t-il en rassemblant son courage. Il n'est pas question que je risque la damnation pour vous servir, même si vous êtes désormais mon seigneur.

– Crétin ! rugit Foulques de Braz, je ne suis pas sorcier, je ne connais aucune incantation. Cependant, je te le répète, tu dois savoir que je ne suis pas maître de mes agissements. Notamment lorsque se lève la lune pleine. Alors la folie me gagne et me pousse à commettre d'étranges forfaits. C'est la principale raison de ta présence : tu devras m'attacher solidement, de manière que je ne puisse me soulever du sol et me mettre à marcher. Tu entends ? Il faudra me tenir entravé, réduit à merci. Si tu échoues, il arrivera de grands malheurs.

Il n'en dit pas plus, laissant l'écuyer au bord d'un gouffre d'interrogations.

Commença alors une attente interminable. Gilles, mourant de faim, essayait de calmer les élancements de son estomac en grignotant quelques pommes sauvages dont l'acidité lui agaçait les gencives. Au fur et à mesure que s'écoulaient les heures, la peur montait en lui.

Lors d'une halte, prenant pitié de la jeune sorcière muselée, il coupa des lamelles de fruit et les lui glissa entre les lèvres, à travers les brides du harnais qui lui tenait les mâchoires serrées. Elle déglutit en gardant les yeux baissés. L'horrible appareil de la muselière ne permettait pas de se faire une idée de sa physionomie. Son visage comprimé par les lanières offrait pour l'heure une allure presque porcine. Gilles faisait attention de ne pas approcher les doigts trop près des dents de la jeune fille, de peur qu'elle ne lui croque les phalanges.

Foulques de Braz ne parlait presque plus, et quand sa voix résonnait sous le casque, c'était pour répéter ce qu'il avait déjà raconté un peu plus tôt.

Alors que le soleil se couchait, il devint pourtant véhément.

– Quand la lune est pleine, une malédiction me force à commettre mille vilenies qui me font honte, haleta-t-il soudain. C'est pour me punir. Elle m'oblige à me conduire comme jamais ne le ferait un paladin. Je ne puis m'en empêcher, je suis forcé d'accomplir ces horreurs. Et mon nom se couvre chaque fois d'opprobre. Ah ! comme j'ai honte...

Il ajouta quelque chose, mais sa voix était maintenant trop faible pour qu'on puisse le comprendre. Oubliant tout respect, Gilles donna un coup de poing sur la cuirasse.

– Attendez ! supplia-t-il. Je ne sais pas ce que je dois faire, vous ne m'avez presque rien dit.

Il y eut un long moment de silence, puis Foulques de Braz hurla, comme s'il se tenait à l'autre bout de la Terre :

– Les liens ! Attache-moi !

Le jeune homme s'empressa d'aller fouiller dans les fontes de la selle. Il en sortit plusieurs écheveaux de grosse corde, puis se mit en devoir de tailler des piquets à l'aide de sa hachette. Le travail lui occupait l'esprit et lui permettait d'oublier la peur. Il ficha les pieux tout autour de l'armure, comme s'il la préparait pour quelque supplice ; cette idée le mit mal à l'aise.

À plusieurs reprises, il appela le chevalier sans obtenir d'autre réponse qu'un bourdonnement incompréhensible. Foulques semblait avoir sombré dans un gouffre, sa voix n'avait plus la force de vaincre une si grande distance. Quelle puissance étrange l'avait donc refoulé aux confins des limbes ? Gilles se dépêcha d'entraver l'armure, attachant gantelets et solerets aux piquets enfoncés dans le sol à coups de pierre. Un homme normal n'aurait pu se défaire de liens aussi bien assujettis, mais le prisonnier qu'il s'agissait de retenir avait peu de chose en commun avec les créatures du Seigneur.

L'écuyer transpirait, compliquant les entraves à plaisir, rivalisant de dextérité dans les nœuds bouclant les cordages.

L'armure plaquée au sol par tout un réseau de liens entrecroisés, il alla ramasser du bois pour ranimer le brasier. Il était hors de question qu'il attende la venue des prodiges dans l'obscurité. À tout hasard, il se munit d'un bâton noueux qu'il disposa à ses pieds. Il demeura ainsi, à se chauffer aux flammes du feu de camp, attendant que la lumière du jour baisse. De temps à autre il disait : « Maître ? M'entendez-vous ? Êtes-vous assez attaché ? Maître ? »

Mais Braz se manifestait par des murmures incompréhensibles, des bourdonnements de mouche prisonnière. Gilles se frictionna les épaules. Le bon sens lui commandait de fuir ventre à terre, cependant l'honneur lui ordonnait de rester et de monter bonne garde, en vrai sergent à cheval qu'il était.

La nuit s'installait, coulant des frondaisons telle l'encre s'échappant de la corne à écrire d'un clerc, pour s'accumuler en flaques entre les troncs. Gilles leva la tête afin d'assister au lever de la pleine lune ; hélas, le toit de feuilles, trop dense, lui cachait la voûte céleste. Il s'empara nerveusement du gourdin, le serra entre ses doigts, l'œil fixé sur l'armure entravée. « Il ne m'a pas tout dit, songea-t-il. Je suis sûr qu'il me cache des choses terribles. »

Il se figea car, au même moment, l'armure se mit à briller telle une luciole.

« C'est simplement la lune qui se reflète dans l'acier, songea Gilles. Rien de plus. Il ne faut pas y voir malice. »

Mais l'attente avait usé ses réserves de bon sens et la superstition l'envahissait. Il se sentait prêt, désormais, à admettre n'importe quel prodige. Presque aussitôt, le mannequin d'acier commença à tirer sur ses liens. Gilles se redressa, le gourdin brandi, ne sachant ce qu'il convenait de faire. Une voix retentit, qui n'entretenait aucune ressemblance avec celle de Foulques. C'était un mugissement de bête, le timbre d'une créature mi-homme mi-sanglier. Le doute n'était plus permis : le chevalier se transformait en quelque chose d'épouvantable. Garou, croque-mitaine ou chin-grelin, Gilles ne pouvait encore se prononcer. Le paladin se convulsa entre les piquets sans parvenir à se défaire de ses liens.

Gilles essuya la sueur qui lui mouillait le front et poussa un soupir de soulagement. Ce serait peut-être moins terrible qu'il ne l'avait craint. Avec de la chance, les cordes tiendraient jusqu'à l'aube ; le lever du jour aurait alors raison de la métamorphose.

Alors qu'il se rassurait déjà, la main droite de la créature se contracta, arrachant de terre le pieu qui l'immobilisait. Sitôt libérée, elle se mit à tirer sur le reste du corps, comme si elle comptait le traîner à sa suite, énorme masse inerte qu'elle paraissait cependant assez forte pour remorquer sans difficulté.

– Hé ! toi ! dit bêtement Gilles en essayant de la repousser du bout de son bâton. Reste où tu es ! Rentre à la niche ! Zou !

Il répéta « Zou ! » à la manière des Béarnais, sans obtenir le moindre effet. Brusquement, les doigts du gantelet se refermèrent sur l'extrémité du gourdin et tirèrent d'un coup sec. Le jeune homme ne put résister à cette agression. Le morceau de bois lui fut arraché.

Dans l'herbe labourée, la main s'énervait, se cabrant comme si elle cherchait à se détacher du corps entravé. Elle bondissait par à-coups, retombait pour recommencer aussitôt. Et soudain les liens cédèrent. Alors le chevalier se redressa dans un grand cliquetis, et se mit à avancer d'une démarche somnambulique. Gilles lui cria de revenir mais le paladin se souciait peu des ordres qu'on lui lançait. Il s'enfonça dans la broussaille avec une vélocité étonnante pour un homme si lourdement chargé. L'écuyer ne savait que faire. Devait-il rester près du bivouac ? Devait-il se lancer à la poursuite de son maître et tenter de le ramener au campement ?

Il décida que son devoir était d'assister Foulques de Braz jusque dans sa folie et se lança sur les traces du guerrier envoûté.

Ce dernier filait dans les fourrés, indifférent aux ronces, écartant d'un geste rageur tout ce qui se dressait sur son chemin. Gilles sautillait au milieu des broussailles, s'écorchant les mollets aux épines. Il aurait voulu saisir son maître par la main, le faire pivoter en direction du bivouac, mais il avait peur de l'approcher. Et si le baron, tout somnambule qu'il était, le saisissait soudain à la gorge pour l'étrangler ?

La frénésie du chevalier ensorcelé l'inquiétait plus que tout, car Foulques de Braz avait l'air de savoir où il allait. Par moments, il suspendait son avance et se dressait sur ses solerets pour s'orienter. Le heaume ainsi levé, il semblait ausculter la nuit, cherchant d'incompréhensibles repères.

Gilles le suivait, le serrant de près, terrifié à l'idée de se perdre.

Le jeune homme vit soudain qu'il était sorti du bois et se déplaçait au milieu d'une prairie. L'armure renversa plusieurs barrières, et se dirigea vers ce qui semblait être un maigre hameau accroché au flanc d'une colline.

À l'idée d'être surpris par des villageois en pareille compagnie, Gilles faillit renoncer, mais tout le monde dormait, il n'y aurait donc personne pour l'accuser de sorcellerie.

Son soulagement fut toutefois de courte durée, car déjà l'armure s'était approchée d'une chaumière et grattait à la porte, avec ses doigts de fer, essayant de s'introduire dans la maison.

– Non ! lui ordonna le garçon. Monseigneur, je vous en supplie, il faut faire demi-tour !

S'emparant d'une fourche posée contre un abreuvoir, il tenta d'éloigner le paladin, mais ce dernier ne se laissa pas faire, et lui arracha l'outil des mains.

– Ça recommence ! hurla une femme à l'intérieur de la chaumière. *L'ogre* ! L'ogre est revenu ! Debout vous autres ! Debout !

Gilles se figea, se rappelant soudain les bavardages d'écuyers lors des journées qui avaient précédé le tournoi. Des conversations de tavernes lui revinrent à l'esprit. Les sergents n'avaient-ils pas parlé d'une épidémie de meurtres dans les villages des alentours : Vallendieu... Fond-Repaire ?

– À Vallendieu, à Fond-Repaire, avait chuchoté un grand pendard de rouquin, l'ogre rôde. Il a occis trois hommes dans la force de l'âge qui tentaient de défendre leurs marmots. Il les a fendus de bas en haut pour leur arracher les entrailles. On a retrouvé les corps, mais pas les boyaux. Vous entendez ? On les avait vidés comme des lièvres qu'on se prépare à rôtir. C'est la raison de ce tournoi. La fête est là pour distraire les esprits qui s'échauffent.

– Oui ! C'est vrai, avait renchéri un autre garçon. À Vallendieu, à Fond-Repaire... Tous étripés, les hommes escouillés, les femmes plus vidées qu'une peau qu'on va tanner. Les petits enfants jetés dans un sac, emportés par le monstre, puis mis à la broche comme de vulgaires cochons de lait. Ne ricanez pas, compagnons ! Le danger est bien réel. N'avez-vous pas gardé à la mémoire les méfaits de Gilles de Rais, seigneur de Tiffauges et de Machecoul ?

Cette brève hésitation de Gilles avait permis à l'armure de contourner la façade. Il ne lui fallut pas longtemps pour enfoncer d'un coup de poing le volet grossier obturant la fenêtre. Sitôt le passage libéré, le chevalier se glissa dans la chaumière.

Un grand tumulte se fit dans les lieux, tissé de cris de terreur et de hurlements de souffrance. On courait, on se bousculait, renversant table et bancs. Les animaux rentrés pour la nuit meuglaient comme si on les écorchait vifs. Gilles se sentait écrasé d'impuissance. Rassemblant son courage, il se hissa jusqu'à la fenêtre pour tenter d'y voir quelque chose. Les braises du foyer éclairaient l'unique pièce d'une lueur rougeâtre, mais tout de suite il repéra la paillasse bouleversée, et, au centre du grand lit paysan, un enchevêtrement de corps nus où se mêlaient adultes et enfants. Toute la famille, surprise par l'attaque, s'était ratatinée à l'autre bout de la paillasse, essayant de repousser les mains de fer du chevalier à coups de polochon. Les gosses hurlaient, affolant les bêtes qui avaient fini par sortir de leur enclos et tournaient dans la pièce. Le maître du logis, un grand diable bâti en hercule, tapait au hasard, trompé par l'obscurité, assommant à demi femme et mioches. La scène aurait pu virer au grotesque si l'une des mains gainées d'acier du paladin n'avait pas saisi l'homme au scrotum. Gilles ne vit rien de ce qui se passa ensuite, mais un hurlement effroyable lui transperça les oreilles. Il perdit l'équilibre, retombant à l'extérieur.

Dans les ruelles du village, des torches flamboyaient, éclairant la masse confuse d'une troupe qui brandissait des fourches.

– À l'ogre ! hurlait-on. Sus à l'ogre ! C'est chez le grand Pierre, cette fois ! Amenez-vous ! Il faut le prendre ! Nous le brûlerons nous-mêmes puisque les gens du guet ne font rien !

Gilles se redressa. Il devait disparaître avant qu'on ne l'accuse des crimes commis par le chevalier ensorcelé. Si les vilains se saisissaient de sa pauvre personne, ils ne lui laisseraient pas le temps d'ouvrir la bouche. Ils l'attacheraient à un arbre sec, jetteraient trois fagots à ses pieds et se dépêcheraient de le rôtir vif, sans l'ombre d'un jugement. Le souffle court, il se jeta à plat ventre sous une barrière, rampa dans l'herbe, et dégringola dans un fossé dont il eut le plus grand mal à sortir. L'instant d'après, il courait à travers la prairie, cherchant à gagner la lisière de la forêt avant qu'on ne l'aperçoive.

Dès qu'il fut sous le couvert, il se laissa tomber dans l'herbe, la bave aux lèvres, le cœur fou, incapable de faire un pas de plus sans rendre l'âme.

Il resta ainsi un moment, les poings serrés sur la poitrine, cherchant à retrouver son souffle. Comme il s'agenouillait, il vit frémir la broussaille. C'était Foulques de Braz qui s'en revenait, halant un gros sac de toile. Le chevalier s'arc-boutait curieusement, s'obstinant à tirer cette charge de la même manière qu'on remorque un butin précieux un soir de pillage.

Gilles s'approcha de lui. Dans le rayon de lune qui trouait le feuillage, il vit que l'armure était souillée de sang jusqu'aux cubitières, comme si elle venait d'accomplir un travail de boucherie. Quant au sac, probablement volé dans la chaumière, il en montait des pleurs d'enfants. Aux soubresauts distendant la toile, Gilles estima qu'on y avait emprisonné deux gosses en bas âge.

Il se signa, ce à quoi l'armure ensorcelée ne prêta guère attention.

Des cris d'horreur, de colère, explosèrent dans la nuit. Des torches s'agitèrent à la sortie du hameau. À la façon dont elles se déplaçaient, Gilles estima que les serfs venaient dans sa direction. Sans doute suivaient-ils les traces laissées par le paladin. Quoi qu'il en soit, la meute se rapprochait dangereusement.

– Qu'est-ce que vous attendez ? cria-t-il au chevalier, vous ne vous imaginez tout de même pas que je vais porter votre paquet ?

Il ne savait si l'ogre pouvait l'entendre, mais il était soudain submergé par le besoin de l'insulter. Il n'eut toutefois pas le loisir de s'attarder. Les clameurs des hommes grossissaient. Dans le halo des torches, on distinguait des fourches, des piques. La horde vengeresse s'excitait pour oublier la peur. « Sus à l'ogre ! » hurlaient les vilains. « Tue ! Tue ! »

« Pourquoi cet enlèvement ? se demandait Gilles. Un loup a au moins l'excuse de la faim, mais un chevalier ! Un chevalier qui avait prêté serment lors de sa cérémonie d'adoubement de défendre la veuve et l'orphelin, et de toujours cheminer sur la voie de l'honneur... »

L'armure s'était remise à bouger, cependant le poids du sac la ralentissait, et il ne faisait aucun doute que les villageois allaient l'encercler d'une minute à l'autre. Ils étaient tout près, maintenant. Et s'ils avançaient plus lentement, ils avançaient tout de même.

Les pleurs des enfants prisonniers éveillèrent en Gilles un affreux sentiment de culpabilité. Sa conscience lui soufflait qu'il ne pouvait laisser se perpétrer un tel forfait, même s'il allait de son devoir d'écuyer de seconder son maître dans toutes les actions que celui-ci décidait d'entreprendre.

« S'il est somnambule, songea-t-il, il ne se rendra pas compte que le sac est vide. Je devrais peut-être entailler la toile de jute pour permettre aux marmots de s'enfuir. »

Ce serait, certes, une trahison, mais pouvait-il faire autrement ?

Tirant son couteau de sa ceinture, il s'approcha du sac et voulut le fendre. Hélas, la ruse fit long feu. Foulques de Braz, sans prononcer un mot, lui expédia son poing couvert d'acier en pleine poitrine. L'écuyer fut jeté à terre, le souffle coupé. Sous la toile, les gamins se débattaient en gémissant. Leurs petites mains griffaient le chanvre, essayant vainement de le déchirer. Le chevalier reprit sa course sans plus s'occuper de son valet. Il courait dans les taillis, en un trajet hasardeux. Soudain, alors qu'il passait près d'un rocher moussu – sans doute exaspéré par la gesticulation de ses petits prisonniers – il souleva le sac du sol, lui imprima un mouvement de balancier, et l'abattit de toutes ses forces sur le roc. Les enfants poussèrent un couinement de chiot étranglé et se turent. Cependant, Foulques de Braz projeta deux fois encore le sac sur la pierre dressée, achevant de leur rompre les os. Ce travail terminé, il hissa la musette tachée de sang sur son épaule et s'élança dans les taillis.

Gilles haletait, le cœur révulsé par ce qu'il venait de voir ; les vociférations des paysans l'obligèrent à se redresser et à se lancer sur les traces de son maître.

Par bonheur, la horde des justiciers piétinait à la lisière du bois, hésitant à pénétrer sous le couvert. On criait beaucoup, on agitait les fourches, mais on retardait le moment d'entrer sous les arbres. Ce répit permit à Gilles de disparaître aux yeux des chasseurs. Il courut longtemps, sans savoir où il allait, les oreilles pleines du bruit d'os brisés qu'il avait entendu lorsque le sac avait heurté le rocher.

C'était donc Foulques de Braz qui écumait les hameaux des alentours à chaque pleine lune, vidant ses victimes de leurs organes comme on détrousse un marchand de son or au coin d'un bois ! Mais pourquoi ? Était-ce un effet de la malédiction dont il avait parlé à l'abbaye des pénitents noirs ?

À bout de souffle, Gilles finit par s'abattre sur la mousse. Le danger semblant pour l'heure écarté, le garçon prit la décision de ralentir le pas.

Il distingua enfin la lueur du bivouac entre les arbres : il était revenu à son point de départ.

Le baron se tenait dans la clairière, agenouillé près du feu de camp. Le sac taché de sang gisait dans l'herbe mais aucun mouvement n'en faisait plus bouger l'étoffe. Foulques de Braz leva la main vers son heaume. Comme il tournait le dos à Gilles, ce dernier ne put en voir davantage mais, au grincement, il devina que le chevalier relevait sa visière.

« Par tous les saints ! songea le garçon, *il va manger* ! Je ne veux pas assister à ça ! Non ! Pour rien au monde ! »

Luttant contre la nausée qui lui tordait l'estomac, il s'enfuit dans les broussailles où il demeura recroquevillé une bonne partie de la nuit. Il enrageait de n'avoir su porter secours aux pauvres petits. Il se répétait qu'il aurait dû agir avec plus de rapidité, de décision, tenter de faire trébucher le chevalier en lui jetant un bâton en travers des jambes, ou bien...

Quand il regagna la clairière, il eut un regard de haine pour le paladin, étendu sur l'herbe. La rouille de l'armure lui parut encore plus rouge qu'à l'accoutumée.

S'appliquant à ne pas regarder en direction du sac, il se laissa tomber près du feu, et le ranima en y jetant des branches. Des griffures lui constellaient les mollets, les cuisses, allumant une brûlure intolérable sur sa peau. Ses chausses étaient en lambeaux, lacérées par les ronces, et il avait les pieds trempés.

En dépit de la fatigue qui l'accablait, il ne put se résoudre à fermer l'œil. Chaque fois qu'il piquait du nez, il se réveillait en sursaut et reportait son regard sur l'armure. Maintenant le doute n'était plus permis. Il était bel et bien devenu le valet d'un monstre.

Quand l'aube se leva, que les coqs chantèrent dans la campagne, les enchantements de la nuit se dissipèrent et Gilles eut brusquement l'impression d'avoir imaginé les événements de la pleine lune. Il n'avait plus sous les yeux qu'une cuirasse rouillée, mal entretenue, une carcasse laide à faire peur, et dont un forgeron n'aurait pas donné dix écus. Où était donc passé l'ogre de fer massacreur de petits enfants ? Sans le sac maculé de taches brunes abandonné sur l'herbe, on aurait pu douter des abominations commises par le baron.

— C'est fini ? demanda enfin ce dernier.

— C'est fini, dit Gilles avec lassitude. Mais vous avez réussi à vous détacher hier soir, et j'ai dû vous poursuivre à travers la forêt.

— Je t'avais pourtant bien dit de serrer les nœuds ! gronda le paladin.

— Ah ! s'emporta Gilles, assez de reproches, monseigneur. Je n'ai pas l'habitude de prendre soin des ogres qui maraudent pour croquer les marmots. Il vous faudra faire preuve de patience... et surtout m'expliquer de quoi il retourne !

Il avait parlé avec insolence, il le savait, mais sa fatigue s'était changée en colère, et il n'avait su retenir les mots qui lui gonflaient la poitrine.

— Je veux savoir ! reprit-il. Je veux savoir pourquoi, à la faveur de la pleine lune, vous vous êtes métamorphosé en une créature inhumaine, et pourquoi vous avez assassiné deux enfants sans défense.

— Tu as raison, soupira Foulques de Braz. Tu as le droit de savoir, et je t'expliquerai le pourquoi de ces vilenies dès que j'aurai recouvré mes esprits.

Mais il ne tint pas promesse. Gilles dut l'aider à se remettre en selle. Après quoi, sans attendre son écuyer, le chevalier s'enfonça dans la forêt. Gilles n'eut que le temps de piétiner le feu et de hisser la jeune sorcière sur sa mule avant de sauter lui-même sur son roncin. Fatigué, blessé, affamé, il était d'une humeur de dogue et marmonnait entre ses dents des malédictions rageuses, l'œil fixé sur le casque de son maître.

On était loin désormais de tout lieu habité et l'écho des cloches conventuelles n'égrenait plus les heures de la journée. Au bout d'un moment, l'écuyer remarqua que le paladin s'affaissait sur sa selle, à la manière des cavaliers qui dorment en faisant route, les pieds calés dans les étriers. Gilles tenta à trois reprises de renouer conversation, mais Foulques ne répondit pas et un sentiment de solitude s'empara du jeune homme. S'il avait été davantage porté sur la religion, il aurait prié, mais il venait d'un village aux croyances pétries de bonnes légendes gauloises, et il n'avait jamais vraiment réussi à assimiler le catéchisme des moines. Gargan, Bélen lui semblaient souvent plus réels que le Christ ; toutefois il se gardait bien d'en faire état, sachant la chose dangereuse.

La panique s'insinua dans son esprit. Il se prit à imaginer l'armure silencieuse, le cheval allant au hasard faute d'une main pour le guider, et la forêt immense se refermant sur le conroi condamné à tourner en rond jusqu'à ce que les loups se décident à venir renifler les jarrets des montures. Il n'osait porter la main sur l'armure de peur de la voir vider les étriers, et s'éparpiller en touchant le sol, dévoilant son horrible contenu. N'y tenant plus, il décida de chercher de l'aide du côté de la sorcière.

— Jure-moi, dit-il, que tu ne proféreras aucune malédiction à mon encontre si je t'enlève la muselière. Tu comprends notre langue ?

La jeune femme hocha affirmativement la tête. Gilles tira son couteau et trancha les courroies de part et d'autre des tempes. Le groin de cuir se détacha du visage de Tara. Les brides avaient fortement marqué sa chair mais ses traits n'étaient point disgraciés comme le garçon l'avait craint. Si elle était vouée au Malin, elle n'affichait point de signes démoniaques sur la figure. Aucun bec-de-lièvre ou tache vineuse ne trahissait le pacte conclu avec les puissances du mal. Elle avait un visage triangulaire et cuivré, perdu dans la broussaille des cheveux noirs. « Une figure de renarde embusquée au fond de son terrier », songea l'écuyer. Les yeux brillaient d'une expression étrange, mélange d'assurance et d'ironie. Elle bâilla pour faire jouer ses mâchoires ankylosées, et Gilles fut soulagé de constater qu'elle n'avait pas les dents pointues d'une louve.

— Je me demandais quand tu allais te décider, dit-elle d'une voix rauque, mais je te remercie ; si tu n'avais pas été là, ton maître m'aurait laissée crever de faim.

— Tu as vu ce qui s'est passé la nuit dernière ? chuchota Gilles. Pour toi, c'est sans doute chose fort commune, mais j'avoue que je ne m'y trouve pas à l'aise et que je ne sais comment me comporter au milieu de toutes ces diableries. Peux-tu m'aider ?

— Je ne sais pas, fit la jeune fille. Je dormais. Il m'a semblé que le chevalier traînait des enfants dans un sac, et qu'il leur faisait un bien mauvais parti.

— Oui, admit Gilles sans chercher à masquer sa honte. Pourquoi a-t-il tué ces mioches ? S'il avait faim, j'aurais pu lui préparer quelque venaison, les bois ne manquent pas de gibier. Mais de la chair humaine... Comment peut-on en arriver là ?

— Ne te fais pas plus sot que tu n'es ! lança Tara. Chaque fois qu'il y a une famine, on assiste à des actes de cannibalisme. Quand j'avais 5 ans, j'ai moi-même failli être dévorée par une matrone qui attirait les marmots dans sa cuisine sous le prétexte de leur offrir des jouets. Mon frère a eu moins de chance que moi. On raconte que tous ceux qui ont goûté à la chair humaine ne peuvent plus s'en passer. Lorsqu'une ville subit un siège trop long, et qu'on a mangé tous les rats, les premiers vers lesquels on se tourne sont les enfants. Leur odeur de lait fait frémir les narines des adultes.

— Foulques a peut-être contracté cette habitude lors d'un siège ? hasarda Gilles.

— Tu n'y es pas, fit la jeune femme. Il n'a pas choisi de vivre ainsi. On l'a maudit. Un enchantement pèse sur sa tête, qui l'oblige à se comporter de cette façon ignoble. Je vais te raconter son histoire.

CHAPITRE SEPT

LE RÉCIT DE LA SORCIÈRE

C'était une histoire de folie, d'orgueil et de puissance. Une histoire de démesure comme il en éclôt souvent dans le crâne des nobles dressés à tuer dès leur plus jeune âge. Une histoire de sang, de carnage... et pourtant des plus banales : Foulques de Braz voulait devenir le seigneur de guerre le plus redouté du pays. Il désirait conquérir terres et châteaux, faire galoper ses armées d'un bout à l'autre de la Terre, bannières au vent, portant haut sa devise et son impudent cri de guerre : *Fai ce que je te comant.*

Il se rêvait maître absolu, il prétendait avoir reçu, en songe, la visite de saint Michel qui lui avait prophétisé un avenir de grand conquérant. Depuis, il ne doutait plus d'être à l'aurore d'un destin exemplaire.

En prévision de ces combats, il se fit tailler par un forgeron des plus habiles une armure coulée dans un alliage jusqu'alors inconnu. Dès son retour dans ses terres, il organisa tournoi sur tournoi pour éprouver le costume d'acier. Il ne se lassait pas de voir le fer des épées et des lances éclater comme cristal en le touchant. C'était un jeu pour lui de désarçonner ses adversaires d'une chiquenaude. La cuirasse démultipliait sa puissance. Il passait sa vie à cheval, la lance d'hast à la main.

Il avait si peur qu'on lui dérobe cette carapace, qu'il avait renoncé à se déshabiller et dormait à présent enveloppé de fer, tel un paladin qu'on se prépare à descendre au tombeau dans son costume de guerre.

On commença à chuchoter qu'il était fou, il n'en avait cure. Il rassemblait son ost – son armée. Bientôt il s'abattrait telle la foudre sur les comtés voisins.

Il dormait peu, s'imaginant à la tête de ses troupes, renversant à lui seul des dizaines de cavaliers. À n'en pas douter, son terrible pouvoir mettrait l'ennemi en déroute.

Les femmes, effrayées par cet homme de métal dont on ne voyait jamais le visage, lui refusèrent tout commerce amoureux. Il dut apprendre à vivre dans la chasteté. Cela ne le gênait pas. Il préférait épargner ses forces vitales en prévision de la formidable bataille à venir. La griserie lui tournait la tête. Parfois il lui arrivait de chevaucher à travers la campagne jusqu'à ce que sa monture se couvre d'écume. Au plus fort de sa course, il frappait les chênes du poing, faisant voler leur écorce en éclats, et riait à gorge déployée. La fièvre de la conquête l'habitait, il lui fallait maintenant passer à l'attaque, faire trembler le monde, s'illustrer par d'incroyables faits d'armes qui effaceraient à jamais ceux des chevaliers de la Table Ronde.

Alors il plongea dans le tourbillon de la guerre, ravageant campagnes et cités. Si l'armée qui le suivait ne comptait point grande forêt de lances, ses prouesses personnelles suffisaient à décontenancer un ennemi bien supérieur en nombre. Les troupes se débandèrent bientôt devant ce paladin invincible qu'aucune épée ne pouvait navrer. Ses coups, d'une effroyable puissance, fendaient en deux un chevalier et la bête sur laquelle il était monté. Il n'était pas rare de voir ses adversaires rouler dans l'herbe, partagés par le milieu, les entrailles de l'homme se mêlant à celles du cheval.

De telles scènes eurent raison du courage des plus aguerris. On comprit vite que personne ne serait en mesure de vaincre ce diable qui crevait les murailles du poing et broyait les heaumes entre ses doigts telles des pommes trop mûres.

La folie de la guerre s'empara du cerveau du baron, réveillant en lui des appétits primitifs. Il ne désirait plus rien que galoper et voir tomber les têtes, s'écrouler les remparts. Il allait sans trêve ni repos, fendant ses ennemis de l'armet jusqu'aux pieds, taillant dans leur cuirasse comme si sa lame se frayait un chemin dans une motte d'argile. Il ne tuait plus, il massacrait, ne laissait point aux cadavres figure humaine. Il mettait en pièces hommes et chevaux, hachant les uns et les autres sans faire de distinction au point qu'on ne parvenait pas à reconnaître, dans tous ces débris, ce qui appartenait à l'humain de ce qui revenait à l'animal.

Ce furent des temps de grande terreur, de ravages impies. L'air sentait le sang, la mort. Les cadavres s'entassaient sur les champs de bataille, attirant rats et charognards. La terre, gavée d'hémorragies, avait viré au rouge, la boue qu'elle laissait aux pieds empestait le charnier.

Ce furent des temps de deuils et de pleurs durant lesquels les cris des corbeaux couvrirent la psalmodie des prières. Les villages, les cités devinrent autant de bûchers fumant sur la plaine et le vent roula dans ses bourrasques l'odeur de la chair grillée. Partout le même murmure précédait son arrivée : « Cist vient por mal ! »

Foulques ne se lassait pas. Son armée ne rencontrait que faible résistance, et s'il avait déjà perdu le tiers de ses chevaliers, sa seule puissance suffisait à emporter victoire sur victoire.

On commença à fuir devant lui, il ne trouva bientôt plus que cités désertes, bourgs abandonnés. Il était le fléau du mal personnifié, la destruction faite homme.

Une nuit, il investit la place forte du comté. Si la ville tombait, toutes les terres du seigneur seraient à lui, il le savait, et il mit plus d'ardeur encore à semer la destruction. La cité était en feu, des flammes pourpres jaillissaient en grondant des maisons fracassées. On avait du mal à respirer, la suie teignait en noir les visages ruisselants de sueur. Cette chaleur était comme un avant-goût de l'enfer, les armures devenaient si brûlantes qu'il était difficile d'en supporter le contact. Pour exciter la piétaille, ses bannerets scandaient « Ville prise ! Ville prise ! Navrez-les tous ! ». Aux cris de « Tue ! Tue ! Braz, Or ça ! » on enfonça la porte principale.

Foulques descendit de son cheval. Il alla à pied par les rues, pour mieux tailler de la lame dans l'épaisseur de la populace qui refluait en désordre. Des femmes brandissaient devant lui des nourrissons pour implorer sa clémence, mais il frappait quand même, tranchant le bébé et sa mère sans l'ombre d'une hésitation.

Ce soir-là, il se savait glorieux, triomphant. Il avait gagné son premier comté, d'autres suivraient, d'autres tomberaient. Avec la joie, ses appétits de mâle se réveillaient. Il eut soudain envie d'une femme, de deux femmes, de dix femmes... Il les lui fallait tout de suite, couchées pantelantes sous son armure. Il voulait les forcer, entendre leurs ongles et leurs dents crisser en vain sur l'acier de la cuirasse.

Ce soir-là, il outrepassa toutes les limites, et se damna sans même en avoir conscience. Sa conduite horrifia Dieu et tous les saints du paradis.

Quand il se remit en chasse, deux semaines plus tard, la chance cessa de lui sourire. Il voulut prendre d'assaut Wuydame-le-Vieil, mais la forteresse lui résista. Refusant de s'avouer vaincu, il mit siège sous les murailles, acculant les habitants à la famine, et, pendant qu'ils mouraient lentement de faim, donna des banquets en plein air pour que l'odeur des rôtis augmente encore leur détresse.

À l'intérieur de l'enceinte fortifiée, on mangea les chevaux, les chiens, les chats, les rats... Puis, comme cela arrive inévitablement dans ces circonstances, il se trouva des gens pour commettre le péché suprême : on dévora les enfants.

Voyant la tournure que prenaient les choses, le maître du lieu décida de se rendre, mais, avant de faire baisser le pont-levis, il monta sur les remparts et brandit le poing en direction du campement ennemi.

– Je te maudis, Foulques de Braz ! hurla-t-il. Je souhaite que tu connaisses des tourments pareils à ceux que nous avons subis. J'en appelle à la justice divine ! J'en appelle au diable ! Je veux que tu ne puisses plus te nourrir autrement que d'une manière infâme ! Écoute ma sentence : pendant un an, tu mangeras du chien, pendant une autre année, tu ne pourras plus consommer que des chats et des rats... Toute autre nourriture t'empoisonnera et te fera connaître les pires douleurs. Enfin, passé ces deux ans, tu feras comme nous avons fait, tu dévoreras des enfants. Tu deviendras un criminel voué à l'excommunication et au bûcher. Ainsi en ai-je décidé.

Sur ces mots, il s'effondra mort, tué par la trop longue diète qu'il s'était imposée.

Cette malédiction fit beaucoup rire Foulques de Braz, mais elle terrifia ses lieutenants.

Le soir même, alors qu'il essayait de dîner d'un cochon de lait rôti pour fêter sa victoire, Braz fut pris de douleurs stomacales effrayantes et se crut empoisonné. Il en alla ainsi tous les jours qui suivirent, jusqu'à ce qu'il se décide à manger du chien. Dieu – ou le diable – avait décidé d'exaucer le souhait des vaincus. La malédiction était en marche.

CHAPITRE HUIT

MAUVAIS COMPAGNONS
EN UNE MAUVAISE NUIT

— Voilà, conclut la jeune sorcière, tu sais tout à présent. C'est là l'histoire telle qu'on la colporte. Depuis ce jour, Foulques de Braz est passé par toutes les phases de la malédiction. Il s'est nourri de chiens, puis de rats... des dizaines, des centaines de rats. Une fringale atroce, immonde, mais c'était cela ou accepter de mourir de faim. La chose a fini par se savoir ; ses courtisans l'ont abandonné. Personne ne voulait plus entretenir le moindre commerce avec lui. La honte l'a chassé de son château, et si, aujourd'hui, il ne quitte plus son armure, ni ne lève la ventaille de son casque, c'est parce qu'il ne veut pas dévoiler son visage. Il est devenu pour tous un objet de dégoût. Il erre sur les landes, tuant les petits enfants à la pleine lune, ce qui le déshonore chaque fois un peu plus. Au lieu de laisser dans la mémoire des hommes le souvenir d'un paladin fameux, il passera à la postérité en tant que croque-mitaine. Mort de faim, il est condamné à manger de la plus ignoble façon. Voilà pourquoi il a accepté cette mission. Il espère trouver dans le grimoire de la sorcière de Niel une formule qui mettrait fin à ses tourments et lui ferait retrouver le chemin de l'honneur.

– Mais toi, tu ne pourrais pas l'aider ? N'es-tu point envoûteuse ?

– Mes pouvoirs sont trop faibles. Je ne fais pas partie des grandes initiées.

Gilles se contenta de grogner. Il décida de se taire car il ne voulait point établir des liens de familiarité avec la sorcière. Maintenant que les meurtrissures de la muselière s'effaçaient, il lui semblait qu'elle devenait de plus en plus jolie. « Une renarde, pensa-t-il de nouveau. Une renarde aux belles dents blanches. » Il pensait « dents », mais ses regards s'égaraient dans le décolleté de la jeune femme et sur ses épaules cuivrées que laissait deviner la cape rejetée en arrière. Il s'ébroua, craignant d'être victime d'un charme. Il n'aimait pas le trouble subit qui s'emparait de lui. Ce n'était point le franc rut qui le jetait habituellement entre les cuisses des ribaudes, mais quelque chose de plus sournois qui lui faisait peur.

Il chevaucha un moment en songeant à l'étrange destinée du baron. Si ce dernier avait dû, un an durant, se nourrir de rats, il ne fallait pas s'étonner que cette horrible manie ait provoqué la fuite de ses proches.

Un bruit de sabots lui fit lever le nez. Une troupe d'hommes en armes les talonnait, comme si elle s'était donné pour mission de les prendre en chasse. Elle était conduite par un chevalier galopant à la tête d'une dizaine de soldats.

« Une patrouille, songea Gilles. Une escouade bien armée qui cherche l'ogre. À n'en pas douter, les paysans de cette nuit sont allés se plaindre auprès de leur seigneur. »

Avec un frisson de peur, il songea qu'ils avaient laissé derrière eux des traces terriblement accusatrices. Il se maudit de tant de négligence. S'il n'avait pas été aussi troublé par les sortilèges dont il avait été témoin au cours de la nuit, il aurait nettoyé le bivouac avant de prendre la route. Vrai ! il n'était pas taillé pour les manigances maléfiques. C'est ainsi qu'on finissait sur le bûcher.

L'escouade les rattrapa, se scinda en deux et manœuvra pour leur barrer le chemin. En peu de temps, ils se retrouvèrent encerclés. Il fallut s'arrêter. Le chef s'avança. La ventaille levée de son heaume laissait voir un visage dur, méfiant.

– J'ai nom Hugo de Vainteuil, je suis vassal du comte de Grife, annonça-t-il. Mes hommes et moi traquons l'ogre qui, cette nuit, a ravagé le village de Pontarrier, tuant plusieurs serfs avant d'emporter une paire d'enfants dont nous avons retrouvé les restes à demi dévorés près d'un bivouac. Les traces qui partent de ce campement semblent indiquer qu'un destrier, un roncin et une mule sont passés par là. Or c'est un équipage qui ressemble singulièrement au vôtre.

Il parlait d'une voix haineuse, les yeux dardés sur Foulques de Braz, ne doutant plus d'avoir mis la main sur le tueur qui écumait la campagne depuis des mois. Gilles sentit une sueur glacée lui dégouliner le long de l'échine. Cette fois ils étaient perdus !

Comme pour mieux les condamner, la lumière du jour tombait droit sur l'armure du baron, mettant en relief les traces de sang séché qui maculaient le bas du heaume et le plastron.

– Arrière, grogna Foulques de Braz, vous nous retardez, beau sire. Vos missions de basse police ne me concernent pas. J'ai à faire, allez braconner ailleurs.

Vainteuil se raidit sous l'insolence. Il était manifeste que sa conviction était arrêtée. D'un geste, il signifia à ses hommes de dégainer leurs armes. Dix épées jaillirent de leur fourreau dans un raclement d'acier qui faisait grincer des dents.

– Vous n'irez nulle part, siffla-t-il. Sinon là où je compte vous mener, c'est-à-dire dans une geôle. Les serfs parlaient d'un homme de fer brillant sous la lune... En vous voyant couvert de sang, je comprends à quoi ils faisaient allusion. Vous êtes pris, ne tentez rien, je m'en voudrais de vous tuer, je préfère de beaucoup vous voir brûler sur un bûcher. Ayez au moins l'honneur de reconnaître que vous avez perdu.

Foulques fit entendre un ricanement.

– C'est vous qui vous mettez hors la loi en me barrant la route, répondit-il. Les crimes que vous m'imputez ne pèsent rien en comparaison de la tâche que je dois accomplir. Dégagez la voie au plus vite ou il vous en cuira.

Vainteuil se rapprocha, prêt à en découdre.

– Vous parlez comme un dément, siffla-t-il. Si je dois vous prendre par la force, je le ferai. Sachez que j'aurai grand plaisir à vous tuer.

– Alors c'est vous qui finirez sur le bûcher, gronda Foulques de Braz, car je suis en mission pour Notre Seigneur Jésus ; connaissez-vous la signification de ce sceau ?

Il brandissait à présent la médaille remise par le prieur. En identifiant le terrible emblème de la Sainte Inquisition, Hugo de Vainteuil devint livide.

– Or ça ! lança Foulques de Braz, vous voilà soudain moins faraud, l'ami. Dégagez le chemin, compagnons, laissez passer les soldats de Dieu !

Raidi par la colère et l'impuissance, Vainteuil dut s'exécuter. Ses maigres pouvoirs de police finissaient là où commençaient ceux de la terrible compagnie. La mort dans l'âme, il fit signe aux gens d'armes de s'écarter.

Le baron éclata d'un rire insultant et continua sa route sans même un salut. Gilles lui emboîta le pas. La haine des sergents flottait dans l'air comme une mauvaise odeur.

« Ils savent qu'ils tenaient l'ogre, pensa-t-il. Ils le tenaient, et les voilà forcés de le laisser filer. »

On s'éloigna sans hâter l'allure, comme si l'incident n'avait aucune importance, mais Gilles éprouva longtemps sur sa nuque la brûlure des regards rageurs que lui lançaient les soldats dépités.

Foulques de Braz n'était pas le seul dans son genre, l'écuyer le savait. Quelques années plus tôt, le redoutable Barbe-Bleue, de son vrai nom Gilles de Rais, seigneur de Champtocé, de Tiffauges et de Machecoul, avait pareillement défrayé la chronique. Compagnon de Jeanne d'Arc, maréchal de France à 25 ans, héros parmi les héros, n'avait-il pas fini son existence dans la peau d'un ogre de la pire espèce ? Les colporteurs racontaient que, lors de son procès, il avait avoué jusqu'à huit cents meurtres d'enfants, avant de donner complaisamment à ses juges les détails les plus atroces sur les tourments qu'il avait fait endurer à ses petites victimes. Auprès de ce grand criminel, le baron de Braz n'était qu'un petit prédateur, soit, mais un prédateur diantrement plus habile puisque jouissant de la protection de l'Église !

Ils chevauchèrent en silence toute la matinée à travers les taillis. La forêt devenait plus dense d'heure en heure, inhospitalière. Le roncin de Gilles se cabrait chaque fois qu'il lui fallait se frayer un chemin au milieu des buissons d'épines.

Le soleil se leva mais des nuages gris l'avalèrent aussitôt. Un froid humide s'installa sous les frondaisons. Un tapis de brume stagnait au ras du sol. Les pattes des chevaux s'y enfonçaient comme dans l'eau laiteuse d'un étang empoisonné.

Au bout d'un moment, Gilles prit conscience d'un fait beaucoup plus inquiétant. Des bêtes se déplaçaient dans les buissons, à droite et à gauche des cavaliers, derrière eux également. Cette troupe invisible faisait bruire les taillis et semblait nombreuse. On l'entendait galoper, s'arrêter, revenir, comme pour organiser une manœuvre d'encerclement. Gilles se raidit. « Les loups », pensa-t-il avec un frisson. C'était bien leur habituel manège : la traque invisible, l'encerclement, puis l'assaut collectif submergeant la victime de toutes parts... Combien étaient-ils ? La densité des fourrés, la brume ne permettaient pas d'estimer l'importance de la harde, mais en tendant l'oreille, on les entendait haleter de concert.

– Ne t'inquiète pas, dit Tara. Nous ne risquerons rien tant que nous nous déplacerons aux côtés du chevalier. Le maléfice dont il souffre les tiendra à l'écart, ils le savent plus grand prédateur qu'eux tous réunis. Si nous nous éloignons, par contre, ils ne feront qu'une bouchée de nous deux. C'est pour cette raison que tu peux me détacher, je ne suis pas folle, je n'essayerai pas de te fausser compagnie. L'ombre du chevalier nous protège, toi et moi ; hors de ses contours il n'y a point de salut.

Gilles grogna, nullement rassuré. Il était en train de se demander si Tara ne surestimait pas ses connaissances en sorcellerie.

Toute la matinée, la horde invisible les escorta, tantôt s'approchant, tantôt s'éloignant. Dès que l'écuyer agitait son gourdin, les loups s'enfuyaient dans un vacarme de brindilles, mais ils revenaient toujours. Gilles supportait mal de les entendre renifler ses traces. Ils étaient maintenant si proches qu'il percevait leur odeur de pisse et de chair pourrie. Le roncin les sentait lui aussi et se montrait de plus en plus nerveux.

Ce fut un voyage pénible à travers une forêt qui continuait à s'épaissir. Caparaçonné d'acier du museau jusqu'à la queue, le destrier du chevalier se frayait sans mal un chemin au milieu des épines. En ce qui le concernait, Gilles avait les chevilles et les mollets en feu, car les broussailles montaient fort haut, menaçant d'engloutir les voyageurs au sein de leurs volutes hérissées de piquants.

Par bonheur, on finit par déboucher dans une étroite clairière, sans doute une ancienne coupe désertée par des bûcherons ou des charbonniers, et le chevalier, sortant brusquement de sa transe, décida d'y faire halte.

Ce décret arrêté, le baron descendit de sa monture, s'assit sur une souche et s'abîma de nouveau dans le silence. Ces absences laissaient Gilles démuni. « On devient fou à trop longtemps vivre en compagnie des maudits », pensa-t-il en cherchant de quoi manger dans les fontes de sa selle. Les provisions s'épuisaient car le paladin ne lui avait pas laissé le temps d'aller au ravitaillement. On avait quitté l'abbaye des pénitents noirs sans prendre aucun des arrangements qui se font d'ordinaire lorsqu'on entame un long périple. C'étaient bien là des manières d'envoûté ! Gilles voyait venir le moment où, faute de pouvoir chasser, Tara et lui-même allaient périr de faim.

Inquiet, il décida de trancher les liens de la jeune fille et s'installa à l'écart pour mâchonner un morceau de lard sec dont il abandonna quelques lanières à l'envoûteuse. La viande, rance, n'était guère ragoûtante, et l'écuyer dut se forcer à l'avaler.

Les loups rôdaient, courant autour de la clairière sans jamais se montrer. Parfois, ils laissaient échapper des grognements sourds témoignant de leur impatience. La chair des humains et des montures leur faisait envie ; sans l'aura menaçante de l'armure maudite, ils seraient passés à l'attaque depuis longtemps. D'ailleurs, ils ne se résolvaient pas à partir, espérant que le garçon ou la fille finirait par commettre l'erreur de s'éloigner du bivouac. Si l'un des deux entrait sous le couvert, ils se jetteraient sur lui et se partageraient son corps sans tarder, avant que l'ogre vêtu de fer n'ait le temps de réagir.

Gilles s'ébroua, chassant les mauvaises pensées qui bourdonnaient dans son crâne. Il fit passer son maigre repas avec une gorgée de la tisane que Tara venait de faire infuser. Le parfum puissant des herbes médicinales lava le goût de charogne qui lui emplissait la bouche. Le breuvage avalé, le jeune homme se demanda d'où la sorcière avait sorti ces simples. Les avait-elle cueillis au cours du périple, ou bien son manteau dissimulait-il des poches remplies de plantes séchées ? Il haussa les épaules et renonça à s'interroger car il avait d'autres soucis.

En effet, les choses ne pourraient pas continuer ainsi, il faudrait bientôt se risquer dans un village pour acheter des provisions. À moins que le paladin n'abatte un loup et le fasse rôtir ? Mais le cuir de ces bêtes était immangeable ; sucer les maigres osselets des corbeaux ne leur remplirait pas davantage l'estomac, alors ?

Comme Gilles allait ouvrir la bouche pour se plaindre, Foulques de Braz prit subitement la parole. L'écuyer sursauta car le paladin se mettait toujours à parler au moment où il s'y attendait le moins.

— Sors tes pâtes de lustrage, ordonna le baron. Il est temps que tu redonnes à cette cuirasse l'aspect qui était le sien lorsque l'artisan qui la forgea la remit entre mes mains. Je veux qu'elle brille comme au premier jour, cela nous portera chance. Nous allons bientôt sortir de la forêt, alors notre mission commencera. Niel est de l'autre côté de cette vallée. Une fois le grimoire entre nos mains, je serai libéré de la malédiction. Je déposerai les armes et j'entrerai au monastère. Une nouvelle vie commencera pour moi. Je m'isolerai dans la prière et la contemplation. Ah ! comme j'ai hâte de redevenir un homme comme les autres !

Gilles s'en alla quérir ses onguents, ses brosses, tandis que le baron s'étendait sur l'herbe. La couche de rouille était épaisse, véritable croûte rougeâtre qui cachait le métal de l'armure. L'écuyer entreprit de la frotter avec un mélange de sable et de vinaigre. Cette besogne le mit en sueur.

Le travail de remise en état était considérable car, depuis quinze ans, Foulques de Braz ne s'était pas soucié de l'aspect du vêtement. L'oxydation s'était étendue, couvrant toute la surface de la cuirasse, au point que l'armure semblait avoir séjourné plusieurs années au fond d'un étang.

Au fur et à mesure que Gilles frottait, le métal retrouvait son bel aspect argenté. Les doigts expérimentés de l'écuyer n'eurent d'ailleurs aucun mal à deviner qu'il ne s'agissait pas d'un acier ordinaire. Il avait poli tant d'armures par le passé qu'il pouvait généralement dire, au toucher, qui les avait fabriquées, le prix qu'elles avaient coûté. Mais celle-là...

Elle était lourde, épaisse, et miroitait d'un éclat précieux, argenté, qui ne blessait pas le regard. Sa texture était étrange, à la fois soyeuse et plus dure que le plus solide des métaux. Gilles connaissait tout des blancs harnais à la française, mais aussi des armures noires de fer saxon, lourd, rugueux, plus solide. Celle-ci ne leur ressemblait pas.

« Il n'y a nulle magie en tout cela, se dit-il pour se rassurer, mais plutôt quelque secret de fabrication bien gardé. Le forgeron-magicien du conte n'est sans doute qu'un artisan habile qui a découvert un nouvel alliage. Quant à mon vieux maître, Thibault d'Estriviers, il a été vaincu non pas au moyen d'un maléfice, mais par la supériorité d'un fer mieux trempé. »

Chapitre neuf

L'HIVER DES LOUPS

Ils passèrent une mauvaise nuit et s'éveillèrent transis. Quand l'écuyer ouvrit les yeux, Tara attendait, assise sur une souche. Il eut l'intuition qu'elle n'avait pas fermé l'œil.

— J'ai oublié de t'attacher, observa-t-il, tu aurais pu t'enfuir.

— C'est vrai, admit la jeune femme. Je connais d'ailleurs une certaine formule qui met d'ordinaire les loups en fuite. Je l'ai essayée dès que tu as sombré dans le sommeil, mais elle est restée sans effet. Je ne sais pourquoi. Je n'ai pas pu m'éloigner du bivouac. Je crois qu'une centaine de loups campent dans les buissons. Ils nous encerclent. Je dis cent, mais c'est sûrement davantage car je ne sais pas compter au-delà de ce chiffre.

Elle ne cherchait pas à cacher sa peur et se drapait frileusement dans sa cape.

— De méchantes choses nous attendent au sortir de la forêt, murmura-t-elle. J'ai l'impression que quelqu'un nous épie... qu'une pensée étrangère s'insinue dans ma tête pour sonder mon esprit. Celle qui a jadis régné sur ces lieux détenait de grands pouvoirs. Nous nous rapprochons d'une frontière au-delà de laquelle s'étend une terre maudite.

Gilles aurait aimé que le chevalier dise quelque chose, mais l'armure demeurait inerte, silencieuse.

« Nous allons devoir nous débrouiller tout seuls », songea-t-il. Il alla décrocher l'outre suspendue au pommeau de sa selle et se fit couler de l'eau sur la tête. Il faisait de plus en plus froid.

– Ça sent la neige, grommela-t-il. Comme si nous avions besoin de cela !

On ne pouvait repartir. Il fallait attendre que le baron de Braz daigne sortir de son immobilité. Tara grelottait car la température ne cessait de s'abaisser et elle était fort peu couverte. Gilles lui-même en était réduit à se battre les flancs.

Il fallait bouger sous peine de mourir gelés. Il serait bientôt impossible d'aller chercher des brindilles sèches pour entretenir le feu puisque les loups étaient là, tout près, attendant de fondre sur le premier imprudent qui s'enfoncerait dans les buissons.

– Messire, cria Gilles en s'approchant du chevalier. Il faut partir, on ne peut passer la nuit en un tel endroit. Je vous supplie de vous réveiller !

Comme il prononçait ces mots, les premiers flocons de neige voletèrent entre les arbres.

L'armure bougea enfin.

– Aide-moi à grimper en selle, chuchota le baron. Il me semble que mes forces m'abandonnent. Mon esprit s'éteint. Il y a longtemps que je suis ainsi ?

– Depuis hier soir, souffla l'écuyer. Les loups nous encerclent, il n'y a plus rien à manger et il fait un froid d'enfer. Il faut aller de l'avant, trouver un hameau, une chaumière.

– Aide-moi, répéta le paladin en se mettant maladroitement debout.

Gilles dut presque le hisser sur sa monture. Les flocons s'épaississaient. Les chevaux tremblaient de peur, de froid. Le conroi s'ébranla enfin.

On avançait face à la tempête, dans le souffle furieux des flocons blancs. Le vent hurlait si fort qu'il devenait impossible de parler.

Dans les buissons, les loups se mirent à crier à l'unisson, produisant d'affreux glapissements qui sonnaient à la manière de ces exhortations poussées par les chevaliers au début des batailles, lorsqu'il s'agit de s'échauffer les humeurs avant d'en découdre.

L'herbe craquait comme du verre sous les sabots des chevaux tandis que la bourrasque blanche ronflait dans le sous-bois, courant en cercle autour des cavaliers. Aveuglé, Gilles rabattit la capuche de son mantel sur ses yeux. Il ne voyait plus Tara. Il ne sentait plus ses doigts, et son visage lui semblait modelé dans de la terre cuite. Il s'écarta du chevalier, la neige le suivit, le giflant avec méchanceté, cherchant à s'engouffrer sous ses vêtements pour mordre sa peau nue. Il n'eut pas le temps de s'en plaindre davantage car les loups passèrent à l'attaque.

D'un seul coup, ils fondirent sur les chevaux, essayant de les mordre aux jarrets. Certains se glissèrent sous la panse des bêtes pour leur arracher le vit, mais les montures prirent le galop. Foulques lui-même avait adopté le pas de charge, son cheval forait une trouée au milieu des basses branches chargées de neige. Gilles piqua des deux et s'élança à sa suite en espérant que Tara ne se laisserait pas désarçonner, car la mule allait moins vite et constituait une proie facile pour la meute affamée. Les loups ne renonçaient pas. Ils filaient ventre à terre, sortant de partout, innombrables. Longues silhouettes grises au museau pointu, ils enca-draient les chevaux en bondissant pour leur infliger de cruelles morsures. Gilles entendait claquer leurs mâchoires. Des crocs se refermèrent sur ses chausses, les lacérant sans parvenir cependant à entamer la chair de ses mollets. Il avait saisi un fouet et frappait de droite et de gauche, arrachant le poil sur la tête des fauves. Parfois, le nerf de bœuf leur emportait une oreille sans leur faire pour autant rebrousser chemin.

« Nous sommes perdus, pensa-t-il. Ils sont trop nombreux. Ils vont nous submerger. »

Les chevaux galopaient, rendus fous par la peur, les flancs et les cuisses couverts de morsures saignantes. Les prédateurs se jetaient entre leurs pattes pour les obliger à trébucher, au risque de se faire briser les reins.

« Si je tombe, je suis mort », murmura Gilles. Dans un premier temps, il avait espéré que la horde ne pourrait soutenir le train mené par les montures ; il réalisait maintenant qu'il avait été trop optimiste. Les loups avaient réglé leur foulée sur celle des destriers, ils ne se laisseraient pas distancer. Tôt ou tard, l'un des chevaux déraperait sur une plaque de verglas, roulerait sur le flanc, les quatre fers en l'air, ce serait alors la curée...

Soudain, on sortit de la forêt. Les arbres s'espacèrent pour laisser la place à une vaste prairie couverte de neige. Gilles, éclaboussé par l'écume qui sortait de la bouche de son roncin, comprit que la bête donnait ses dernières forces. Même le destrier du baron avait ralenti le train. À la lisière des bois, les loups entamèrent un mouvement tournant pour encercler les montures et leur couper la route. Les chevaux se dressèrent en battant l'air de leurs antérieurs. Gilles se cramponna du mieux qu'il put, essayant de ne point vider les étriers. S'il tombait, les prédateurs fondraient aussitôt sur lui pour l'escouiller. Foulques avait tiré son épée et frappait au hasard, gêné dans l'ajustement de ses coups par les mouvements désordonnés de son cheval. « C'est la fin ! » pensa l'écuyer au comble de l'effroi. Il lui aurait été indifférent de périr au combat, pied à pied, la lame à la main, dans quelque bonne bataille, mais la perspective d'être dévoré lui donnait la chair de poule. Ce n'était pas là une mort convenable pour un honnête sergent.

Quatre loups s'acharnaient sur les jarrets du destrier du baron, les mettant en charpie. Le brave cheval avait déjà cassé les crânes de plusieurs mâles parmi les plus hardis, mais il en revenait toujours, la gueule béante, les crocs scintillant d'un éclat mouillé. Foulques de Braz fut désarçonné. La grande armure s'abattit dans la neige. Elle ne réussirait pas à se remettre toute seule sur pied. C'était le travail de Gilles d'y remédier. Il aurait dû se trouver aux côtés de son maître pour l'aider à se redresser, mais s'il mettait pied à terre, il serait égorgé dans l'instant. Les loups se ruèrent sur le baron, mordant l'acier du vêtement de guerre. Leurs crocs produisaient un horrible crissement sur le métal. Renversé sur le dos, le chevalier n'était plus qu'un gros insecte à la gesticulation inutile. Un hurlement retentit derrière Gilles : c'était Tara qui venait de tomber à son tour, renversée par sa mule devenue folle de peur. La bourrique fouettait l'air de ses sabots mais les loups l'entouraient, lui mordant le poitrail, la panse. Gilles tira son poignard et sauta de sa monture pour courir au secours de la jeune femme dont les prédateurs étaient en train de mettre le manteau en pièces. Dès que ses chevilles s'enfoncèrent dans la neige, il frappa à grands coups, lacérant des pelages, cisaillant des oreilles, des museaux. Il prenait soin de tourner sur lui-même telle une toupie car il savait que les loups ont coutume d'attaquer l'homme par-derrière, et de se suspendre à sa nuque pour lui casser l'échine en lui imprimant un mouvement de balancier. Tout de suite, il sut que sa tentative serait inutile. La meute était trop nombreuse. Trente ou quarante mâles chargeaient en première ligne, autant de femelles suivaient. C'était une armée à quatre pattes.

Alors qu'il recommandait son âme à Dieu, les loups se figèrent, puis entamèrent un mouvement de repli, le poil dressé sur l'échine, comme s'ils avaient peur. Ils ne hurlaient plus, ne grognaient pas davantage. De leur museau sortait un couinement de chiot terrifié. Gilles crut tout d'abord que le baron s'était redressé et les menaçait de sa grande épée, mais Braz gisait dans la neige, inconscient. Ce n'était donc pas lui qui effrayait la meute... *Qui alors ?* Quel prédateur plus terrible que quatre-vingts loups affamés ?

L'écuyer plissa les yeux, la réverbération du soleil sur la neige l'aveuglait. Il lui fallut un moment pour distinguer les moutons. Ils s'approchaient, en rangs serrés. Un troupeau qui s'avançait bravement vers les loups comme s'il entrait dans ses intentions d'en découdre. Les brebis ne bêlaient pas. Elles chargeaient, tête basse, enveloppées de laine grasse... et les loups battaient en retraite sans demander leur reste, sans même essayer de faire front. C'était incompréhensible. Jamais Gilles n'avait assisté à un tel spectacle. Des moutons mettant en fuite une horde de fauves experts en carnage ! Il ne savait plus s'il devait s'en réjouir ou trembler.

Voyant que les loups se débandaient, les moutons s'immobilisèrent en une ligne parfaite, tels des chevaliers sur un champ de bataille. Ils étaient fort nombreux. La blancheur de la neige leur donnait par contraste une teinte jaunâtre un peu pisseuse. Le vent porta jusqu'aux narines de l'écuyer leur puissante odeur de suint.

— Les gardiens... balbutia Tara en se redressant. Les gardiens de la bergère.

Gilles se rappela les propos de l'inquisiteur. Lors de la mystérieuse entrevue au moutier des pénitents noirs, le prieur avait mentionné quelque chose à propos de moutons ensorcelés ; cela lui revenait tout à coup : *Des moutons démoniaques qui poussaient les bergers dans le vide du haut des falaises.*

Tara grelottait, le manteau en loques. Les chevaux saignaient et boitaient sans parvenir à se remettre de la terreur qu'ils venaient d'éprouver. Gilles hésitait à remiser sa dague au fourreau. Les cerbères enveloppés de laine allaient-ils monter à l'attaque, eux aussi ? Les petits yeux noirs des animaux le scrutaient. Le troupeau était important, peut-être deux cents têtes. L'absence de bêlements lui conférait un aspect menaçant. Gilles n'avait jamais rencontré de moutons muets.

— Range ta lame, murmura la jeune femme. Ou ils te prendront pour un boucher.

L'écuyer se dépêcha d'obéir.

— Vont-ils nous charger ? s'enquit-il.

— Je ne sais pas, souffla l'Égyptienne. C'étaient les cerbères de la baronne. Elle a fait d'eux des sentinelles toujours en alerte. Ils nous ont sauvés des loups.

Ils n'osaient bouger ni l'un ni l'autre, de peur de déclencher quelque chose. Enfin, les moutons firent volte-face et s'en allèrent comme ils étaient venus, cheminant flanc contre flanc, immense pelote de laine montée sur des centaines de pattes.

Gilles se signa.

Quand le troupeau eut disparu derrière une colline, l'écuyer réalisa que le baron gisait toujours sur le sol, sans connaissance. Il eut alors une seconde surprise. Dans la chute, la ventaille du casque s'était relevée...

Le visage qui s'y encadrait n'était nullement celui d'un monstre comme on aurait été en droit de s'y attendre. En réalité le heaume dissimulait la figure amaigrie d'un bel homme encore jeune, à la barbe blonde, aux pommettes saillantes, et qui pour l'heure gisait sans connaissance.

L'écuyer en eut le souffle coupé. Au cours des derniers jours, il avait tenu pour acquis que le costume de guerre abritait une créature bestiale, marquée par le vice et la malédiction ; il découvrait soudain que la cuirasse renfermait un occupant à la belle allure. D'une saleté repoussante, mais néanmoins fort avenant.

Il se tourna vers Tara ; la jeune femme ne donnait aucun signe d'étonnement.

– Tu savais ? grogna Gilles.

– Non, fit Tara. Je n'ai fait que te répéter l'histoire telle qu'elle court de bouche en bouche. Et telle que me l'a rapportée le prieur des pénitents.

– Mais cet homme n'a rien d'un croque-mitaine ! s'emporta l'écuyer. Regarde ! Il est beau comme un chevalier d'enluminure !

– Cela ne l'empêche pas d'être un assassin de la pire espèce, riposta Tara. Je ne sais s'il tue les enfants à cause d'une malédiction, ou tout simplement parce qu'il est fou, mais les meurtres sont bien réels, tu as pu t'en rendre compte, puisque tu as été contraint d'y participer. (Elle eut un geste de lassitude et dit :) Tu comptes rester là jusqu'à la nuit ? Les moutons sont partis, les loups pourraient bien décider de revenir. Il faudrait trouver un abri. Le jour baisse.

Gilles grommela et banda ses muscles pour hisser le chevalier sur la mule. C'était difficile, car le costume de fer rendait tout mouvement impossible. Il aurait fallu dévêtir le baron afin d'être en mesure de le bouger. Gilles hésitait à prendre une initiative aussi radicale.

Comment réagirait l'ogre quand il découvrirait qu'on l'avait extrait de son enveloppe ? Mieux valait ne pas essayer. Il n'est jamais bon de contrarier les fous.

– Il est plus lourd qu'un cheval mort ! souffla l'écuyer. Et si on le laisse dans la neige, il va crever.

Il décida de passer une corde autour du torse du baron, et d'en attacher l'autre extrémité au pommeau de la selle du destrier. La monture tirerait le paladin comme on hale un tronc. La manœuvre effectuée, on se mit en marche. Le cheval avançait, l'encolure fléchie, traînant son maître dans son sillage. Par bonheur, la neige facilitait le glissement de l'armure sur le sol.

– Là-bas ! lança Tara. Je vois la fumée d'une cheminée. Il y a une maison.

CHAPITRE DIX

LES SENTINELLES DE LAINE

C'était une chaumière dont toutes les ouvertures avaient été colmatées avec des planches. Une charrette chargée de ballots indiquait un départ imminent, un déménagement sans espoir de retour. Gilles devina les pleurs d'un enfant à travers l'épaisseur des murs. Les habitants du lieu s'effrayaient de leur approche. Il entreprit de les rassurer.

– Holà ! cria-t-il. Par Dieu ! À l'aide ! Je suis Gilles, écuyer et sergent d'armes du très haut et très puissant baron de Braz. Nous venons d'échapper aux loups mais le froid nous tuera s'il ne se trouve personne pour nous donner asile.

Des murmures enfiévrés sifflèrent derrière la porte. Gilles crut comprendre qu'on débattait avec angoisse de ce qu'il convenait de faire. Allait-on les laisser dehors ? Ç'aurait été peu chrétien, mais cette notion avait-elle encore un sens en un pays où les moutons faisaient peur aux loups ? Il se rappela que la Bible disait quelque chose à propos des grandes inversions qui précéderaient l'Apocalypse.

La porte s'entrebâilla. Un vieillard parut sur le seuil, l'air apeuré. Derrière lui se pressait une ribambelle d'enfants morveux, crottés, dont les plus jeunes allaient le cul nu en dépit du froid.

– Pardonnez notre méfiance, messire écuyer, bredouilla-t-il, mais nous sommes peu habitués à recevoir des visiteurs.

Il s'effaça pour laisser entrer les voyageurs. Gilles lui demanda de l'aide pour transporter Foulques de Braz près du feu. Le vieillard s'excusa, il était seul avec ses petits-enfants. Sa fille et son gendre étaient morts l'année passée.

– Il n'y a presque plus personne au village, ajouta-t-il. La plupart des chaumières sont vides.

Gilles installa le baron devant l'âtre pour qu'il se réchauffe car l'armure s'était imprégnée du froid de la neige. « Pourtant, songeait-il, s'il mourait, je serais débarrassé de toute obligation. »

La cahute ne comportait qu'une pièce où l'on avait parqué les animaux : deux cochons, des poules, une vache. L'odeur de fumier prenait à la gorge.

Le vieillard se planta devant le baron et le considéra avec apitoiement.

– Ce n'est pas le premier qui vient chez nous, marmonna-t-il. Trois ou quatre autres l'ont précédé. On les expédie ici en leur promettant de leur donner le fief de Niel s'ils triomphent des pièges du château, mais aucun n'en ressort jamais. Celui-là sera le premier à trépasser avant même d'avoir franchi le pont-levis.

Après avoir hésité, Gilles se décida à ôter le heaume recouvrant la tête du chevalier. Il devait s'informer de la blessure subie par son maître, cela entrait dans le cadre de ses fonctions. Foulques de Braz portait cheveux longs et barbe hirsute. Rien d'étonnant à cela puisqu'il n'avait pas enlevé son bassinet depuis des lustres. Le poil blond était aggloméré par la sueur et le sang des sinistres banquets auxquels l'obligeait sa nature d'ogre, mais sa physionomie était avenante et aurait ému plus d'une dame. L'écuyer le constata avec déplaisir car il lui aurait été plus facile de s'affranchir d'un maître disgracié, ou méhaigné par quelque vilaine blessure. La crinière de Foulques était jaune comme les blés, son nez bien dessiné, sa bouche gourmande. Cela dit, il puait autant que le cul d'un âne. Il saignait d'une plaie au front, et l'on pouvait voir, sur le haut de son crâne, la cicatrice d'un coup d'épée qui lui avait enfoncé l'os. Les cheveux ne poussaient plus autour de cette boutonnière rosâtre qui évoquait une bouche aux lèvres crispées. Était-ce là l'origine de sa folie ?

— Je vais profiter de ce qu'il a perdu connaissance pour le décrasser, marmonna Gilles. Peux-tu faire chauffer de l'eau, bonhomme ?

— On m'appelle Jehan, fit le vieillard. Tu as raison de le laver ici, car là-haut, au manoir, le bois refuse de brûler. Tu auras beau l'entasser dans les cheminées, jamais il n'acceptera de prendre feu et vous crèverez de froid nuit et jour.

— C'est vrai ? interrogea l'écuyer. Tu ne dis pas ça pour faire le faraud ?

— Non, assura le paysan en vidant un pichet dans une marmite pendue au-dessus des flammes. C'est la vérité vraie. La châtelaine de Niel a jeté un sort sur la forêt, afin qu'on ne puisse y assembler des fagots dont on pourrait faire un bûcher. Elle a pris cette précaution pour qu'on ne soit pas tenté de la brûler vive. Toute branche ramassée aux environs du castel est rebelle à l'embrasement. Tu le constateras bientôt de tes yeux. Le pont-levis et la grande porte sont protégés par le même maléfice. Quand on a essayé d'y bouter le feu, à la mort de la sorcière, les torches qu'on avait amenées tout allumées de la vallée se sont éteintes avant même d'avoir pu en noircir les planches. C'est pour cette raison que le manoir n'a pas été incendié.

Gilles continuait à démonter l'armure, découvrant la pouillerie du gambison dont le baron était enveloppé. Tout cela puait la sueur, la pisse. Le corps, amaigri par les jeûnes prolongés, restait admirablement proportionné.

— Par Dieu ! soupira-t-il à l'adresse de Tara qui venait de s'agenouiller à ses côtés. C'est bien un homme, pas un loup-garou.

La jeune femme ne répondit pas. L'air songeur, elle contemplait le profil de Foulques avec tant d'attention que Gilles en fut méchamment pincé. Cette godiche allait-elle s'enamourer d'un ogre de la pire espèce sous prétexte qu'il avait jolie figure ? C'était bien là folie de femme !

— Aide-moi, au lieu de rêvasser, grogna-t-il. Je suppose que tu n'es pas pucelle et que toucher la chair d'un soldat ne te fait point horreur.

Il devina que Tara était aussi désarçonnée que lui. Tous deux s'étaient, à travers le miroir déformant des fables, bâti une certaine image de Foulques de Braz. Une image effrayante, empreinte de laideur, de vice. Ils découvraient soudain que la réalité ne correspondait en rien au croque-mitaine sorti de leur imagination.

Ils nettoyèrent rapidement le baron en s'assurant qu'il ne souffrait d'aucune autre blessure, puis le rhabillèrent sans attendre. La plaie au front ne saignait plus. Gilles s'abstint d'y toucher.

« Il ne se réveillera peut-être pas, pensait-il. Dans ce cas, nous n'aurons pas à pousser jusqu'au manoir. L'Inquisition nous croira morts et nous oubliera tout aussitôt. »

Le paysan profita de la fin des soins pour jeter une poignée de farine dans la marmite. Il y ajouta quelques oignons, un morceau de poisson saumuré. Les mioches se rassemblèrent autour de l'âtre, humant les effluves qui sortaient du chaudron.

Quand Gilles s'étonna des sacs entassés contre la paroi, le vieillard lui répondit :

– Nous partons demain car la vie est devenue impossible ici. Y demeurer plus longtemps, ce serait courir le risque d'y perdre son âme, et vous devriez nous imiter sans tarder. Cette terre est maudite, les lois de la nature y ont été bouleversées par maléfice. Tout cela à cause de Lilith, la bergère qui épousa le baron de Niel quand j'étais encore un jeune homme.

– Une vraie bergère ? s'enquit Gilles.

– Oui, une fille d'une grande beauté. Une orpheline qui gardait les brebis sans l'aide d'aucun chien. Elle vivait entourée de ses bêtes au sommet d'une colline et ne se mêlait jamais aux autres villageois. Elle était encore gamine qu'on la voyait déjà danser nue au clair de lune, au milieu de ses moutons, et se frotter contre eux de manière impudique. Cela ne l'a pas empêchée d'épouser le baron qui était gentil seigneur. Tous nos malheurs sont venus de là.

Les enfants se pressaient autour de la table pour écouter une histoire mille fois entendue. Leurs petites frimousses incrustées de crasse leur donnaient l'allure de gnomes frottés au charbon de bois.

– Quand elle s'est installée au château, poursuivit le vieux, elle a exigé d'emmener ses moutons avec elle. On n'avait jamais vu cela ! Une châtelaine s'obstinant à des pratiques de bergère. Bien vite on a raconté qu'elle refusait de s'étendre sur la couche de son époux et dormait dans la bergerie, blottie contre ses bêtes, partageant leur chaleur, leurs poux. Elle ne voulait aucun des beaux atours que le baron avait fait couper pour elle et ne s'habillait qu'avec des chemises de laine qu'elle tricotait ou tissait elle-même, et qui provenait du dos de ses maudits animaux.

– Et son époux n'a pas réagi ?

– Non, elle le tenait en son pouvoir. Sans doute par quelque philtre d'amour. Il avait perdu bon sens et vigueur ; il traînait sur les remparts tout le jour durant, comme s'il espérait la venue d'une escouade dépêchée pour le délivrer. On aurait dit un vieil homme. Des langueurs le prenaient, il ne se nourrissait plus que de laitages au lieu de se régaler de bons cygnes rôtis ou de hérons à la broche comme le font d'ordinaire les seigneurs. C'était grande pitié de le voir, et le cœur nous en serrait, à nous, ses serfs. Nous sentions tous qu'il avait l'esprit affaibli. Sa femme lui avait jeté un sort. Peu à peu, les troubadours, les marchands, les jongleurs ont cessé de venir au manoir. Les seigneurs du voisinage ont préféré oublier notre existence. Qui pourrait leur en vouloir ? Personne n'a envie de s'asseoir à la table du Malin.

– Comment le baron est-il mort ?

– Il s'est éteint doucement, comme une chandelle quand le suif vient à manquer. Usé par l'envoûtement. La bergère est restée seule maîtresse du castel. Elle s'y est enfermée avec son troupeau qui ne cessait de croître. Les moutons couraient partout, dans les escaliers, les corridors, les salles d'apparat, et même sur les remparts où ils avaient fini par prendre la place des hommes d'armes. À la mort du seigneur de Niel, la domesticité s'est enfuie. Les servantes, les cuisiniers, mais aussi les soldats, les archers. Tous avaient peur de finir damnés.

Le vieil homme se cacha le visage dans les mains, hésitant à poursuivre. Gilles ne voulait pas le brusquer.

– Elle ne sortait jamais ? se décida-t-il à demander. Votre maîtresse... elle restait claquemurée dans le donjon ?

– Oui, fit le paysan d'une voix éteinte. Elle filait la laine, elle tissait. Oh ! c'était une besogneuse, on ne pouvait guère lui reprocher de paresser.

– Que faisait-elle de toute cette laine, de ces étoffes ?

– Elle nous les donnait. Elle voulait que nous les portions, mais nous avons toujours refusé. Quand elle nous ordonnait, du haut des remparts, d'emporter les corbeilles de linge disposées à notre intention sur le pont-levis, nous faisions semblant d'obéir, mais sitôt de retour au hameau, nous brûlions bien vite ces oripeaux du diable. Et pourtant c'était de la belle étoffe, fine, douce, beurrée. De la toile pour habiller les grands seigneurs. Nous n'en voulions pas. Du moins la plupart d'entre nous, car ceux qui se sont laissé prendre à la coquetterie sont devenus fous. Ils ont fini par égorger leur famille, et on les a vus errer à travers les rues du village, en chemise, le couteau à la main, couvert du sang de leurs enfants.

– De quoi vivait-elle ? Vous lui apportiez à manger ?

– Oui, comme tout bon serf se doit de le faire. Nous déposions des paniers de nourriture sur le pont-levis. Du pain, de la farine, des salaisons, des fruits. Mais elle se nourrissait surtout du lait de ses brebis et de ses fromages. Nous aurions en vain essayé de l'affamer. Elle se suffisait à elle-même. Les choses ont empiré quand ses moutons ont commencé à semer la terreur sur la lande. Ils mordaient les chiens des bergers. Et même, ils les tuaient en les encerclant pour les empêcher de fuir. Ils se comportaient comme des loups. Ils nous suivaient partout pour nous épier, dans les bois, dans les maisons. On ne pouvait plus faire un pas sans découvrir au bout d'un moment qu'on était pris en chasse par une ou plusieurs brebis. Elles étaient devenues insolentes, belliqueuses. Quelques jeunes gars qui se croyaient plus malins que les autres ont voulu leur apprendre l'obéissance. C'étaient de bons pâtres, qui avaient l'habitude des troupeaux. Les brebis les ont fait tomber dans des crevasses où ils se sont rompu les os.

— Je sais, maugréa Gilles, on m'a déjà raconté cette histoire.

Il avait secrètement envie que le paysan se taise. La litanie d'épouvante qui s'échappait de la bouche ridée du vilain commençait à lui agacer les nerfs. Tara, elle, demeurait distraite. De temps à autre, elle coulait un regard rapide en direction du heaume dont Gilles s'était dépêché de coiffer le baron. Sans doute regrettait-elle de ne plus pouvoir contempler le profil de l'ogre ?

« Foutue garce ! » songea l'écuyer.

Le repas avalé, on resta pelotonnés au coin du feu, dans l'obscurité qui s'installait.

Le vieux se remit à radoter.

— La bergère m'a pris ma fille et mon gendre, soupira-t-il. Un soir, ils ne sont pas revenus des champs... Quand on a battu la campagne, on les a trouvés au fond d'une crevasse, la tête fendue. Je suis sûr que ce sont les moutons qui les ont poussés dans le vide. La bergère est morte, mais son esprit rôde à l'intérieur du château. Elle se sert des brebis pour voyager au-dehors. Elle voit par leurs yeux. Elle les commande.

— Quand est-elle morte ? interrogea Gilles.

— Il y a trois ans, murmura le serf. On s'en est doutés quand on a vu les corbeaux s'engouffrer dans le donjon par l'une des meurtrières. Des nuées de corbeaux qui faisaient le va-et-vient. Je me rappelle avoir dit à mes voisins : « Tiens, ça sent la charogne ! La garce serait-elle enfin crevée ? »

Il parlait de plus en plus bas. Les mioches s'étaient entassés sur la paillasse, se pelotonnant les uns contre les autres pour se tenir chaud.

Il raconta comment un jeune coq du village avait eu le cran de se glisser dans le manoir pour s'assurer du trépas de la sorcière.

— Un gamin du nom de Guillaume. Il a dû se frayer un chemin au milieu des moutons désorientés qui bêlaient au long des couloirs. Des centaines de bêtes qui avaient l'air de pleurer leur maîtresse disparue. C'était à vous rendre sourd, pour sûr ! Guillaume a réussi à grimper jusqu'au dernier étage du donjon, jusqu'à la chambre à coucher du baron. La pièce était pleine de corbeaux qui becquetaient la morte, comme ces volatiles ont l'habitude de faire avec les pendus. Elle était là, sur le lit... plus morte qu'une peau de vache tannée. Guillaume a rebroussé chemin avant que les moutons ne se ressaisissent. C'est ça qui lui a permis de ressortir vivant. Si le troupeau n'avait pas été désorienté, le gamin aurait été mis en pièces. Il a été le dernier d'entre nous à franchir le seuil du château. (Il se tut pour reprendre son souffle.) C'est à ce moment-là qu'on a essayé de mettre le feu, ajouta-t-il. On se disait qu'il fallait en profiter, que la vie reprendrait comme avant sitôt le castel à bas. Mais ça n'a pas marché.

— Et la bergère ?

— Toujours là-haut. Il ne doit plus en rester grand-chose aujourd'hui. Quand les corbeaux ont cessé d'aller et venir dans les meurtrières, on a compris qu'elle était nettoyée. Le corps est parti, mais l'esprit est resté. Encore plus méchant que de son vivant. On s'en est bien vite rendu compte. Voilà pourquoi je pars. Je ne veux pas que les moutons tuent mes petits-enfants. Je traverserai la lande en contournant la forêt, j'irai du côté de Vallendieu, comme ceux qui sont partis avant moi. Ce sera toujours mieux qu'ici. (Il eut un geste las en direction de la paillasse.) Il faut dormir à présent, conclut-il. Il est tard et je dois me mettre en marche au chant du coq.

CHAPITRE ONZE

UNE CHAIR SI DOUCE

Comme il l'avait annoncé, le vieillard partit à l'aube. Il fallut se lever et l'aider à plier la paillasse pour la charger dans la charrette car il était trop pauvre pour se permettre d'abandonner quoi que ce soit derrière lui. Les petits animaux furent eux aussi jetés dans la carriole ; les gros suivraient, attachés par une longe aux ridelles.

– J'ai grande honte à vous laisser là, dit le vilain au moment de se mettre en marche. Dieu vous vienne en aide, vous vous engagez sur un mauvais chemin. Je ne puis rien vous laisser, pas même une miche de pain, car mes petits auront faim, et je suis trop vieux pour chasser. De plus, vous apprendrez vite qu'aucun animal n'habite plus sur la lande. Les moutons les ont fait fuir. Même les oiseaux évitent cette terre, et il n'y a que les corbeaux pour accepter encore de survoler la campagne.

Il se signa et, posant une main sur le licou de ses mules, s'engagea sur la plaine couverte de neige.

Quand il rentra dans la maison, Gilles trouva Tara agenouillée près de Foulques. Elle avait relevé la ventaille du casque et s'appliquait à lui humecter les lèvres avec un chiffon mouillé. Ces soins attentifs l'irritèrent.

— Tu devrais lui donner le sein, comme à un marmot, grogna-t-il. Cela l'aiderait peut-être à ouvrir les yeux.

— Ne sois pas stupide, murmura la jeune femme sans se retourner. Nous avons besoin de lui. Une fois dans le château, il nous faudra affronter de grands dangers. Sans la protection de Foulques, nous ne survivrons pas longtemps.

— C'est un monstre, siffla l'écuyer. Un dévoreur d'enfants. Un suppôt de Barbe-Bleue.

— Bien sûr, fit Tara. Pourquoi crois-tu que l'inquisiteur l'a choisi ? Aucun des nobles chevaliers qui nous ont précédés ici n'est revenu. Il fallait donc envoyer quelqu'un qui n'avait pas peur des démons. Un homme aussi dangereux que les diables eux-mêmes.

— Un monstre pour combattre les monstres ?

— Exactement. Foulques est parfait : il ignore la peur. Le danger ne l'effraye pas. Il est prêt à tout pour se défaire de l'enchantement dont il s'imagine être victime.

— Tu veux dire que l'Église le manipule et que la malédiction n'existe que dans son imagination ?

— À ton avis ? (Tara rabattit la visière.) Il faudra faire attention, souffla-t-elle en fixant Gilles dans les yeux. Une fois dans le château, Foulques peut être tout à la fois notre plus grand allié et notre pire ennemi. Il aura fatalement une nouvelle crise, et lorsque cela se produira, il voudra se procurer de la viande d'homme, comme l'autre nuit, dans la forêt.

— Tu crois qu'il s'attaquera à nous ? grogna Gilles.

— Sans doute. Il faudra bien qu'il mange ! Et comme il est persuadé qu'avaler une nourriture différente de la chair humaine l'empoisonnerait, il se mettra tôt ou tard en quête de gibier. Il ne peut tout de même pas jeûner éternellement. J'essayerai de le calmer en lui faisant boire certaines tisanes dont j'ai le secret, mais sa folie est puissamment ancrée dans sa tête, il se peut qu'elle échappe à l'emprise des drogues.

Retournant son manteau, elle montra à l'écuyer les nombreuses poches cousues dans sa doublure, et qui toutes contenaient des sachets mystérieux.

– L'inquisiteur t'a laissée emporter ton attirail de magicienne ? s'étonna Gilles.

Tara eut un sourire moqueur.

– Il est loin d'être idiot, siffla-t-elle. Il a parfaitement compris que seule une sorcière peut affronter une autre sorcière.

Gilles frissonna.

– Tu me parais bien jeune pour déjouer les traquenards de la bergère, marmonna-t-il. Ses démons sont sûrement beaucoup plus puissants que tous ceux que tu pourras convoquer.

Tara haussa les épaules, mécontente.

– Crétin ! lança-t-elle. Il s'agira moins d'invoquer le diable que de détecter les pièges dont le manoir a été truffé. J'ai entendu parler de Lilith de Niel, elle était, paraît-il, fort experte dans le maniement des poisons. La sorcellerie, c'est souvent cela : la science des poudres, des onguents. C'est là que réside le vrai pouvoir. Les Arabes appellent cela *Alkemia*... On peut accomplir bien des prodiges en mélangeant des herbes, en broyant certains minéraux. Les femmes, quand elles se découvrent grosses, viennent nous demander de l'armoise, du houblon, de la mille-feuille, pour provoquer la venue de leurs règles. Les dolents qui se croient empoisonnés réclament du chardon Marie.

Quant à ceux qui désirent faire passer un ennemi de vie à trépas, la nature nous offre, pour les satisfaire, un arsenal presque inépuisable de plantes vénéneuses : la belladone, le datura, les colchiques, le gui, la ciguë d'eau, sans parler des champignons... Il suffit de connaître les recettes, et le diable n'a rien à voir là-dedans.

– Rien à voir ?

– Non, c'est un ingrédient supplémentaire, quelque chose qu'on ajoute pour impressionner la clientèle. Je l'ai appris en observant ma maîtresse. Elle comptait davantage sur sa connaissance des poudres que sur l'intervention des démons.

– J'ai du mal à te croire. À t'écouter, ton travail ne serait guère différent de celui d'un apothicaire.

– Exactement. Et l'inquisiteur en était bien conscient. C'est moi la personne la plus importante de cette quête. Sans mon aide, vous ne survivrez pas deux jours à l'intérieur du manoir. (Comme Gilles allait ricaner, elle ajouta :) J'ai une autre corde à mon arc : *je sais lire.* Ce que ni toi ni ton maître n'êtes capables de faire. Sans moi, vous seriez dans l'impossibilité d'identifier le grimoire. Foulques ne sait que tuer, toi panser les chevaux ou fourbir les armes, mais ce qu'on attend de nous réclame un peu plus de finesse.

L'écuyer ravala ses moqueries et observa la jeune femme avec stupeur. Cette souillon savait lire ! Il n'en revenait pas, car c'était là d'ordinaire science de moine ou de clerc. Les hommes de guerre ne se mêlaient point de ce genre de choses, ils avaient mieux à faire.

– C'est cette qualité qui m'a sauvé la vie, ajouta Tara. Si j'avais été illettrée, comme toi, l'Inquisition n'aurait eu aucun scrupule à me faire monter sur le bûcher, mais voilà : je suis empoisonneuse et savante, tout à fait ce que recherchaient les bons soldats de

Dieu. (Elle tendit la main pour caresser la joue de l'écuyer. Ses yeux noirs pétillaient de moquerie.) Pauvre Gilles, soupira-t-elle. Te voilà le seul être normal parmi nous. Désespérément normal... Es-tu bien sûr de servir à quelque chose ?

– Garce ! jura le jeune homme en s'éloignant.

Il sortit de la chaumière, poursuivi par le rire de Tara, et serra les poings ; cette fille lui portait sur les nerfs.

Pour se calmer, il entreprit de s'occuper des montures qui avaient souffert de l'affrontement avec les loups. Après les avoir brossées, il posa des emplâtres sur leurs morsures et les maintint en place avec des bandes d'étoffe tirées de ses sacoches. Les loups n'étaient pas revenus, même au cours de la nuit. Voilà qui était étrange. Gilles eut beau scruter la neige autour de la maison, il ne put dénicher aucune empreinte de pattes. Les seules traces qu'il releva furent celles des moutons. Amené par le vent du large, on entendait le bruit sourd de la mer cachée par la brume. Cet écho évoquait pour Gilles celui de milliers de pierres remuées dans un énorme sac. L'immense étendue d'eau lui faisait peur, aussi décida-t-il de ne jamais s'en approcher. Il lui déplaisait d'être arrivé au bout du monde car, en bon soldat, il n'ignorait pas qu'il faut toujours éviter de se battre le dos à l'abîme.

Il avait faim. Un coup d'œil au cottier – ce petit jardin qui flanquait les maisons des serfs – lui apprit qu'il ne faudrait rien en attendre, et son estomac criait famine. Le plus simple aurait été d'abattre l'une des brebis qui pullulaient sur la lande, et de la faire rôtir à la broche, mais quelque chose l'en empêchait. Une crainte superstitieuse, dont il avait honte. Un homme d'armes comme lui n'aurait pas dû hésiter à saigner l'une de ces pelotes de laine sur pattes et à la débiter en côtelettes. Crever de faim alors que toute cette bonne nourriture se promenait à travers la prairie, sans berger ni chien pour la garder, c'était un comble ! Retournant à l'écurie, il décrocha son arc en bois d'if et mit son carquois en bandoulière. D'où il se tenait, il aurait pu flécher sans mal une dizaine de brebis occupées à fouiller la neige du bout du museau. Il encocha un trait, mit l'une des bêtes en joue... mais ne put se résoudre à lâcher l'empenne. À la seconde même où il s'apprêtait à tirer, tous les moutons avaient relevé la tête pour le fixer dans les yeux. Ils n'avaient pas peur, ils ne cherchaient nullement à fuir. Leurs regards semblaient dire : « Essaye un peu, et tu verras... »

Il y avait de l'arrogance dans leur port de tête, du défi. Gilles sentit ses doigts trop longtemps contractés trembler sur la corde. Il baissa son arme. Il n'osait s'avouer que les moutons l'avaient effrayé.

– Ça valait mieux, murmura Tara derrière lui. Ils t'auraient attaqué.

– Ils sont ensorcelés, c'est ça ? haleta l'écuyer. Ça ne peut pas être autre chose. D'ordinaire, les brebis ne se conduisent pas de cette manière.

La jeune femme plissa les yeux.

– Je crois que c'est plus simple, dit-elle à voix basse. On les a rendues méchantes en leur faisant manger des herbes qui développent l'agressivité. En Orient, on utilise une plante nommée haschich pour rendre invincibles les exécuteurs de certaines sectes. Je pense que la bergère leur faisait brouter du fourrage mêlé à autre chose, ce régime leur a déréglé la cervelle.

– Mais elle est morte ! objecta Gilles. Il y a trois ans.

– Elle a pu prendre ses précautions, éluda Tara. Faire des plantations dans la cour du château, habituer ses bêtes à s'en nourrir. Voilà pourquoi le troupeau se comporte de façon si étrange.

– Mais les loups ? Tu sembles oublier que même les loups ont peur d'eux !

Tara haussa les épaules.

– Tu es naïf, soupira-t-elle. Une bonne sorcière a plus d'un tour dans son sac. Je pense, quant à moi, qu'elle a enduit la laine des mâles avec une essence qui effraye les loups. Encore une fois, c'est un procédé oriental bien connu. Il suffit de fabriquer un parfum au moyen de la graisse d'un prédateur. Les bêtes se reconnaissent entre elles, même si elles ne se sont jamais rencontrées auparavant. Il y a, dans les déserts égyptiens, un animal cent fois plus terrible que le loup et qu'on appelle le lion. Les croisés, lorsqu'ils sont allés en Terre sainte, l'ont appris à leurs dépens. Je me demande si la châtelaine de Niel n'a pas frotté le poil de ses chers agneaux avec de la graisse de lion. C'est cette odeur que les loups perçoivent lorsqu'ils sortent de la forêt.

– Ça ne tient pas debout, grommela Gilles. Lilith de Niel est morte il y a trois ans. La pluie, le vent auraient chassé les parfums dont tu parles. Non, il y a autre chose ; une ruse qui sent la diablerie.

Sans plus s'occuper de la jeune sorcière, il s'éloigna de la maison pour voir s'il pouvait dénicher de la nourriture aux alentours.

La tournure prise par les événements le troublait fort. D'abord, il avait été rassuré d'apprendre que le baron n'était point un démon disgracié, malheureusement, l'arrivée des moutons ensorcelés remettait en question sa sérénité, et de nouvelles craintes l'assaillaient.

Au milieu de la lande, on apercevait les toits de cinq ou six chaumières, mais comme aucune fumée ne s'élevait des cheminées, Gilles craignait que les maisons ne soient abandonnées. C'étaient d'humbles bousilles – des habitations aux murs de boue séchée – comme on en voyait fréquemment dans les campagnes où la pierre se faisait rare. L'écuyer songea que la construction du manoir de Niel avait probablement épuisé les carrières des environs, ne laissant plus aux gueux que la ressource de pétrir la tourbe pour s'en faire des maisons. Il prit garde de marcher loin des moutons. Les mâles conservaient la tête dressée pour le suivre du regard ; on les sentait avides d'en découdre.

Il avait vu juste. Trois des bâtisses se révélèrent désertes. Quand il frappa à la porte des autres maisons on lui cria de passer au large en le menaçant des pires châtiments. Lorsqu'il proposa de payer en bonnes pièces non rognées le ravitaillement qu'on voudrait bien lui fournir, on lui rit au nez.

– On a tout juste de quoi ne pas mourir de faim ! vociféra un vilain. Votre bel argent ne nous servirait à rien puisqu'il n'y a aucun marchand à moins de quatre journées de cheval !

La discussion menaçant de s'envenimer, Gilles rebroussa chemin. Dans l'une des maisons vides, il aperçut un chien efflanqué. Une grande bête qui avait dû, jadis, jouer le rôle de gardien de troupeau. Le molosse n'était plus aujourd'hui qu'un spectre famélique tremblant sur ses pattes, la queue basse, et dont les flancs présentaient des cicatrices de morsures. Probablement des morsures de mouton. C'était le monde à l'envers.

Préoccupé par les brebis, il n'eut pas conscience de se rapprocher de la forêt. Tout à ses pensées, il avait oublié que les loups sont bêtes de lisière plus que de profondeurs. Avant qu'il ait eu le temps de les entendre venir, ils étaient sur lui. Leur odeur fauve le submergea. Une odeur de rut, de pisse et de viande avariée. Ils l'entourèrent, ne lui laissant pas même le temps de tirer son couteau. Ils avaient les crocs découverts, les yeux brillants. Le chef de la harde gronda ; les muscles de ses cuisses tremblèrent, annonçant qu'il allait bondir d'une seconde à l'autre.

Gilles leva le bras dans un geste de défense inutile. Le grand mâle sauta...

Il y eut un sifflement aigu, une flèche jaillit des taillis, traversant la gorge du loup de part en part. Le fauve roula dans les cailloux tandis que d'autres traits s'abattaient sur ses congénères. Deux animaux couinèrent avant de s'affaisser, frappés en plein mouvement. La horde prit la fuite.

Gilles aspira une bouffée d'air glacé, n'en revenant pas d'être encore en vie. Une petite fille sortit des buissons, vêtue de haillons, les pieds entortillés de chiffons. Ses cheveux noirs flottaient sur ses épaules et son visage rieur était barbouillé de suie. Deux garçons rougeauds la suivaient. Taillés comme des colosses, ils tenaient des arcs dans leurs grosses mains.

— Je suis Dorine, dit la fillette. Eux, ce sont mes frères : Gahut et Mahaut. Tu leur dois une fière chandelle. Sans eux, les loups te bouffaient les roubignoles.

— C'est exact, avoua l'écuyer, grand merci à vous, mes bons archers.

— Nous chassons l'ogre, déclara la petite fille. Tu sais, celui qui écume la forêt depuis un moment. On dit qu'il a tué les enfants de Vallendieu et de Fond-Repaire. Nous patrouillons pour ne pas nous laisser surprendre. C'est toi qui es arrivé hier, n'est-ce pas, en compagnie de deux autres cavaliers ?

– J'accompagne mon maître, expliqua Gilles. Le chevalier Foulques de Braz. Je suis son écuyer.

– Un chevalier ? s'exclama Dorine. Tu veux dire un vrai chevalier ?

– Oui, confirma l'écuyer, mais...

– Alors nous n'avons plus rien à craindre, triompha la gamine en se retournant vers ses frères. Nous lui offrirons l'hospitalité et il tuera l'ogre avec sa grande épée.

Gilles détourna le visage pour masquer sa gêne.

Les colosses approuvèrent, une expression de joie naïve plaquée sur leurs traits. Les arcs paraissaient des jouets entre leurs mains.

– Il ne faut pas rester ici, reprit la gamine. Les gens du hameau ne te donneront rien. Ils vivent comme des sauvages, ils ont peur de tout. C'est un mauvais pays. N'essaye jamais de tuer un mouton pour le rôtir, ses semblables te sauteraient à la gorge. Si tu cherches du ravitaillement, je puis t'en céder.

L'écuyer dressa l'oreille. L'écho d'un galop venait de lui annoncer que le baron était enfin sorti de son hébétude et explorait les alentours, en homme de guerre avisé.

Lorsqu'il apparut au bout du chemin, dressé sur sa monture, Gilles serra les dents car Dorine écarquillait déjà les yeux, pleine d'admiration pour cet être de métal qui marchait vers elle. C'était sans doute la première fois de sa courte vie qu'elle contemplait d'aussi près un paladin dans son vêtement de guerre. Foulques s'arrêta ; Gilles fit les présentations. Le regard du baron négligea les frères mais se porta sur la fillette avec une insistance qui mit l'écuyer à la torture.

– Nous sommes boisilleurs, dit celle-ci en esquissant une révérence maladroite, mes frères et moi fabriquons du charbon de bois. Si vous voulez vous reposer, monseigneur, nous serions bien honorés de vous offrir l'hospitalité.

Foulques de Braz grogna. Conduits par la gamine, ils s'engagèrent dans un étroit sentier. Gahut et Mahaut n'avaient toujours pas ouvert la bouche, et Gilles eut l'impression que c'étaient là des benêts sur lesquels Dorine régnait en princesse. Ils avançaient avec la pesanteur de deux bœufs rentrant à l'étable au terme d'une journée passée à tirer la charrue. L'écuyer se demandait s'ils savaient seulement parler. Il n'était pas rare de rencontrer aux confins des forêts des êtres vivant dans un état de demi-sauvagerie, en troglodytes attardés. Les incestes répétés finissaient par léser gravement le cerveau de ces pauvres créatures, les rabaissant au niveau de l'animal.

Dorine babillait, infatigable, assaillant le chevalier de questions auxquelles Foulques de Braz répondait par des grognements.

— C'est votre cheval de guerre ? demandait-elle en caressant le flanc décharné du destrier. Il a été mordu par les loups ? Si vous voulez, je vous donnerai des herbes qui soigneront ses plaies. La contrée est un véritable repaire de fées et les buissons sont remplis de baies miraculeuses. Si l'on sait les choisir, on peut calmer bien des douleurs.

Ils débouchèrent enfin dans une clairière où fumait une grosse meule de charbon de bois. L'air empestait la suie. La poussière noire de la crémation lente recouvrait jusqu'aux feuilles des arbres. Une cabane mal bâtie tenait lieu d'habitation aux boisilleurs. Dorine leur fit les honneurs du lieu. Puis, tandis que Gilles allait attacher le cheval à l'écart, elle mit une marmite sur le feu pour réchauffer une soupe épaisse dans laquelle flottaient des morceaux de lard. L'odeur du brouet fit défaillir l'écuyer et lui remplit la bouche de salive. Quand ils furent tous assis en cercle, Dorine distribua des écuelles. Tout le monde y plongea la cuiller sauf Foulques de Braz qui demeura immobile, à fixer sa soupe sans savoir quelle attitude adopter.

Gilles décida de voler à son secours avant que l'attitude du paladin ne soit interprétée comme une offense par les charbonniers.

— Monseigneur jeûne, décréta-t-il. Il a fait vœu de ne pas toucher à la nourriture tant qu'il n'aura atteint le but de sa quête. Mais je mangerai sa part avec plaisir.

Gahut et Mahaut lapaient leur bouillie avec de grands bruits de bouche.

— Depuis deux semaines, nous ne dormons guère, soupira Dorine. La nuit, nous montons la garde à tour de rôle pour nous défendre de l'ogre. On dit qu'il a fait bien du dégât dans les villages des environs. Maintenant que vous êtes là, je me sens rassurée, et cette nuit je dormirai sur mes deux oreilles.

« Pauvre petite folle, songea Gilles le cœur serré de pitié, si tu savais que le monstre qui te fait si peur se tient justement en face de toi ! »

La gamine virevoltait, ne tenant pas en place. Elle alla quérir une miche de pain gris, y tailla des tranches sur lesquelles elle disposait les morceaux d'un fromage de brebis.

Malgré l'angoisse qui montait en lui, Gilles ne pouvait s'empêcher de dévorer tout ce qu'on lui tendait. L'immobilité et le mutisme du chevalier devenaient gênants. Depuis qu'il s'était assis, il n'avait pas bougé d'un pouce et paraissait à peu près aussi vivant qu'une armure vide. Dorine ne cessait de couler dans sa direction des œillades chargées d'admiration, comme si un dieu venait de s'installer là, honorant de sa présence le pauvre campement des charbonniers.

Elle expliquait à présent comment ses frères avaient quitté la plaine pour trouver refuge dans la forêt lorsque les choses avaient commencé à aller de travers au village. Les deux géants l'avaient emportée, encore bébé ; depuis elle ne s'était guère éloignée du campement.

– Mais nous ne sommes pas des sauvages, plaida-t-elle. Les colporteurs montent jusqu'ici, ils nous racontent des histoires.

Aux regards qu'elle dardait vers Foulques de Braz, Gilles n'avait pas de mal à la deviner abreuvée de contes chevaleresques. L'admiration forcenée illuminant ses yeux avait quelque chose de pathétique. « Ma pauvre petite, pensa l'écuyer. Ne t'y trompe pas, ton beau paladin n'est qu'une canaille, un boucher. À la prochaine pleine lune, il te tordra le cou sans une hésitation, comme on casse la nuque à un chat. Tu ne vois donc pas qu'il te couve de l'œil avec gourmandise en se demandant si ta chair fond sous la dent ? »

– Nous sommes sur une terre magique, murmura la fillette. Toute cette partie de la forêt est pleine de pierres levées. On dit qu'elles marquent les tombes des dieux anciens, et qu'on les a posées sur la poitrine des géants de jadis pour les empêcher de se relever.

– Des menhirs ? dit soudain Foulques sortant de son mutisme.

– Oui, monseigneur, souffla la petite. Ils sont si nombreux qu'ils semblent parfois jetés en vrac. Se glisser au milieu d'eux est dangereux, car une avalanche est toujours possible. On dit que les lutins, qui n'aiment guère être dérangés, s'amusent à faire basculer les pierres sur les étrangers de passage. Il faut faire très attention. (Elle baissa encore la voix avant d'ajouter :) Et puis il y a les fées, aussi nombreuses et à peine plus grandes que des moustiques. Dès que vous vous endormez, elles volent jusqu'à vous pour vous embrasser. En fait, chaque fois que leurs lèvres se posent sur votre peau, elles vous volent un souvenir.

– Un souvenir ? s'étonna Gilles.

– Oui. Elles collectionnent les souvenirs des humains et s'en amusent, comme on se réjouit à feuilleter ces livres d'images vendus par les colporteurs. Elles vous embrassent, et hop ! un souvenir disparaît de votre mémoire. C'est comme s'il n'avait jamais existé. Le danger, c'est qu'elles sont nombreuses, et qu'au matin on risque de se réveiller la tête vide, sans même se rappeler son nom. Mes frères ont plus d'une fois rencontré de pauvres bougres errant sur les chemins, les yeux égarés, incapables de dire comment ils s'appelaient. C'étaient des victimes des fées. Elles leur avaient pillé la tête durant leur sommeil.

Gilles grimaça.

– N'ayez pas peur, dit la fillette. Je vous donnerai une lanterne dans laquelle vous ferez brûler une herbe qui éloigne les fées. Il vous suffira de dormir au milieu de cette fumée. Cela devrait suffire à tenir à l'écart ces bougresses volantes.

Gilles la remercia. Comme elle voulait à toute force s'en aller soigner la monture du chevalier, le garçon dut lui expliquer que les gens de guerre détestaient que les femmes touchent à leur armement, cela, disaient-ils, portait malheur. Dorine parut peinée mais n'insista pas.

– Je vous donnerai de la pommade, murmura-t-elle les yeux baissés, vous n'aurez qu'à la passer sur les morsures laissées par les loups.

Elle paraissait si soucieuse de leur être agréable que Gilles était désolé de la décevoir, mais il n'aimait pas la voir virevolter autour du baron. Il craignait qu'elle ne finisse par éveiller à son insu la gourmandise de l'ogre.

– Est-ce que je peux faire quelque chose pour messire ton maître ? demanda encore la petite fille avant de s'éloigner. Est-ce que je ne pourrais pas faire briller son armure, elle est si belle ?

– Non, souffla Gilles en bâillant. Ne t'approche pas de lui. D'anciennes blessures le tiraillent ; il est d'humeur ombrageuse. Laisse-le prier en silence, il t'en sera reconnaissant.

– Pourquoi n'enlève-t-il pas son casque ? Il n'a pas trop chaud ainsi ? Je pourrais lui donner de l'eau fraîche pour qu'il se bassine le visage.

– Non, improvisa encore Gilles. En vérité il est affreux, tout couturé de cicatrices. Il... il n'a plus de nez, et il ne veut pas que ça se sache.

– Oh ! haleta Dorine, je ne savais pas. C'est donc qu'il s'est beaucoup battu ?

– Oui, grommela Gilles exaspéré. Mais ne tourne pas autour de lui, il n'est pas aussi courtois et aimable que les paladins des légendes, il pourrait se montrer brutal.

– Oh, dit encore Dorine, ce serait normal, je ne lui en voudrais pas, je ne suis qu'une paysanne, pas une belle dame.

– D'accord, capitula l'écuyer. Mais laisse-le méditer en paix. Peux-tu nous procurer des provisions ? Nous n'avons plus rien à manger et nous devons grimper au château.

Il avait hâte de s'en aller. La présence de la fillette lui faisait prendre conscience qu'il y avait sûrement d'autres enfants au village, un jeune gibier à la chair fondante dont la présence ne tarderait pas à éveiller la convoitise de l'ogre. Au risque de passer pour méchant, il rudoya Dorine. Il voulait lui ôter l'envie de s'attacher à leurs pas.

La transaction achevée, l'écuyer et le baron prirent congé des boisilleurs, les fontes de la selle bourrées de lard salé et de miches de pain.

Tandis qu'ils regagnaient la chaumière où les attendait Tara, Gilles jugea nécessaire de parler à son maître du problème des moutons. Le chevalier ne manifesta aucune surprise.

– Ne joue donc pas les pucelles, lança-t-il. Nous savions dès le départ qu'il s'agissait d'une quête difficile. Sinon pourquoi crois-tu que l'Inquisition serait venue me chercher, moi, un maudit ? Mettons-nous au travail, nous avons assez lambiné, j'ai hâte de voir cette chiennerie de château.

Ayant rassemblé son paquetage, la petite troupe s'élança à travers la lande. À cause de la neige, les sons portaient loin, et Gilles s'abstint de tout bavardage. Il réalisa qu'il avait peur que les moutons ne l'entendent.

Chapitre douze

LA MAISON DES PÉRILS

Le manoir se dressait sur une colline, construction imposante munie d'une tour de flanquement et d'un donjon de belle allure. De loin, il faisait illusion, mais, au fur et à mesure qu'on s'en approchait, les signes d'abandon devenaient évidents. Le lierre avait poussé sur les chaînes du pont-levis, la rouille avait attaqué toutes les parties métalliques : ferrures, grilles, herses, dont certaines semblaient près de s'émietter. Une image, surtout, fit dresser les cheveux de Gilles : celle des moutons embusqués sur le chemin de ronde, tels des hommes d'armes, et dont les têtes laineuses pointaient aux créneaux pour surveiller la plaine. En voyant cela, l'écuyer ne put résister au besoin de se signer. Se lancer à l'assaut du castel l'épée à la main ne l'aurait pas effrayé outre mesure, mais *cela*... cette aberration ! Il s'attendait presque à entendre crier « Qui vive ? » d'une voix bêlante et contrefaite.

Une inscription avait été gravée au-dessus de l'entrée de la barbacane. Foulques arrêta son cheval pour la contempler.

– Toi, la fille, grogna-t-il à l'adresse de Tara, puisqu'il paraît que tu sais lire, déchiffre-nous cela.

La jeune femme leva le nez, fronça les sourcils et dit lentement :

– *Dahez je gart, per boene foi et lëaumont...*

– « Fidèle et loyal, je garde le démon », répéta Gilles en serrant les rênes entre ses doigts.

– Ce n'est pas la bergère qui a fait sculpter cette profession de foi, observa le chevalier. Cela sonne comme la devise d'une noble famille. Serait-ce celle du baron de Niel ?

– Quel diable gardait-il ? s'étonna Gilles. Sa femme ?

– Non, fit le paladin. Je suis prêt à parier que cette inscription figurait là avant son mariage. C'est étrange... Le manoir aurait-il toujours eu vocation de servir de geôle au démon ?

Gilles se tourna vers Tara pour l'interroger, mais il remarqua que la jeune femme conservait les yeux baissés, comme si elle voulait rester en dehors de la discussion. Il eut l'impression qu'elle leur cachait quelque chose.

Les sabots des montures résonnèrent sur le pont-levis. Contrairement à ce qui se passait d'ordinaire aux abords des manoirs, les douves ne sentaient rien. « C'est normal, pensa Gilles, puisqu'on n'y déverse plus ni merde ni pissat. » C'était bien la preuve que le castel était abandonné depuis longtemps. Ils mirent pied à terre dans la grande cour. Le potager avait tourné à la broussaille, le lierre était monté à l'assaut du puits. Des buissons à feuillage persistant, des épineux bordaient le pied des murailles. C'était sans doute là l'ordinaire des moutons. L'écuyer s'avéra incapable d'identifier la plupart de ces végétaux. « Le potager de la sorcière ! » se dit-il en se promettant de n'y pas toucher.

– Il faudra éviter de boire l'eau du puits, dit Tara. Pour nous désaltérer, nous ramasserons de la neige et la ferons fondre. Lilith de Niel a pu empoisonner la citerne avant de trépasser. Dès que nous serons à l'intérieur, nous devrons avancer avec une extrême prudence.

Le baron poussa un juron.

– Vas-tu bien te taire ! gronda-t-il. Il ne sera pas dit qu'une femelle m'apprendra mon métier de guerrier !

Tara se tut mais ne baissa pas les yeux. Elle ne craignait pas le chevalier ; sans elle, la mission ne pourrait être menée à bien.

« Elle a tort, pensa Gilles. Elle ne devrait pas sous-estimer sa folie. Un homme qui tue les enfants est capable de tout. »

Par mesure de prudence, ils firent le tour de l'espace intérieur délimité par les courtines. Le spectacle n'avait rien de ragoûtant. Dans les écuries, des squelettes de chevaux gisaient, les os éparpillés. Il en allait de même dans le chenil qui avait jadis abrité les molosses du maître de Niel et dans l'oisellerie où il remisait ses faucons. Toutes les bêtes étaient mortes, faute de soins, parce que la châtelaine avait décidé de ne plus s'en occuper.

– On les a laissées mourir de faim, observa l'écuyer. Cette garce ne mignotait que ses fichus moutons.

Presque aussitôt, il s'en voulut d'avoir prononcé ces mots à voix haute. L'esprit de la sorcière ne rôdait-il pas dans l'enclave du manoir ? Si c'était le cas, il fallait se garder d'éveiller d'emblée sa colère.

– Voyons l'intérieur, grogna Foulques. Vous n'allez tout de même pas vous laisser impressionner par quelques carcasses !

Aucune des portes n'était fermée, Lilith de Niel l'avait sûrement voulu ainsi pour assurer la libre circulation de ses brebis. Dès qu'il eut franchi le seuil de la grande salle du donjon, Gilles fut saisi à la gorge par une odeur de fiente, de suint. Les moutons pissaient et déféquaient à l'intérieur de la tour depuis des années, y installant une atmosphère irrespirable. Les trois compères durent battre en retraite.

– Explorons les autres ailes, décida le baron. Il faut se faire une idée de la disposition de l'ouvrage.

Hélas, ils ne purent aller très loin car, dès leur entrée dans l'aile nord, les moutons se précipitèrent vers eux pour s'opposer à leur avance. Le troupeau formait une muraille vivante, compacte, impénétrable, qui refusait de s'égailler. Le chevalier agita en vain son épée. Les brebis l'observèrent sans ciller, elles n'avaient pas peur de lui.

– N'insistez pas, messire, supplia Gilles. Ne déclenchez pas une catastrophe dès le premier jour. Ne voyez-vous pas que ces animaux n'attendent qu'une occasion d'en découdre ?

À regret, le baron baissa les bras. C'était la première fois qu'il capitulait devant une armée d'ovins. Les animaux avaient les pupilles dilatées et faisaient montre d'une nervosité excessive, certains agneaux allaient même jusqu'à montrer les dents. Les trois visiteurs reculèrent.

Il leur fallut faire preuve de ténacité pour parvenir à explorer les salles du bas, car chaque fois le troupeau laineux se jetait dans leurs jambes.

Au vrai, le manoir était dans un triste état. En trois ans de liberté, les moutons avaient rongé les tapisseries et mâchonné les accoudoirs des fauteuils seigneuriaux. Ils avaient crotté partout, n'épargnant aucun endroit. Toute la bâtisse se trouvait imprégnée de leur odeur. Dans une salle voûtée, Gilles découvrit l'ancienne laiterie où la châtelaine solitaire avait fabriqué ses fromages. La senteur du lait fermenté planait encore entre les murs. Sur une table, des dizaines de fromages plus durs que la pierre attendaient depuis trois ans d'être mangés. L'écuyer faillit céder à un élan de gourmandise, mais Tara lui saisit le poignet.

– N'y touche pas ! siffla-t-elle. Ils sont sûrement empoisonnés. Il ne faudra rien avaler qui ne sorte de nos sacoches. Prends l'habitude de considérer tout ce qui nous entoure comme suspect. La bergère savait qu'on viendrait ici après sa mort ; elle s'y est préparée. Elle nous attendait.

Gilles hocha la tête. Il ne s'étonnait plus que Lilith de Niel se soit comportée en démente. Tout le monde savait le lait réservé aux petits enfants. Les adultes qui s'obstinaient à en boire ne tardaient pas à devenir fous, c'était là un fait reconnu par les fisiciens. Le lait engendrait une débilité de la cervelle chez les hommes faits. Il ne fallait plus en avaler une goutte dès qu'on était sorti des langes.

– Elle s'était arrangée pour n'avoir besoin de personne, constata Tara. Du lait, du fromage, le pain que lui délivraient ses serfs : elle ne manquait de rien.

Dans la crypte attenante se trouvait l'atelier de tonte, avec les grandes corbeilles dans lesquelles la bergère avait collecté le poil des bêtes. Plus loin encore se trouvaient les quenouilles, les écheveaux de laine brute. Les pelotes teintes à la racine de garance, et, tout au bout, le métier à tisser où se trouvait engagé un drap inachevé.

Gilles s'avouait décontenancé. C'étaient là de bien curieuses occupations pour une sorcière ! Il s'était attendu à découvrir un antre noir comme l'enfer, empli de crapauds séchés, de crânes édentés, de serpents bouillis, au lieu de cela, il visitait l'atelier d'une honnête travailleuse qui n'avait pas épargné sa peine. Il n'y comprenait rien. Les accusations de magie noire pesant sur Lilith de Niel relevaient-elles de la pure calomnie ? Pourquoi pas ? Son accession au statut de châtelaine avait pu aviver la jalousie des autres bergères et fomenter une cabale.

– Ne nous laissons pas leurrer, murmura Tara. Ce décor est là pour tromper le monde. Lilith l'a probablement mis en place en prévision d'une visite des autorités religieuses. Son vrai domaine est ailleurs, quelque part au cœur d'une chambre secrète qu'il nous faudra localiser. Des pelotes de laine, des fromages ! Vous ne comprenez pas que ce sont des accessoires de carnaval ? Un déguisement !

– Organisons le campement dans la grande salle, décida le baron. Nous n'utiliserons aucun des lits, aucune des paillasses qui meublent les chambres.

– Oui, renchérit Tara, il faut se méfier des matelas, on ne peut prévoir ce que Lilith a pu y dissimuler. Il est facile de cacher des aiguilles empoisonnées dans l'épaisseur du crin. Elles traversent la toile lorsqu'on s'y allonge, et vous piquent mortellement.

– Tu t'y connais en vilenies, la garce ! ricana Foulques, on voit bien que tu ne gagnais pas ta vie en tirant sur le pis des vaches.

Ils se replièrent dans la grande salle. La proximité de la cour rassurait Gilles. « Si les choses tournent mal, pensait-il, nous pourrons aisément prendre la fuite. »

Pour rendre encore plus facile cet éventuel départ, il décida de faire rentrer les montures et de les installer près de l'immense cheminée où quelqu'un avait entassé des bûches aujourd'hui couvertes de poussière. Il faisait aussi froid à l'intérieur du château que sur la plaine. On y était simplement mieux protégé du vent et des chutes de neige.

– Il faudrait allumer un feu, grommela-t-il, ou bien nous n'allons pas tarder à claquer des dents.

– Tu n'y parviendras pas, dit la jeune femme. Rappelle-toi ce qu'a raconté le paysan.

Gilles haussa les épaules. Il ne voulait pas céder à l'angoisse que lui inspirait cette immense bâtisse abandonnée aux caprices d'une multitude de moutons. S'agenouillant, il sortit son nécessaire d'allumage – silex, morceau de fer – et entreprit de mettre le feu aux brindilles. Il réussit à enflammer un peu de paille, mais le bois refusa de s'embraser. Les flammes le léchaient sans l'attaquer.

– Il est pourtant bien sec, marmonna-t-il. Passe encore s'il était humide, mais là...

Des bûches coupées depuis trois ans ! Normalement, elles auraient dû se mettre à pétiller à la première caresse de la flamme, au lieu de cela, elles restaient aussi rebelles à l'ignition qu'un galet jeté dans une forge.

– Ne t'obstine pas, soupira Tara. C'est encore l'un des mille tours préparés par la bergère.

– Elle a jeté un sort sur le bois ? s'enquit l'écuyer.

– Pas tout à fait, murmura la jeune femme. Tu as entendu parler du feu grégeois ?

– Oui, c'est un feu utilisé par les magiciens maures. Une fois allumé, rien ne peut l'éteindre. Si on l'asperge d'eau, il se met à brûler de plus belle. Les Barbaresques incendiaient les nefs des croisés avec ce produit diabolique.

Tara haussa les épaules.

– Il y a le feu grégeois, et il y a le contraire du feu grégeois, fit-elle doctement. Une mixture qui protège des incendies, et que fabriquent certains alchimistes orientaux. C'est cette dernière que Lilith a utilisée ici. N'oublie pas qu'elle connaissait les secrets des poudres.

Tu peux parier qu'elle en a aspergé toutes les poutres, portes, meubles et arbres des environs. Rappelle-toi : le paysan a parlé de bûchers qu'on ne pouvait allumer. Elle a protégé le château contre les incendies, accidentels ou volontaires. Je pense qu'elle prévoyait une révolte des serfs à la mort de son époux. C'était vraiment une maîtresse femme.

L'admiration perçait dans la voix de Tara. La jeune sorcière s'agenouilla, toucha les bûches et flaira ses doigts.

– Oui, murmura-t-elle. On les a enduites avec quelque chose. Leur odeur n'est pas naturelle, mais je ne connais pas ce mélange. Tout ce que je peux dire, c'est que nous allons avoir affaire à forte partie.

– Nous allons surtout crever de froid si nous ne trouvons rien pour faire du feu ! s'emporta Gilles. Il gèle à pierre fendre. Le dallage est plus glacé qu'un lac pris par le gel. Nous attraperons la mort si nous devons dormir dans ces conditions.

– Alors explore les environs au lieu de te lamenter comme une vieille femme ! ordonna le baron. Emmène la bourrique avec toi, fais provision de fagots.

Gilles détacha la mule et sortit car il ne lui déplaisait pas d'échapper à l'atmosphère de fantasmagorie planant sur le manoir.

Dès qu'il fut dans la cour, il ramassa une pierre, marcha jusqu'au puits et la jeta dans le trou. Il perçut nettement le bruit sec du caillou étoilant la couche de glace, vingt coudées plus bas. Ses craintes s'en trouvèrent confirmées.

Bien qu'habitué au froid, il grelottait car le manoir se dressait sur une colline offerte aux quatre vents. On entendait ululer la bourrasque sur le crénelage du chemin de ronde. Gilles s'obstinait à penser qu'il aurait dû mettre en pièces un banc, un coffre, et tenter d'y bouter le feu, mais Tara semblait connaître son affaire. Il trouvait d'ailleurs étrange que cette souillon, qui avait entamé le voyage muselée comme une chienne, leur donne à présent des ordres. C'était là, selon lui, une preuve supplémentaire du chaos qui croissait autour d'eux.

Il franchissait le pont-levis quand il vit venir à sa rencontre une petite silhouette remorquant un traîneau chargé de fagots. Il reconnut Dorine, la sœur des boisilleurs. Elle halait sa charge sur le glacis avec une belle ardeur. Gilles fut immédiatement en alerte. Il n'était pas bon que la fillette vienne rôder à proximité du baron dont la fringale de meurtre pouvait se réveiller à tout moment. Mais la gamine était probablement comme Tara, elle aussi victime de sa fascination pour le beau chevalier.

« La peste soit de ces femelles, grandes ou petites ! grogna l'écuyer. Il faudra donc toujours qu'elles viennent faire les belles devant des seigneurs qui les considèrent à peine mieux qu'une chèvre ? »

Ah ! Décidément, puissance et titre valaient tous les enchantements !

– Que viens-tu faire ici ? gronda-t-il. Je t'ai dit ce matin de ne point venir t'exhiber dans les parages.

– J'ai pensé que vous n'auriez pas de bois de chauffage, lança la gamine sans s'effaroucher de ce mauvais accueil. Rien ne brûle ici, et pour ne pas mourir de froid, la sorcière se couchait au milieu de ses moutons. Je doute que vous puissiez l'imiter.

Gilles se radoucit mais s'arrangea pour l'attirer à l'écart. Il ne voulait pas qu'elle passe la poterne. La fillette s'assit sur une pierre, tira un morceau de viande séchée de dessous ses hardes et le lui offrit.

– Tu n'as pas à t'inquiéter pour moi, fit-elle hardiment, je suis souvent venue ici. J'avais 7 ans quand la sorcière est morte. Les gens du village avaient peur d'elle ; moi je venais l'épier.

– Pourquoi ? maugréa l'écuyer, occupé à mâchonner la viande durcie.

– Pour lui voler ses secrets, avoua la fillette. Si on ne veut pas être traitée comme une bête de somme ici-bas, y a pas beaucoup de moyens de s'en sortir pour une fille de serfs. Il faut devenir princesse ou sorcière. La bergère, elle, a réussi les deux. Elle est devenue magicienne et baronne, c'est pour ça qu'on la haïssait. Moi, je ne crois pas qu'elle était aussi méchante qu'on le prétend. Elle passait ses journées à filer la laine, à tisser du beau drap ou à fabriquer des fromages. Si elle connaissait des enchantements, ils n'étaient pas tous maléfiques.

– Ah oui ? fit Gilles dubitatif.

– On dit qu'elle tricotait des vêtements de laine qui protégeaient parfaitement du froid ! s'exclama Dorine avec un enthousiasme étrange. On dit qu'il suffisait de les enfiler pour ne plus sentir ni le gel ni les vents coulis. De belles camisoles, en laine rouge. Quand on les portait, on n'avait plus besoin de fourrure ni même d'entretenir le feu dans la cheminée. La laine vous protégeait de tout. On pouvait dormir dans la neige sans craindre d'attraper la mort. Moi je n'appelle pas ça de la mauvaise magie, je dis que c'est rendre service à son prochain. Les hivers sont terribles par ici.

– Tu espérais qu'elle t'en offrirait une ? demanda l'écuyer.

– Oui, avoua la fillette. À plusieurs reprises elle en a donné aux gens du village, en échange de farine, mais ils ont toujours refusé de les porter. Ils racontaient qu'une fois à l'intérieur des tricots, la laine se mettait à vous coller à la peau, et qu'on ne pouvait plus l'en arracher. Au cours de la nuit, elle se changeait en fourrure, et au matin, on s'apercevait qu'on était devenu mouton. Un mouton dévoué aux ordres de la sorcière. Moi je m'en fiche, ça ne me gêne pas de me transformer en brebis si ça me permet de ne plus souffrir du froid.

— Ces tricots, interrogea Gilles, qu'en faisaient les gens du hameau ?

— Ils les brûlaient. On m'a souvent dit qu'au moment où on les jetait dans le feu, les chemises se mettaient à bêler... mais je ne l'ai pas entendu de mes oreilles. C'est peut-être une invention. (Elle hésita. Soudain, sa petite main crasseuse se posa sur le bras de l'écuyer.) Toi, chuchota-t-elle, tu vas explorer le manoir. Si tu trouves l'un des grands tricots rouges, pense à moi. Vole-le, ça ne peut plus faire de tort à personne aujourd'hui. Tu me le donneras. J'en ai tellement assez d'avoir froid.

— D'accord, fit Gilles. J'y penserai, mais ne viens plus rôder sous les murailles. Surtout à la nuit tombée.

La petite fille sauta sur ses pieds.

— Tu t'inquiètes trop ! s'exclama-t-elle. Je ne risque rien puisqu'un fier chevalier s'est installé au château ; si l'ogre venait, ton seigneur aurait vite fait de lui décoller la tête d'un coup de sa grande épée !

Et elle s'en alla en sautant à cloche-pied. Gilles fut soulagé de la voir partir. Il s'empara des fagots en espérant que la pauvre gosse n'aurait pas la mauvaise idée de revenir de sitôt.

CHAPITRE TREIZE

LA PRISON DES PROFONDEURS

Ils passèrent leur première nuit au manoir des sortilèges pelotonnés aux abords de la cheminée où
rougeoyaient les braises du feu, allumé grâce au bois
offert par Dorine.

Gilles appréciait de sentir contre lui le corps de
Tara, mais il devinait que celle-ci aurait aimé se blottir
contre le baron. L'armure que le chevalier s'obstinait
à ne pas vouloir quitter rendait ce rapprochement
impossible. S'ils n'avaient guère chaud, au moins ils
ne claquaient plus des dents ; et, malgré lui, l'écuyer
se prenait à rêver à la légende des vêtements de laine
contée par la fillette. En ce moment même, au risque
de se métamorphoser en mouton, il aurait volontiers
enfilé l'une des camisoles magiques ! Dehors, la neige
avait recommencé à tomber. Gilles voyait voleter les
flocons par l'entrebâillement de la grande porte. De
temps en temps, l'un d'eux s'insinuait dans la salle
pour se poser sur son visage.

Il dérivait doucement vers le sommeil quand le bruit
d'une cavalcade le fit sursauter. Les chevaux hennirent
et tirèrent sur leurs longes, en proie à la panique.
Lorsque Gilles voulut se redresser, il fut bousculé par
une masse informe qui le rejeta à terre. *Les moutons !*

Le troupeau déferlait, flanc contre flanc, surgissant des salles, des cryptes. Dans l'obscurité, les bêtes constituaient une multitude laineuse dont les sabots claquaient sur les dalles. Craignant d'être piétiné, l'écuyer se plaqua contre la muraille. Tara et le chevalier le rejoignirent aussitôt. Il devint rapidement évident que les moutons s'appliquaient à repousser les deux chevaux et la mule à l'extérieur du bâtiment. Indifférents aux sabots fouettant l'air, ils mordaient les destriers aux jambes, les obligeant à battre en retraite. Gilles voulut se porter au secours des montures, mais la horde laineuse s'avéra impénétrable. Chaque fois qu'il faisait un pas en avant, les ovins le repoussaient d'un coup de tête dans le ventre.

Les chevaux et la mule furent chassés dans la cour, puis vers le pont-levis, comme si on tenait à les expulser du manoir.

– Par la malemort ! hurla le baron. Rattrape-les ou nous serons condamnés à aller sur nos seuls pieds !

Gilles ramassa un bâton et s'élança aux trousses des brebis dont la cavalcade ébranlait le pont-levis. Combien étaient-elles ? Cinquante ? Soixante ? Elles encerclaient les chevaux, les harcelant, les mordant, comme le font d'ordinaire les chiens de berger lorsqu'il s'agit de rassembler un troupeau. Les destriers s'affolaient, galopaient droit devant à travers la lande. Gilles avait du mal à les suivre. La lumière de la lune, amplifiée par la neige, lui permettait d'y voir comme en plein jour. Il ne tarda pas à comprendre que les moutons chassaient les montures vers le bord de la falaise pour les pousser dans le vide. C'était ainsi qu'ils procédaient pour se débarrasser des chiens ou des pâtres trop autoritaires à leur goût. L'écuyer poussa un cri de rage et leva son bâton, mais il se sentait impuissant. Les animaux avaient maintenant atteint le bord du précipice et ne formaient plus qu'une masse confuse. Au bas de cet à-pic, la marée grondait dans les ténèbres. Les moutons attaquaient les chevaux de toutes parts, se glissaient sous leur panse pour leur mordre les parties intimes. Les destriers, cabrés, battaient des antérieurs, frappant les échines enveloppées de laine grasse. Quelques brebis moururent, le dos rompu, mais elles étaient trop nombreuses, trop déterminées pour se laisser impressionner par ces pertes. Elles chargèrent dans un même mouvement.

La mule fut la première à sauter dans le vide pour échapper aux morsures. Le roncin suivit, puis le destrier, habitué aux batailles, et qui vendit chèrement sa vie. Acculé à la lisière de l'abîme, il se cabra une fois de trop, et le sol s'émietta sous ses sabots. Il bascula dans la nuit avec un hennissement de terreur, grande masse alourdie par le caparaçon de métal dont son maître n'avait jamais permis qu'on le débarrasse.

Leur besogne accomplie, les moutons firent volte-face, et Gilles vit venir sur lui cinquante têtes galopant sur une seule ligne. La peur le saisit. S'il ne rentrait pas au château, les brebis lui feraient subir le même sort qu'aux chevaux ! Il ne devait pas rester sur la plaine sous peine de se retrouver encerclé, puis rabattu vers le précipice. Il se mit à courir dans la neige de toute la vitesse de ses jambes. Le manoir lui semblait affreusement éloigné, la lande immense. Il galopa, aspirant l'air glacé, se tordant les chevilles dans les trous du sol que le tapis blanc l'empêchait de voir. Il lui semblait entendre se rapprocher le bruit étouffé du troupeau foulant la poudreuse. Il n'osait même pas regarder par-dessus son épaule de peur de perdre du temps. Il atteignit enfin le pont-levis, traversa la cour, se rua dans la salle où l'attendaient Tara et le baron.

– La porte... balbutia-t-il en s'abattant sur les dalles. Fermez la porte !

Par bonheur, la jeune femme et le chevalier réagirent sans chercher à comprendre. Se cramponnant aux anneaux du battant, ils réussirent à faire jouer les gonds rouillés. La porte à peine close, les moutons furieux vinrent y donner de la tête, comme s'ils essayaient de l'enfoncer. Ils s'obstinèrent longtemps avant de renoncer, puis on les entendit piétiner sur les marches, hésitant à s'éloigner ou réparant leurs forces en vue d'une nouvelle offensive.

– J'ai bien cru ma dernière heure arrivée, bredouilla l'écuyer quand on lui demanda de s'expliquer.

À l'annonce du massacre des chevaux, Foulques ne cacha pas sa colère. Tara objecta qu'au lieu de se lamenter, mieux valait en tirer leçon.

– La bergère est morte, murmura-t-elle, mais elle a tout prévu, ne l'oubliez pas. Elle a dressé ses animaux à se défendre, cela lui a sûrement pris du temps mais elle y est parvenue. Je pense qu'elle a également sélectionné dans la masse du troupeau les individus les plus agressifs afin de les croiser entre eux, comme le font les valets de chenils lorsqu'ils veulent fabriquer de bons chiens de garde. C'est ainsi qu'elle a obtenu des dominants, hostiles, irritables... Elle a fortifié en eux cette tendance en les nourrissant dès leur plus jeune âge avec des herbes orientales dont l'usage prolongé rend fou : le chanvre indien, mais aussi le pavot, le lotus bleu, dont les prêtres égyptiens faisaient grand usage lors des cérémonies divinatoires.

– S'ils font mine de nous attaquer, je leur décollerai le chef d'un seul revers de cette lame ! fulmina le baron en crispant les doigts sur la poignée de son épée.

– Soyez prudent, messire, fit la jeune femme. Le nombre est de leur côté. (À l'intention de Gilles, elle ajouta :) Il faudra prendre garde à ne pas les laisser nous entraîner sur le chemin de ronde, car ils pourraient bien nous pousser dans le vide du haut des remparts.

– J'y ai pensé, haleta l'écuyer. J'ai vu ce qu'ils ont fait aux chevaux. S'ils se mettent à nous mordre de tous côtés, nous perdrons vite la tête.

– Bien, soupira la sorcière. Maintenant essayons de dormir, car il faudra ouvrir l'œil dès le lever du jour.

Gilles ranima le feu et tourna vers les flammes ses chausses trempées par la course dans la neige. Son estomac se nouait à l'idée de ce qu'il leur faudrait affronter le lendemain.

Ils ne dormirent que d'un œil, sursautant dès qu'un bruit de sabot montait en écho sous les voûtes. Les braises éteintes, le froid les glaça jusqu'aux os. Quand le jour parut, Gilles se sentait plus faible qu'un vieillard.

La sorcière et l'écuyer mangèrent un peu de pain et de lard pour se réconforter, mais le baron, tout à sa folie, s'obstina à répéter qu'il ne pouvait absorber aucune nourriture normale sous peine de tomber foudroyé par empoisonnement.

– Quand j'aurai trop faim, soupira-t-il, j'essayerai de manger un chien, un chat ou un rat s'il s'en trouve quelque part dans cette bâtisse.

« À ce train-là, songea Gilles, il risque de n'avoir plus grande force lorsqu'il faudra se battre. »

– Que devons-nous faire, maintenant ? demanda-t-il en se tournant vers Tara.

– Il faut continuer à explorer les salles basses, annonça la jeune femme, et dresser un plan des bâtiments. Je dois me faire une idée générale des lieux pour localiser l'antre de la magicienne. Je reste persuadée que cette chambre est cachée, ce qui ne va pas nous faciliter la tâche. Il y a probablement, quelque part, un mur qui pivote, une dalle à ressort. Le laboratoire de Lilith de Niel se trouve là, dans l'épaisseur de la muraille. C'est dans ce réduit que nous découvrirons ses poudres, ses onguents... et ses écrits.

Braz hocha la tête. Il n'était venu que pour cela : le grimoire maléfique qui, croyait-il, le libérerait de sa malédiction.

« Je me moque bien de ses souffrances, songea Gilles, mais si une fois désenvoûté il cesse de mettre à mort les petits enfants, alors je suis prêt à tout faire pour dénicher ce foutu parchemin ! »

Rassemblant le paquetage, ils se mirent en route. La disparition des montures les contraignit à abandonner derrière eux les fagots, les bûches apportés par Dorine, et c'était là grand dommage car il faisait affreusement froid dans les salles désertes qu'ils traversaient. Un petit jour gris pénétrait par les fentes des meurtrières, éclairant chichement les pièces. Les coins obscurs restaient nombreux. C'était comme si la nuit avait décidé de s'attarder à l'intérieur du château. Elle stagnait au fond de certaines chambres, n'attendant que le coucher du soleil pour reprendre son état liquide et couler dans les corridors. Gilles n'aimait guère cette idée. Selon les prêtres, rien ne devait se faire la nuit – pas même les enfants ! – car les ténèbres grouillaient d'infestations malignes.

Ils avançaient avec prudence ; Tara profitait de chaque arrêt pour tracer une ébauche de plan sur un morceau de parchemin avec un charbon de bois.

Gilles, le premier, découvrit la crypte. Elle était longue et vide, si l'on faisait exception des vêtements étendus sur le sol. Des vêtements gigantesques, conçus pour habiller un géant et tous tissés avec la laine la plus fine. Il y avait là une chemise assez vaste pour envelopper une chaumière, des chausses dont chaque jambe formait un tunnel où un cheval aurait pu s'engouffrer à l'aise.

L'écuyer s'immobilisa sur le seuil. Les habits reposaient sur le dallage, soigneusement disposés, bien à plat. Ils occupaient toute la surface de la crypte. On n'avait rien oublié, ni le bliaud, ni le manteau, ni le bonnet. En s'approchant, le jeune homme réalisa que chaque pièce de cet invraisemblable trousseau était composée d'une multitude de petits carrés de laine juxtaposés et cousus tous ensemble. C'était là un travail prodigieux qui avait dû occuper Lilith de Niel des années durant.

– Voilà donc à quoi elle passait ses journées, murmura-t-il. Elle filait, elle tissait sans relâche pour obtenir la toile qui lui permettrait de coudre cette panoplie.

Il s'agenouilla. Après avoir marqué une courte hésitation, il effleura la chemise. La taille de l'ensemble le stupéfiait. Tara et le baron surgirent derrière lui.

– Foutredieu ! jura le chevalier. À quel usage réservait-elle cette garde-robe ?

Gilles releva la tête. La jeune femme paraissait mal à l'aise.

– Allons ! grogna-t-il, décidé à la brusquer. Tu sais parfaitement de quoi il s'agit. Tu dois nous le dire... La bergère n'a pas tricoté ces guenilles pour habiller le géant de carton-pâte du carnaval, n'est-ce pas ?

Tara se mordit les lèvres.

– C'est vrai, avoua-t-elle. Il y a une légende... Vous vous rappelez la devise gravée au-dessus de la poterne ?

– « Je suis le gardien du diable », récita Gilles qui se sentait déjà les mains moites.

– C'était la fonction du château, laissa tomber la sorcière. On dit qu'il a été construit pour boucher un trou dans le sol. Un cratère s'ouvrant au sommet de la colline. On dit aussi que ce trou mène au repaire d'un géant endormi. Un géant qui dort au cœur de la colline, depuis des siècles, nu et recroquevillé comme un enfant. Certains prétendent que ce colosse se réveillera un jour et qu'il sortira de sa niche pour ravager la campagne. C'est pourquoi les ancêtres du baron de Niel ont érigé cette demeure. Elle a pour fonction d'empêcher le monstre de sortir.

– Mais Lilith ne l'entendait pas ainsi, compléta l'écuyer. Elle travaillait au réveil du colosse... et elle lui a même confectionné de quoi se vêtir !

Il ricanait, mais la chair de poule lui couvrait les bras.

Les histoires de géants endormis étaient fort communes dans les campagnes, il ne l'ignorait pas. Dans la forêt de Brocéliande, on dénombrait quantité de sépultures mythiques, en Campénéac notamment ; la plupart du temps, il s'agissait de fables dont l'origine se perdait dans la nuit des temps. Pourquoi alors, aujourd'hui, ne parvenait-il pas à prendre à la légère le conte que Tara venait de leur narrer ?

– Tu aurais dû nous prévenir ! répéta-t-il.

La jeune femme haussa les épaules.

– À quoi cela aurait-il servi puisque, de toute manière, nous étions forcés d'aller jusqu'au bout ? Je ne savais pas que Lilith avait décidé de participer d'aussi près au réveil du colosse. (Elle fit deux pas pour s'approcher de l'immense chemise posée sur le sol.) Elle a dû y consacrer dix ans de sa vie, soupira-t-elle. Il ne faut pas s'en alarmer, ce n'est peut-être que le travail d'une vieille folle. Une idée qu'elle s'était mise en tête. Maintenant je comprends mieux pourquoi elle travaillait la laine avec un tel acharnement. Ces ateliers de tonte, de filage, de teinture... c'était pour le géant, pour l'habiller selon son rang. Et elle a fait cela toute seule, sans l'aide de personne.

Malgré cette explication rationnelle, ils demeuraient tous fâcheusement impressionnés et ne parvenaient pas à rompre l'enchantement qui les tenait figés au seuil de la crypte, l'œil fixé sur ce costume aux proportions invraisemblables.

« Une marotte, songea Gilles. Une marotte de vieille femme sénile. Il n'y a rien de magique là-dedans, pas besoin de s'affoler. »

Ce n'était après tout que du drap, de la laine... Pour l'heure, les vêtements étaient encore vides d'occupant.

« Pourvu qu'ils le restent ! » se dit l'écuyer en résistant au désir de se signer. En réalité, il éprouvait un certain vertige à savoir le castel bâti en équilibre sur un gouffre, tel un mince couvercle posé sur une marmite. « Un bouchon », avait dit Tara ! Ce n'était guère rassurant. Le château des sortilèges n'était somme toute qu'une motte d'argile durcie obturant le terrier d'un renard assoupi. S'il se réveillait, le goupil n'aurait aucun mal à la faire sauter.

– Nous perdons du temps, lança le baron. Tout cela n'est qu'amusette pour les esprits faibles, remettons-nous au travail, je ne compte pas demeurer ici jusqu'au printemps !

Ils reprirent leur exploration des basses salles sans rien trouver d'intéressant. Parfois, ils se heurtaient à un troupeau de moutons qui s'obstinait à leur barrer le passage. Gilles et Tara les dispersaient à coups de bâton. À deux ou trois reprises, certaines bêtes revinrent à la charge et essayèrent de les mordre. Le baron voulut les décapiter. On eut grand mal à l'en dissuader.

La journée s'écoula ainsi. Le plan se complétait mais sans apporter d'information capitale. Quand le jour baissa, ils décidèrent de camper là où ils se trouvaient, au hasard d'une salle vide au dallage couvert de poussière grise. Maintenant qu'ils ne bougeaient plus, le froid les rattrapait cruellement. Alors que Gilles déroulait les couvertures, le baron les appela d'une chambre voisine.

– Venez voir ! criait-il, regardez un peu ça.

« Ça », c'étaient les pièces rouillées de plusieurs armures alignées contre le mur du fond. Tout y était, depuis le bassinet jusqu'aux solerets, sans oublier les grandes épées, les dagues. Il y avait là l'équipement complet de six chevaliers. Un harnachement beaucoup trop coûteux pour avoir été oublié.

– Le prieur... chuchota Gilles. N'a-t-il pas dit qu'il avait dépêché plusieurs paladins en ces lieux, sans jamais les voir revenir ?

– Oui, fit Foulques de Braz. Je crois que tu as raison. Nous contemplons tout ce qu'il reste d'eux.

« Les enveloppes, constata l'écuyer. Mais où sont passés les corps ? »

Tout au fond de lui, une voix méchante lui susurra : *Regarde autour de toi, nigaud ! La bergère les a transformés en moutons. Ce sont eux les mâles du troupeau ! Et bientôt vous les rejoindrez, toi et ton maître.*

S'appliquant à ne rien laisser paraître de ses craintes, il retourna à ses occupations. Faute de bois, il leur faudrait encore passer une nuit sans chaleur. Il commençait à redouter de prendre mal.

Emmitouflés dans leurs manteaux, les trois complices essayèrent de trouver le sommeil.

Gilles resta longtemps aux aguets, surveillant le trottinement des brebis au long des corridors, puis céda à la fatigue. Au cours de la nuit, il s'éveilla en sursaut. Un mouton essayait de lui manger les cheveux ! Il dut assener un coup de bâton sur le museau de l'animal pour le mettre en fuite. Cette alerte lui avait coupé l'envie de dormir, aussi demeura-t-il étendu dans l'obscurité, les yeux grands ouverts, écoutant les craquements et les échos de l'immense bâtisse. Par-dessus tout, il tremblait de surprendre le bruit sourd d'un pas énorme montant des abîmes. Le pas du géant enfoui au cœur de la colline.

CHAPITRE QUATORZE

LA BIBLIOTHÈQUE DU DIABLE

À l'aube, Gilles fut réveillé par le froid qui devenait réellement insupportable. En se retournant sur le côté, il réalisa que Foulques de Braz avait disparu. Il se dressa aussitôt, car son devoir d'écuyer était de servir son maître, aussi détestable soit-il. Grelottant, se tenant les flancs, il inspectait les salles environnantes quand il perçut un cliquetis métallique en provenance de l'escalier à vis s'élevant jusqu'aux remparts. Le baron était donc là, occupé à grimper vers la lumière du jour. Gilles décida de lui emboîter le pas. Quand il déboucha au niveau des créneaux, ce fut pour apercevoir le chevalier, dressé dans le vent glacé de la plaine. Il fixait quelque chose avec attention, les mains posées sur un merlon, le buste penché en avant, dans une attitude qui trahissait l'avidité.

Gilles se haussa d'une marche, sans toutefois se montrer, et tenta de voir ce que le paladin observait avec un tel intérêt.

C'étaient des enfants qui jouaient sur la lande à se lancer des boules de neige. Dorine se tenait parmi eux. Elle riait à gorge déployée, et sa voix sonnait loin sur la plaine blanche. En fait, on aurait pu croire qu'elle se trouvait tout près, sur les créneaux, à portée de main...

Gilles rebroussa chemin en évitant d'attirer l'attention du baron. Il était travaillé par de mauvais pressentiments, et n'aimait pas cela. Il se savait tout le contraire d'un lâche, mais depuis la mort de Thibault d'Estriviers, son vieux maître, ses certitudes s'émiettaient. Le climat de fantasmagorie entourant Foulques de Braz le rendait perméable à la superstition. C'était bien la peine d'avoir survécu à la famine, aux épidémies, aux exactions des routiers, au rude apprentissage du métier d'écuyer, pour se mettre aujourd'hui à trembler dès qu'il entendait trotiner un mouton ! Sa vie avait été jalonnée d'épreuves, de batailles, de souffrances, et jamais il n'avait pris le temps de regarder en lui-même. Il s'était appliqué à survivre, parce que c'était tout ce qu'un homme de son rang pouvait attendre de l'existence en ce monde : la fierté d'avoir participé à quelques bonnes guerres sans déchoir au cœur de la mêlée, le souvenir de ripailles au hasard des auberges les soirs de victoire, l'excitation des coups tirés entre les cuisses des ribaudes au bourdeau d'une ville de foire... Quoi d'autre ? Rien, le bagage était mince, le balluchon maigre. C'est tout juste s'il gardait le souvenir de ses parents, morts très jeunes. Son père, complice d'un faux-monnayeur, avait été mis à bouillir par le bourreau en une grande marmite, selon la peine en usage, et cela jusqu'à ce que sa peau se détache de ses os. Sa mère, qui gardait les cochons, s'était trouvée exilée dans une ladrerie, car on la suspectait d'avoir attrapé la lèpre au contact de ses bêtes. (Les porcs avaient en effet réputation de transmettre le mal hideux aux humains qui commettaient l'erreur de se nourrir de leurs côtelettes.) La mère de Gilles avait donc fini ses jours en compagnie des ladres dont elle n'avait pas tardé à devenir la ribaude. Il avait le plus grand mal à se rappeler son visage.

Cela dit, il n'avait jamais pensé à l'avenir car la vie d'un homme d'armes était trop brève pour lui permettre de bâtir des projets, et il devait toujours se contenter de satisfactions immédiates, grappillées au jour le jour, tels les gladiateurs des temps antiques. Il s'était toujours satisfait de cet état de choses, cependant, aujourd'hui, des inquiétudes lui venaient qu'il ne comprenait pas.

« C'est peut-être parce que je vais mourir ? se disait-il. Ce château est maudit, pas un seul d'entre nous n'en sortira vivant. »

Quand il regagna le campement, Tara était réveillée. Son haleine soufflait de petits nuages dans l'atmosphère glaciale de la pièce. Elle faisait les cent pas afin de se réchauffer.

– Tu étais sur les remparts ? s'enquit-elle. Ce n'est guère prudent, les moutons auraient beau jeu de te faire basculer dans les douves.

Quand le chevalier daigna réapparaître, ils se harnachèrent et reprirent leur exploration.

Ils trouvèrent l'ancien *scriptorium* au bout de l'aile sud. C'était là que, jadis, le baron de Niel avait entretenu une armée de clercs pour copier les ouvrages qui lui faisaient envie. Des dents de loup traînaient encore sur les tables poussiéreuses. On les utilisait pour polir l'or des enluminures, bien qu'elles aient mauvaise réputation à cause de l'usage que les sorciers en faisaient. Généralement, l'intérêt des nobles allait aux traités de chasse, de fauconnerie, aux doctes études sur l'entretien des chiens courants. Quelques-uns se piquaient d'héraldique, mais la plupart commandaient des généalogies ou des mémoires recensant leurs hauts faits. Les bibliothèques les plus fournies contenaient une dizaine de livres car chacun d'eux coûtait fort cher et se transmettait de père en fils, même si, au demeurant, les nobles dédaignaient l'apprentissage de la lecture. Leur couverture de bois habillée de cuir les rendait peu maniables car d'un poids excessif. À cette enveloppe s'ajoutait souvent un fermoir en métal renforcé d'un cadenas ; le tout finissait par transformer l'ouvrage en une espèce de coffret.

Gilles n'avait jamais beaucoup fréquenté le *scriptorium* lorsqu'il avait été recueilli par les moines à la mort de ses parents, mais il avait eu l'occasion d'observer les clercs au travail, aussi fut-il effrayé par la quantité de volumes qui tapissaient les murs de la bibliothèque du château de Niel. Il y en avait des centaines, entassés sur un échafaudage dressé contre la paroi. Si serrés que, de loin, dans la pénombre, on aurait pu les prendre pour des briques attendant d'être maçonnées. C'était à croire que le baron avait voulu rassembler là tout le savoir du monde.

— Foutredieu ! balbutia Foulques de Braz, il faudra des mois pour dépouiller ce fatras.

Tara s'était figée au seuil de la pièce, le nez levé vers la muraille d'ouvrages dont les reliures à gros nerfs semblaient des échines aux vertèbres saillantes. Elle ne cherchait pas à cacher sa stupeur.

Des candélabres au sommet desquels on avait fiché d'énormes chandelles se trouvaient plantés devant chacune des tables. Une hotte vide trônait au milieu de la salle, sans qu'on puisse deviner quelle avait été son utilité. Peut-être s'en était-on servi pour transporter les ouvrages ? La poussière recouvrait chaque objet d'un pelage gris. Ainsi fardés, les livres semblaient de vieilles bêtes blanchies sous le harnois. Sur une table s'étalait un nécessaire de copiste : des plumes ébarbées, un grattoir à parchemin pour peler la peau lorsqu'on désirait effacer une erreur, un petit réchaud pour cuire l'encre. En ce qui concernait cette dernière, les artisans veillaient jalousement sur leurs recettes. Une bonne encre devait survivre aux années, à l'humidité, et ne pas changer de couleur à la lumière du soleil. Son élaboration, à force de raffinements, finissait par prendre des allures de soupe satanique.

– Le traité que nous cherchons est-il là ? s'enquit le baron. Le vois-tu ?

Tara haussa les épaules.

– Ce ne sera pas si facile, soupira-t-elle. Les sorcières n'ont pas pour habitude de mettre en évidence leurs écrits secrets. Si le livre est ici, il est probablement dissimulé à nos regards d'une manière ou d'une autre... ou bien protégé de la curiosité des intrus par une astuce qui coûtera la vie aux lecteurs imprudents. Les pages ont pu être empoisonnées au vitriol romain, par exemple, de manière que le poison, délayé par la sueur des doigts, traverse la peau et passe lentement dans le sang. C'est un procédé des plus courants, et je pense que Lilith de Niel était trop rusée pour se contenter d'un aussi pauvre stratagème. Il faut s'attendre à des pièges plus subtils... plus dangereux également.

– Ce sera ton travail de les déjouer, fit le chevalier, ne lambine pas, c'est tout ce qu'on te demande.

– J'aurai besoin de vous pour remuer l'échelle, dit la jeune femme. Et aussi pour déplacer certains ouvrages qui sont trop lourds pour mes bras.

– Il y en a de cadenassés, fit observer Gilles.

– Cela ne présente pas de difficulté majeure, répondit Tara, je sais crocheter ce genre de serrures, elles sont plus impressionnantes qu'efficaces.

Gilles devina qu'elle essayait de faire contre mauvaise fortune bon cœur mais qu'elle était en réalité affolée par l'ampleur de la tâche. Il était lui-même atterré à l'idée de passer plusieurs mois dans l'enceinte du manoir pour donner à la jeune femme le temps d'étudier les livres un à un. Il avait espéré que la chose pourrait se régler en trois ou quatre jours et qu'on reprendrait la route sitôt le manuscrit démoniaque jeté au fond d'un sac. Il avait été optimiste. Il observa les grandes échelles qui permettaient d'accéder aux étagères les plus hautes. Il faudrait s'en méfier. Lilith de Niel pouvait fort bien en avoir scié les barreaux.

Tara parut deviner ses pensées car elle murmura :

– Tu devras être prudent. Il est possible qu'on ait calculé leur solidité pour qu'ils résistent à l'ascension mais cèdent à la descente sous le poids d'un homme chargé de livres.

Gilles grimaça, la plus haute des étagères culminait à vingt-cinq coudées du sol. S'il perdait l'équilibre à cette altitude, il se romprait le cou en touchant le dallage. Il se demandait comment transporter les manuscrits en conservant les mains sur les montants de l'échelle quand il se rappela la hotte de vendangeur abandonnée dans un coin. Les clercs l'avaient sûrement utilisée, jadis, pour charrier les ouvrages du haut en bas de l'échafaudage. Il ferait comme eux.

– Pourquoi ne commences-tu pas par les étagères du bas ? interrogea-t-il. Ce serait plus commode.

– Tu crois que Lilith aurait laissé son livre de magie exposé à hauteur d'œil ? fit la jeune femme. Ce serait trop facile. Je me demande également si cette bibliothèque est bien stable... Elle ne semble pas fixée dans la muraille. Si l'on en dégarnit la base en laissant les plus hauts niveaux lourdement chargés, son équilibre va s'en trouver compromis et elle se mettra à osciller pour finalement s'abattre sur nous. Ce sera comme si nous étions pris sous l'écroulement d'un mur.

– Comment procéderas-tu ?

– Je vais m'installer à cette table, et tu iras chercher les livres les uns après les autres pour que je les examine en détail. Il n'y a pas moyen de faire autrement.

Gilles grogna en laissant courir son regard sur les centaines d'ouvrages entassés sur les planches de l'échafaudage. Par Dieu ! C'était un travail de maçon qu'on lui demandait là ! Il aurait le dos et les jambes rompus à force d'aller et retour. De plus, certains livres étaient si volumineux qu'il n'en pourrait descendre qu'un à la fois, et ce n'était pas le baron, tout empêtré dans sa cuirasse, qui lui prêterait main-forte.

— Nous allons passer l'hiver ici, soupira-t-il.

Mais Tara ne l'écoutait pas. Marchant de long en large, elle examinait la structure de l'échafaudage, les yeux plissés, à la recherche d'un piège.

— Qu'y a-t-il ? s'impatienta le baron. Tu as vu quelque chose ?

— Je ne sais pas, avoua la jeune femme. C'est juste une intuition. Il me semble que c'est trop facile.

— Trop facile ? s'emporta l'écuyer. Des centaines de bouquins à charrier ! Tu en parles à ton aise !

— Non, fit Tara. Mon instinct ne m'a jamais trompée. Il y a forcément un piège quelque part ici. Je me demande si les étagères ne sont pas conçues pour basculer comme le bras d'une catapulte lorsqu'on les a dégarnies à une extrémité.

— Tu veux dire qu'elles reposent en équilibre sur un axe central, comme le fléau d'une balance ? balbutia Gilles.

— Oui, souffla la jeune sorcière. On a calculé la répartition des livres pour qu'elle soit égale des deux côtés de l'axe. En retirer un seul, c'est rompre l'équilibre. Aussitôt l'étagère se met à pencher et tous les ouvrages glissent le long de la planche, ils tombent alors sur l'étagère du niveau inférieur qui, déséquilibrée à son tour, se déverse sur celle du dessous... et ainsi de suite, jusqu'à ce que la bibliothèque ne soit plus qu'une gigantesque avalanche de livres dégringolant de toutes parts sur les imprudents demeurés en bas.

– Foutredieu ! siffla le chevalier, ce serait bien imaginé.

Gilles déglutit avec peine. Il était ébranlé par le raisonnement de la petite garce. Des étagères en équilibre... et n'attendant que le moment de se déverser sur leurs voisines du dessous. Une belle avalanche en perspective !

– C'est une idée séduisante mais qui ne tient pas, objecta-t-il au bout d'un moment. Observe la répartition des livres sur chaque planche. Il est visible qu'elle n'est pas égale des deux côtés. Prends celle-ci : à gauche beaucoup de gros volumes, à droite rien que des petits.

– Tu te fies trop aux évidences, riposta Tara. C'est un maquillage, un leurre. Les gros volumes sont là pour fausser ton jugement. Ils sont probablement creux. Je pense qu'il s'agit de boîtes en bois de sureau, très légères, vides à l'intérieur. Elles ne pèsent rien. Les petits livres, eux, sont vrais.

Ne trouvant rien à répondre, l'écuyer s'approcha prudemment de l'immense bibliothèque pour étudier les planches épaisses sur lesquelles reposaient les volumes, souvent jetés en vrac. Il siffla entre ses dents.

– Tu as raison, murmura-t-il. Chaque étagère est comme le fléau d'une balance : posée en équilibre sur un axe central. Il suffit d'en alléger l'un des « plateaux » pour que la planche se mette aussitôt à pencher du côté opposé.

– Mais comment Lilith de Niel faisait-elle pour l'utiliser, alors ? tonna le chevalier qui s'impatientait.

Tara prit le temps de réfléchir et dit :

– Soit elle ne s'en servait pas parce qu'il n'y avait là rien pour elle d'intéressant, soit elle prenait soin de remplacer chaque livre qu'elle empruntait par un objet de poids identique. Il lui suffisait d'agir vite.

— C'était très risqué, grommela le baron.

— C'était le prix à payer pour assurer la sécurité du traité démoniaque, rétorqua la jeune femme. Si des inquisiteurs avaient tenté d'examiner les ouvrages disposés sur ces rayons, ils auraient été pris sous une cascade de volumes qui leur aurait rompu le cou. (Elle fit une pause et ajouta :) Cela m'amène à penser que le manuscrit que nous cherchons est probablement un ouvrage très petit, facile à manipuler, perdu dans la masse des gros volumes, et situé tout en haut de l'échafaudage. Lilith devait se munir d'un objet de poids équivalent pour procéder à l'échange lorsqu'elle désirait consulter le grimoire, ou y consigner une nouvelle formule. Pour cette raison, ce ne pouvait être qu'un petit objet facile à transporter dans une poche lorsqu'elle escaladait l'échelle. Une fois en haut, elle les permutait avec assez de rapidité pour que le « plateau » n'ait pas le temps d'enregistrer la différence de poids.

— Peut-être... admit Gilles. Ou bien cette bibliothèque n'est qu'un piège destiné à s'écrouler sur le dos de ceux qui commettront l'erreur d'y fouiner.

— Comment en être sûrs avant d'en avoir examiné le contenu ? fit la jeune femme avec un geste de résignation.

— Jamais nous ne serons en mesure de fabriquer des poids de remplacement avec la précision qui s'impose, lança Foulques de Braz. Il est donc hors de question de procéder à des « échanges », comme le faisait sans doute Lilith de Niel. Elle connaissait le poids exact de l'ouvrage qu'elle venait chercher, *pas nous*. Il faut trouver une parade, contourner le piège.

— Il n'y a qu'un moyen, décida Gilles. Ficher dans le mur des crampons qui soutiendront chacune des planches du côté où elles se mettront à pencher lors-qu'on commencera à les dégarnir. Ainsi elles ne pour-ront plus déverser leur contenu sur l'étagère du niveau inférieur.

– Ce sera long et difficile, grogna le baron. Et si tu fais le moindre faux mouvement, tu risques de provo-quer l'écroulement de l'ensemble.

– Alors quoi ? fit l'écuyer mécontent.

– Provoquons l'avalanche sans attendre, proposa Foulques de Braz. Puisque nous avons su repérer le piège à loup, faisons-le claquer à vide. Attachons une corde à l'un des montants de l'échafaudage, sortons de la salle, et imprimons-lui une bonne secousse. Tu verras que les étagères ne tarderont pas à se vider les unes sur les autres ; nous reviendrons lorsque la cascade sera tarie.

– Ce sera comme l'écroulement d'une muraille, balbutia Tara. Et il nous faudra ensuite fouiller dans ces décombres pour essayer d'y trouver ce que nous cher-chons.

– Tu vois le moyen de faire autrement, gueuse ? s'emporta Foulques. Tu as de la malice, c'est vrai, mais pas assez pour désamorcer le piège de la bergère, alors laisse-nous la place. Nous sommes gens de guerre et savons comment traiter les machines de l'ennemi.

Gilles leva la tête pour considérer la bibliothèque dans toute sa hauteur. Sa chute ferait grand bruit, pour sûr, mais il était également possible que beaucoup de livres éclatent en touchant le sol. Les reliures explose-raient, les couvertures de bois ou d'ivoire se fendraient. On risquait de se trouver en face d'un grand pêle-mêle de pages enluminées. Il ne pouvait déterminer si ce serait là chose judicieuse.

– D'accord, capitula Tara. Nous ferons comme vous voulez, mais auparavant transportez les tables, les chandeliers, et tous les objets dans une autre pièce ; j'en aurai besoin par la suite.

Ils firent selon son souhait. La chose ne posait pas problème car il y avait aux alentours force salles vides. Quand il n'y eut plus rien dans la librairie, les deux hommes sortirent du paquetage les cordes qui servaient d'ordinaire à ficeler le baron, et les nouèrent bout à bout. Elles n'étaient point assez longues pour leur permettre de quitter les lieux et d'agir depuis le corridor, à l'abri de l'écroulement. On se devait de trouver autre chose. Ramassant une pierre descellée qui traînait sur les dalles, le chevalier la posa dans la main de Gilles.

– Jette-la de toutes tes forces sur la plus haute étagère, ordonna-t-il. Elle devrait normalement déséquilibrer la planche et la faire basculer.

L'écuyer hocha la tête et s'avança vers l'échafaudage tandis que ses compagnons se repliaient prudemment dans le couloir. Ce n'était pas une mince affaire ! Il se demanda s'il aurait le temps de rebrousser chemin avant d'être submergé par l'avalanche des livres. Retenant son souffle, il ramena le bras en arrière et lança la pierre en direction du plus haut des rayonnages. Le caillou ricocha sur les volumes entassés puis se perdit parmi eux. Pendant un instant, le jeune homme crut qu'il ne se passerait rien, mais l'étagère se mit soudain à trembler comme si elle hésitait sur la conduite à tenir. Gilles s'arracha à sa contemplation et tourna les talons. Il commençait à peine à courir quand le vacarme éclata dans son dos. Cela lui rappelait le bruit des cailloux qu'on déversait du haut des remparts sur les assaillants, lors des sièges : ça enflait à vous rendre sourd, ça roulait, ricochait, s'abattait en un tumulte de fin du monde. Par-dessus tout, l'écuyer craignait que l'échafaudage ne s'abatte lui aussi, et le fauche en pleine fuite.

Quand il atteignit le couloir, il se retourna brièvement pour voir ce qui se passait. Il eut l'illusion d'assister à l'effondrement d'une muraille ruinée par un travail de sape. Les livres ruisselaient d'une planche à l'autre, les faisant éclater sous leurs poids qui s'additionnaient d'étage en étage. Cette masse mouvante déplaçait autant de poussière que dix chevaux galopant sur une route poudreuse au cœur de l'été.

Quand le vacarme cessa enfin, Tara dit, d'une voix sombre :

– Espérons que ce tonnerre n'aura pas réveillé le géant qui dort sous le château.

Gilles ne put déterminer si elle se moquait d'eux ou si elle exprimait une crainte réelle.

Ils durent attendre que la poussière se dissipe avant de retourner dans le *scriptorium*. Les étagères, délestées de leur charge, oscillaient en chœur, tels les fléaux de balances superposées. Trois d'entre elles s'étaient rompues sous le déversement des livres. Gilles songea qu'on pourrait peut-être les récupérer pour faire du feu. Les ouvrages formaient un tas énorme sur le sol. Certains s'étaient disloqués au moment de l'impact. D'autres, comme avait su le deviner Tara, n'étaient que des leurres et se réduisaient à de grandes boîtes vides n'ayant d'un grimoire que l'apparence extérieure.

– Il ne te reste plus qu'à fouiller dans ce chaos, lança Foulques de Braz à la jeune femme. N'épargne pas ta peine. Je te protégerai des moutons, et Gilles t'aidera à transporter les volumes, mais n'oublie pas que plus nous tarderons, plus nos chances de sortir d'ici s'amenuiseront.

Tara acquiesça. Quand l'écuyer eut ramené une table, un siège et les chandeliers, elle se mit au travail car elle voulait profiter le plus possible de la lumière du jour tombant des meurtrières. Il n'y avait en effet qu'une demi-douzaine de cierges plantés au sommet des candélabres et elle souhaitait les conserver pour les cas de force majeure. Elle tira d'une poche de son manteau une paire de gants de chevreau qu'elle enfila prudemment afin de se prémunir contre un éventuel empoisonnement des pages. Elle pria Gilles de prendre la même précaution quand il manipulerait les grimoires car on pouvait tout craindre d'une femme comme Lilith de Niel.

– Une sorcière est avant tout une empoisonneuse, murmura-t-elle en se penchant sur le premier ouvrage. Et il y a bien des manières de faire absorber le poison à un ennemi. Ce peut être par frottement, par ingestion, mais aussi par la voie des airs. Un bouquet aspergé de venin peut tuer aussi bien qu'un gobelet de vin dans lequel on a dissous quelques gouttes du célèbre serpent de pharaon. Il faudra se méfier de ces chandelles lorsque nous les allumerons, et les éteindre de suite si elles diffusent une odeur bizarre. On peut aisément tuer quelqu'un de cette manière, par fumigation.

– Tu l'as fait ? s'enquit Gilles.

– Moi non, dit Tara, mais ma maîtresse ne s'en est pas privée. (Elle se pencha alors sur les ouvrages en vrac et poussa un soupir.) C'est écrit en bâtarde gothique, soupira-t-elle. Une écriture cursive où toutes les lettres se touchent, ce qui les rend difficiles à déchiffrer. J'aurais préféré de la caroline, un style imposé par Charlemagne, dans lequel les lettres sont bien formées, les mots distinctement séparés... De plus tout est écrit sur parchemin...

– Et alors ? s'enquit l'écuyer.

– Le parchemin coûte cher, expliqua l'Égyptienne, très cher. Il faut trouver de belles peaux de mouton, les tanner, les affiner, les blanchir. Ce qui fait terriblement monter le prix de revient des ouvrages. Pour diminuer les frais, on oblige les copistes à économiser les pages en écrivant très serré, et en multipliant les abréviations. Ainsi, toutes les voyelles ne sont pas représentées. Parfois, même, on n'indique que la première lettre du mot. Ajoute à cela le fait que beaucoup de copistes ne savent pas lire et se contentent de *dessiner* les phrases sans les comprendre !

– Quoi ? hoqueta Gilles. Tu veux dire que les moines emploient des copistes illettrés ?

– Oui. Beaucoup d'entre eux ne sont que de bons imagiers rompus à l'exécution des lettrines ou des enluminures. D'excellents artisans, mais parfaitement analphabètes. Il en résulte des déformations de tracé qui rendent souvent les mots indéchiffrables.

Elle s'interrompit pour désigner un codex ouvert à ses pieds.

– Regarde, dit-elle, c'est un palimpseste, un manuscrit qu'on a gratté par souci d'économie, afin de pouvoir réécrire dessus mais, sous l'effet de l'humidité, l'ancien texte est remonté à la surface et s'est superposé au nouveau. Comment déchiffrer ce mélange aujourd'hui ?

Tara s'était agenouillée devant le monticule. Les mains tendues, elle caressait les livres, annonçant chaque fois en quel type d'écriture ils avaient été rédigés.

– De la rustica, disait-elle, de la romane, de l'onciale. Là, de l'humanistique, un caractère inventé pour réagir contre l'aspect indéchiffrable de la bâtarde gothique...

Gilles l'observait, impressionné par tant de science.

Durant les heures qui suivirent la jeune femme garda le silence, et l'on n'entendit plus dans le *scriptorium* que le bruit sec des pages tournées. Gilles avait entrepris de trier les ouvrages par taille, car Tara restait persuadée que le grimoire maléfique se présentait sous la forme d'un carnet assez petit pour être glissé dans une manche ou dans le décolleté d'une gorgerette. Quand le volume était verrouillé au moyen d'un fermoir cadenassé, elle forçait la serrure avec une aiguille de fer recourbée, et reprenait sa lecture. En la voyant agir, Gilles réalisa qu'on l'avait enchaînée en vain pendant tout le voyage. Elle aurait pu se libérer à n'importe quel moment et prendre la fuite. Si elle ne l'avait point fait, c'est qu'elle n'en avait pas eu envie. Il le lui fit remarquer.

– Et où serais-je allée ? dit-elle avec un haussement d'épaules. J'en ai assez de fuir. Je veux refaire honnêtement ma vie dans une bourgade où l'on cessera de me considérer comme un monstre. Si je mène cette mission à bien, le prieur obtiendra ma grâce, il me l'a promis, et je gagnerai mon pain en exerçant la profession de sage-femme. Je n'aspire à rien d'autre qu'à trouver un bon benêt de mari, point trop fainéant, et qui me fourrera quelques beaux enfants dans le ventre. Je suis encore assez jeune pour cela.

Gilles fut sur le point de lui dire qu'elle ne devait pas trop se fier aux promesses du prieur, mais il jugea plus opportun de garder le silence, du moins pour le moment, et se remit au travail.

Il ne lui fallut pas longtemps pour découvrir que nombre des ouvrages entreposés sur les étagères étaient en réalité des pierres ou des briques auxquelles on avait donné l'apparence d'un livre. « Ils n'étaient là que pour nous lapider, constata-t-il amèrement, cette bougresse de bergère avait bien pensé son traquenard ! »

Il restait fasciné par la perversité du piège et les trésors de patience, de minutie, qu'il avait fallu déployer pour le mettre en place. Des étagères articulées comme le fléau d'une balance ! Il n'en revenait pas. Qui aurait pu s'y attendre ? Sans la méfiance de Tara, il aurait été le premier à tendre la main pour saisir l'un des volumes, au hasard. Qui sait si la vibration engendrée par le basculement de la planche n'aurait pas entraîné le déséquilibre de tout l'édifice, déclenchant une réaction en chaîne qui les aurait submergés ?

Des pierres taillées en forme de livre ! Pouah ! Fallait-il être vicieuse pour concevoir une telle vilenie ! Comme la plupart des soldats, il n'aimait guère la ruse qu'il assimilait à une manifestation de traîtrise. Sur les champs de bataille, on ne finassait jamais, on ne cherchait pas à tromper l'adversaire. Ceux qui employaient de pareils stratagèmes étaient mal considérés, et l'on finissait par leur trouver un tour d'esprit satanique. De même qu'on méprisait les archers parce qu'ils usaient d'armes qui tuaient de loin. En toute occasion, le combat devait rester franc, rapproché, et sans tricherie. Ici, au manoir des sortilèges, il était évident qu'il n'en irait pas ainsi.

CHAPITRE QUINZE

LA MORT ENTRE LES PAGES

Tara progressait lentement car, si elle savait effectivement lire, elle ne déchiffrait pas avec la vélocité des clercs, et devait s'aider de son index pour suivre les mots ligne après ligne. À rester ainsi immobile, des heures durant, elle grelottait. Gilles avait réussi à brûler quelques étagères mais la température était si basse, la salle si haute, qu'il aurait fallu jeter des troncs d'arbres dans l'immense cheminée. Les flambées ne produisaient qu'une chaleur timide, vite envolée, et après laquelle le froid paraissait encore plus mordant. Avec sa hachette, il entreprit de débiter l'échelle en menus tronçons, mais il ne se faisait aucune illusion, cette nouvelle provision de bois ne fournirait guère plus d'une matinée de tiédeur, et quand il en aurait terminé avec les montants de la bibliothèque, il n'y aurait plus rien à brûler. Les cheminées seigneuriales n'étaient pas conçues pour les petites flambées ; leurs conduits avaient fâcheusement tendance à aspirer toute la chaleur des feux de faible importance, ne leur laissant pas le loisir de rayonner à travers la pièce. Il aurait fallu abattre des arbres, les traîner jusqu'ici. Sans l'aide des chevaux, ce serait un travail épuisant que les moutons s'appliqueraient à contrarier.

Trois jours s'écoulèrent, dans le seul bruit des pages manipulées. Le chevalier ne quittait plus les remparts. Il affirmait y monter la garde, mais Gilles savait pertinemment que Foulques de Braz occupait en réalité ses heures à guetter les enfants qui jouaient à se poursuivre sur la plaine enneigée.

Un soir, désireux de relancer le feu en train de s'éteindre, l'écuyer voulut jeter dans les flammes les livres copiés sur papyrus que Tara avait déjà parcourus, et écartés. Le papyrus séché brûlait bien, à la différence du parchemin qui se consumait en répandant une affreuse odeur de cuir grillé. Gilles allait flanquer le premier des codex dans les braises quand la jeune femme se leva d'un bond :

— Arrête, malheureux ! Tu veux nous tuer ?

— Quoi ? grommela Gilles. Ce n'est que du papier...

— C'est ce que tu crois, haleta-t-elle, mais c'est une illusion. Tous ces ouvrages sont piégés. *Tu ne sens pas ?* Non, c'est normal... Tu ne peux pas te rendre compte.

— De quoi parles-tu ? Vas-tu t'expliquer, à la fin ?

La jeune sorcière prit le livre des mains de l'écuyer et, à l'aide d'un stylet, en fendit la reliure de cuir épais. Une sorte de gros tube en carton occupait cet espace. Arrachant le galuchat collé sur les ais formant la couverture, elle démasqua ensuite deux paquets plats logés dans un creux des plaquettes de bois articulées protégeant le manuscrit. Gilles l'observait sans comprendre. De la pointe de son arme, Tara creva alors les enveloppes. Une farine noire s'en échappa.

— Du poison ? demanda l'écuyer.

— Non, murmura la jeune femme. De la poudre noire. Tu n'en as jamais entendu parler, mais les Chinois s'en servaient déjà deux mille ans avant la naissance du Christ pour fabriquer des feux d'artifice. Avec cette farine, ils créaient ce qu'ils appelaient des « flèches de flammes volantes » qui allumaient de grands incendies colorés dans le ciel. Ce n'était pour eux qu'un amusement, mais on peut utiliser ce produit de façon moins innocente.

Elle expliqua au garçon que la propriété de la poudre noire était d'exploser dès qu'on y boutait le feu, et qu'on pouvait facilement la fabriquer à partir d'une moisissure grattée sur les murs, de charbon de bois et de soufre.

– Il faut juste l'emballer très serré, dans un étui compressif, conclut-elle. Un tube, une corne. C'est alors qu'elle explose en produisant un bruit terrible et en projetant des débris en tous sens. Dès que le feu la gagne, elle développe une force qui peut briser les objets les plus durs. (Elle s'interrompit car elle sentait que le jeune homme l'observait avec incrédulité.) Tu ne me crois pas, fit-elle, agacée. Il suffirait d'une démonstration pour te prouver que je dis vrai, mais ce serait trop dangereux. Toutes les reliures des livres que j'ai feuilletés étaient piégées de cette manière, avec des cartouches de poudre noire. Si des inquisiteurs s'étaient amusés à jeter ces ouvrages dans le feu pour les purifier, ils auraient été tués par l'explosion. Tu comprends ? La bergère avait tout prévu, même l'éventualité que ses ennemis puissent déjouer le piège de la bibliothèque à balanciers. Ces livres sont des bombes déguisées... mais je parle dans le vide. Dans nos pays, peu de gens connaissent l'existence de la poudre noire, et ils n'ont pas encore pressenti les applications militaires qu'on pourrait en tirer. Pour l'heure, c'est toujours un secret d'initiés. Un secret ramené par les grands voyageurs, et qui se transmet en murmurant. Quand il deviendra public, l'art de la guerre en sera radicalement transformé, et toutes vos belles armures ne serviront plus à rien. Ce n'est qu'une question de temps. La bergère, elle, connaissait ce secret. Elle s'en est servie pour fabriquer des livres qui tuent. C'est pour cela que tu ne dois pas les jeter dans le feu, ni même les approcher d'une flamme. Vois-tu maintenant pourquoi je m'obstine à lire si loin de la cheminée, pourquoi je me refuse à allumer les candélabres ? Il suffirait d'une étincelle pour que les livres que j'étudie m'explosent entre les mains et m'arrachent le visage.

Gilles hocha la tête. Les discours de l'Égyptienne ne l'avaient qu'à demi convaincu. Qu'est-ce qu'une femme pouvait bien connaître à l'art de la guerre ? Si les prodiges qu'elle venait d'évoquer existaient réellement, on aurait dû en entendre parler depuis longtemps, car le monde était vieux aujourd'hui, et tous ses secrets connus. Les clercs le répétaient à l'envi : on n'inventerait plus rien, c'était certain. On avait atteint les limites de la Connaissance, et seul Dieu pourrait créer quelque chose de nouveau s'il le jugeait nécessaire. Dans ce cas, quel crédit pouvait-on sérieusement accorder à cette histoire de farine noire qui déchaînait les feux de l'enfer ?

– Pour la rendre inoffensive, il suffit de la mouiller, insista Tara. Il serait facile de désamorcer ces bombes en les aspergeant d'eau.

– Moins facile que tu l'imagines, ricana Gilles pour avoir le dernier mot. Il fait si froid que l'eau gèle dans les seaux !

Agacé de s'être laissé donner la leçon, il observa néanmoins les recommandations de la jeune femme et entassa les ouvrages piégés loin de la cheminée.

Mais un autre souci se profilait à l'horizon : les vivres s'épuisaient. On avait beau se rationner, le lard, le pain et le fromage feraient bientôt défaut. L'écuyer soupçonnait le chevalier de se goinfrer en cachette, lorsque ses compagnons dormaient. Peut-être ne s'en rendait-il pas compte, du reste ? Gilles n'aurait pas été étonné de découvrir que son maître mangeait en état somnambulique. Quoi qu'il en soit, le problème restait le même : on crèverait de faim d'ici peu. Le jeune homme avait bien tenté de sortir du château pour aller quérir de la nourriture auprès des boisilleurs ; hélas, chaque fois les moutons s'étaient opposés à ses déplacements et lui avaient barré la route en formant de gros bouchons compacts obstruant les corridors. Lorsqu'il avait essayé de les disperser à coups de bâton, les animaux s'étaient jetés sur lui pour le mordre. Ils ignoraient la peur et semblaient insensibles à la douleur, ce qui les rendait dangereux.

Gilles tremblait à l'idée de ce qui risquait de se passer quand il faudrait se résoudre à abattre l'un d'eux pour ne pas mourir de faim.

« Par tous les saints, songeait-il, ils nous assiègent. Ils ont décidé de nous réduire à la famine, et si nous n'y mettons pas bon ordre, nous serons bientôt trop faibles pour les affronter. »

L'eau faisait défaut, elle aussi. Les outres se vidaient. Il ne restait plus que du vin. Tout château comportait une citerne intérieure alimentée par les eaux de pluie, une belle cuve parfaitement maçonnée qui permettait aux habitants du lieu de ne pas mourir de soif en cas de siège prolongé. Mais, là encore, la difficulté était d'accéder à ce réservoir sans s'ouvrir un chemin à coups d'épée dans la masse hostile des brebis. Gilles hésitait à en parler à son maître ; il craignait en effet une réaction malvenue de celui-ci, une erreur tactique qui déclencherait une catastrophe.

Le quatrième jour, le baron descendit des remparts et ordonna à son écuyer de briquer sa cuirasse. Une fois de plus, Gilles dut sortir ses pâtes de lustrage et se mettre à l'œuvre. Il avait beaucoup bu pour vaincre l'angoisse qu'installait en lui l'attente et ses gestes, ce soir, n'étaient point assurés. Le vin, non coupé, lui embrumait l'esprit. Il se mit au travail dans une grande confusion.

Il dut s'activer, car l'alliage du harnais de guerre, s'il était d'une solidité sans égale, paraissait vulnérable à l'oxydation. Gilles besognait dans les brumes de l'ivresse. La rouille s'en allant, il vit bientôt son propre visage se refléter dans la cuirasse. Il continua cependant à frotter, les doigts irrités par le contact du sable imbibé de vinaigre.

L'image le surprit alors qu'il s'acheminait vers la somnolence, lui arrachant un tressaillement. Durant une seconde, il crut que quelqu'un s'était penché par-dessus son épaule pour venir se mirer dans la cuirasse. *Mais il n'y avait personne derrière lui.* L'image montait des profondeurs de l'acier telle la figure d'un plongeur s'arrachant à la vase d'un lac pour se propulser d'une détente des jambes vers la surface. Elle se précisait, affinant ses contours, se superposant au reflet de l'écuyer. Gilles, qui avait failli pousser un cri de terreur, se mordit la langue et s'obligea au silence. Et pourtant ce qu'il voyait défiler sous ses yeux lui faisait dresser les cheveux sur la tête. Ce n'étaient que scènes de carnage, de tuerie. Des soldats s'abattaient, le crâne ouvert, des femmes s'effondraient, tailladées sans merci, tout cela noyé dans une brume rouge d'incendie.

D'abord Gilles demeura interdit, ne s'expliquant pas ce prodige, puis il comprit qu'il observait ce que la cuirasse avait *vu* entre le moment où on l'avait forgée et celui où la rouille l'avait recouverte. Le fer avait fidèlement enregistré les images des exploits du chevalier. Tout était là : les tournois, les batailles, les massacres... Les scènes flottaient, pêle-mêle, prisonnières de l'armure, les unes éclipsant les autres, tour à tour se précisant, s'effaçant.

Tous les crimes commis par Foulques de Braz étaient consignés dans l'acier du vêtement de guerre. Et tous ceux qui avaient regardé ce miroir de fer étaient morts en y inscrivant leur dernier reflet comme une accusation indélébile.

Gilles avait du mal à cacher le tremblement de ses mains. Il voyait des enfants qu'on perçait de part en part sur le cadavre de leur mère, il voyait des jeunes filles qu'on saisissait par les cheveux avant de les jeter dans la paille pour mieux les violer. Les silhouettes se succédaient à une rapidité fantastique, s'effaçant à peine formées, comme si tous ces morts se bousculaient pour jouir du privilège de jeter un coup d'œil sur le monde des vivants par une minuscule fenêtre.

Le vêtement de fer n'avait rien oublié, il avait engrangé les témoignages, fait sa moisson d'épouvante. Il s'était changé en acte d'accusation.

Gilles haletait, saisi par le vertige. Les défunts le dévisageaient avec une insistance pénible, comme s'il était responsable de leur mort, comme si c'était lui qui les frappait.

« Mais non, pensa-t-il. Ils ne font que regarder l'armure... L'armure qui est en train de marcher sur eux, l'épée brandie. Ce n'est pas toi qu'ils voient. C'est Foulques de Braz au travail. »

Gilles grelottait de peur. Il essayait toutefois de donner le change pour ne pas alerter le paladin. Ce qu'il voyait imprimé dans la cuirasse, c'était l'affirmation que son maître n'était qu'un monstre, un boucher, un bourreau s'appliquant à faire le mal avec une noire jubilation.

Il frottait toujours, quand le visage d'une jeune fille vint s'inscrire sur l'acier. Elle avait du sang au coin de la bouche, une horrible plaie en travers du torse comme si on avait essayé de l'ouvrir en deux depuis la base du cou jusqu'aux poils du pubis. Elle s'appliquait à balbutier quelque chose que Gilles n'entendait pas.

« Dieu ! pensa Gilles, foudroyé par la stupeur. C'est à moi qu'elle s'adresse ! »

Alors, il réalisa avec horreur que la morte... *c'était Tara*. Une Tara rendue méconnaissable par le sang et les plaies, une Tara massacrée, mutilée.

Cette fois, il ne s'agissait plus d'un souvenir prisonnier du métal, la vision venait du futur. C'était une image prophétique, l'annonce de ce qui allait arriver d'ici peu.

La jeune sorcière essayait de parler, remuant sa bouche sanglante aux dents brisées, elle disait :

Il va nous tuer, tous... Ton maître... Rien ne pourra l'arrêter. Lorsqu'il sera en possession du grimoire, il se débarrassera de nous.

Gilles ne put retenir un gémissement de terreur.

Mais le cadavre de Tara s'effaçait déjà pour laisser la place à une autre silhouette, plus menue mais pareillement abîmée. Dorine ! C'était Dorine ! La petite fille semblait écorchée vive. Il lui manquait un bras.

Regarde, pleurait-elle, *il m'a mangée... L'ogre. Il m'a capturée pour me dévorer vivante. Oh ! que j'ai eu mal ! C'est ta faute... Tu savais que cela arriverait, tôt ou tard. Il fallait l'en empêcher. Il fallait le pousser du haut des remparts pour qu'il s'écrase dans les douves. Tu aurais pu le faire mais tu n'as pas osé. Tu as préféré lui rester fidèle, alors il m'a tuée. Oh ! comme je te hais !*

Gilles se pencha sur la cuirasse pour protester, mais le métal ne reflétait plus que sa seule image, l'image d'un homme hébété et pris de boisson, en proie aux hallucinations de l'ivresse.

– As-tu terminé ? demanda soudain le chevalier.

– Oui... bégaya Gilles, surpris par la voix du baron. Oui, messire.

Il jeta un coup d'œil inquiet à l'armure resplendissante. À aucun moment, le paladin n'avait eu conscience de ce qui se passait à la surface du fer.

Mais s'était-il seulement passé quelque chose ?

« C'était le vin, songea l'écuyer, luttant contre le vertige. J'ai imaginé tout cela. En réalité il ne s'est rien passé. J'avais trop bu. »

Il rangea ses instruments, se nettoya les mains avec un chiffon. L'accusation de Dorine continuait à tournoyer dans sa tête : *C'est ta faute... Il fallait l'en empêcher. Il fallait le pousser du haut des remparts pour qu'il s'écrase dans les douves. C'est ta faute.*

CHAPITRE SEIZE

LE FEU CACHÉ

Les images nées de l'ivresse le poursuivirent toute la journée du lendemain. À un moment, n'y tenant plus, il grimpa sur le chemin de ronde où le baron s'était planté comme de coutume, l'œil fixé sur le hameau. Le vent portait les sons jusqu'aux remparts et l'on pouvait suivre le babillage des enfants avec une netteté surprenante. Gilles demeura en retrait, contemplant la grande silhouette de fer qui montait la garde, les mains réunies sur le pommeau de l'épée. Il se demandait s'il aurait la vigueur nécessaire pour bondir sur le chevalier, le heurter à la hauteur des reins et le pousser dans le vide par la découpe des créneaux. Il n'en était pas certain. À peine se serait-il élancé que le baron se retournerait pour l'empaler, c'était joué d'avance ! La lame de trois coudées lui traverserait la poitrine, trouverait la jointure entre les vertèbres, et le jetterait mort sur les pavés. Il avait peur ; pourtant il ne pouvait se résoudre à devenir le complice du futur meurtrier de Tara et de Dorine. Il s'était attaché à la petite fille, quant à la jeune femme, il pensait trop à elle.

Mais il avait beau se rebeller, il n'en demeurait pas moins l'écuyer de Foulques de Braz. Son devoir était de seconder son maître dans toutes ses actions sans émettre de jugement sur la portée de celles-ci. Agir autrement aurait relevé de la félonie.

L'indécision le torturait. Il décida de redescendre avant que le baron ne devine sa présence. L'ivresse de la veille lui plombait la tête. Pour se distraire de ses préoccupations, il jeta sur son épaule une outre en peau de chèvre et se mit en quête de la citerne. Elle était pleine, sans aucun doute, car le déversoir installé au sommet du donjon recueillait dans sa gouttière le produit des averses. Anxieux, il s'engagea dans la grande galerie en se retournant fréquemment pour vérifier que les moutons ne le suivaient pas. Pour l'heure, les corridors étaient déserts. Au cours des derniers jours, Gilles avait pu vérifier que le troupeau ne restait jamais à la même place mais semblait au contraire patrouiller d'un bout à l'autre du château. L'avait-on dressé à cela de la même manière qu'on forme un chien de berger à rassembler les brebis ?

Le jeune homme avançait d'un pas qu'il voulait ferme. Le bruit de ses talons volait en échos prolongés sous les voûtes. Il aurait aimé être plus silencieux, malheureusement la caisse de résonance du castel abandonné décuplait le moindre son. Il se sentait vulnérable en se déplaçant ainsi, en solitaire. Le service d'ost lui avait appris qu'un homme d'armes ne doit jamais marcher seul. Les chevaliers errants n'existaient que dans les fables ; les vrais paladins, eux, voyageaient toujours en conrois, c'est-à-dire en groupes compacts, prompts à s'organiser en défense. Quand on croisait un baron solitaire, c'était mauvais signe, et il convenait de s'en défier.

Gilles déboucha dans la salle abritant la citerne de pierre. La cuve, béante, s'ouvrait au ras du sol. Il fallait prendre garde de n'y point basculer car la pénombre était épaisse. Le jeune homme s'agenouilla, tâtonnant pour trouver la margelle. Quand ses yeux furent habitués à l'obscurité, il réalisa que le niveau était bas. Il faisait froid car le vent soufflait de la poussière de neige par les meurtrières. Saisissant la manivelle, il commença à descendre le seau. Le récipient heurta la surface avec un bruit sec : la citerne avait gelé. Gilles poussa un juron. Ramassant un caillou, il le jeta de toutes ses forces dans l'ouverture ; le projectile ricocha sans entamer le bouchon durci.

« Si tu veux de l'eau, songea l'écuyer, tu n'as plus qu'à descendre au bout d'une corde et casser la glace à coups de talon ! »

Il n'aimait pas cette idée, toutefois il fallait bien boire, et quand la réserve de vin serait épuisée, on tirerait vilainement la langue. De plus, il n'était pas bon que le chevalier prenne l'habitude de se saouler. L'ivresse et la folie font toujours mauvais ménage.

Gilles examina les cordes de rechange suspendues à la muraille. Il en choisit une en assez bon état, la noua à un anneau fixé dans le sol. Après quoi, il enjamba la margelle et se laissa glisser à l'intérieur de la cuve. Il faisait si sombre qu'il agissait presque en aveugle. Au bout de vingt coudées, ses talons heurtèrent la glace. Il eut l'impression de poser le pied sur un lac gelé. Il se mit alors à frapper des semelles dans l'espoir de fracasser le bouchon de gel. L'eau était là, juste en dessous. Il s'acharna à créer un réseau de fêlures car il avait hâte de sortir de la nasse. S'il lui arrivait le moindre accident, qui viendrait le chercher ici ? Personne. Ni Tara ni le baron n'étaient au courant de son initiative.

La glace craqua enfin et il put remplir l'outre d'une main. La manœuvre s'avéra malaisée mais il s'obstina, agrippé d'un seul bras à la corde. Alors qu'il amorçait sa remontée un bruit curieux lui parvint, amplifié par le cuvelage du puits. Ça provenait d'en haut. C'était comme... comme un grignotement. Un frisson de peur le secoua. Il comprit immédiatement ce dont il s'agissait. *C'étaient les moutons !* Sortis des ténèbres, ils rongeaient la corde pour l'empêcher de remonter des abîmes. S'ils réussissaient à sectionner le chanvre jusqu'au dernier toron, Gilles tomberait directement dans l'eau glacée, et s'y noierait.

– Foutues bestioles ! hurla-t-il, voulez-vous bien déguerpir ! Allez ! Zou !

Il s'affola. Haletant, les paumes en sang, il se hala le plus rapidement possible, persuadé que la corde allait céder d'un instant à l'autre. Quand il put enfin saisir la margelle et se hisser hors du piège, il constata que la pièce était vide. Avait-il imaginé le grignotement ou les moutons avaient-ils pris la fuite en l'entendant approcher ?

Le cœur battant, il s'agenouilla pour examiner le filin. Le chanvre paraissait mordillé sur la section tendue entre l'anneau et la margelle, mais ces altérations pouvaient tout aussi bien résulter de l'usure. Sans doute ne fallait-il pas créditer les brebis d'une trop grande malice et se les représenter occupées à tramer d'improbables complots ?

Comme il quittait la salle, l'outre sur l'épaule, il entendit bêler dans les ténèbres. Curieusement, il lui sembla que ce cri sonnait comme un rire.

« Nous sommes ensorcelés », songea-t-il en se mettant à courir. Il avait honte de céder à la peur et de fuir devant un mouton.

Dans la bibliothèque, Tara poursuivait sans relâche son travail de déchiffrement. Hélas, les ouvrages qui passaient entre ses mains ne lui apportaient que déception. C'étaient pour la plupart des traités fort connus d'art médical, des sommes, des codices calligraphiés en rotunda ou en textura, et qui ne correspondaient en rien aux attentes de l'inquisiteur. Il en montait cette odeur caractéristique de la colle à grimoire qu'on obtient en faisant bouillir des lambeaux de peau ou de la chair de poisson. À ces fragrances s'ajoutait celle du blanc d'œuf qui sert à fixer les couleurs, et le mélange de tous ces parfums n'était pas sans rappeler celui du sperme.

— Il existe des copies de ces sommes à la faculté de Montpellier, expliqua l'Égyptienne, à Salerne ou à Salamanque. Aucune d'entre elles ne contient la moindre formule magique. Ce ne sont pas là des grimoires de sorcières, plutôt ceux d'un mire ou d'un fisicien.

Gilles, par-dessus l'épaule de la jeune femme, examina l'ouvrage. Les enluminures en étaient merveilleuses. On disait qu'il y avait dans tout Paris moins d'une dizaine de « babouineurs » de talent capables d'historier convenablement un ouvrage. Quant aux mots, soigneusement tracés du bout de la plume, il était admis que chacune des lettres les composant valait au copiste le pardon d'un péché. Sachant cela, on comprenait mieux la licence qui régnait dans les monastères !

Tara avait les yeux rouges, la tête lourde d'avoir trop lu. Quand elle voulut se lever, le baron la saisit par le cou comme s'il se fut agi d'un chat, et l'obligea à se rasseoir.

— Lis donc, bougresse ! hurla-t-il. Lis, puisque tu n'es bonne qu'à ça. Tu penses peut-être que je vais rester là jusqu'à la fonte des neiges ?

Tara voulut se dégager. Le gantelet aux doigts d'acier lui meurtrissait la gorge. Elle leva sur le chevalier un regard suppliant.

— Messire, balbutia-t-elle, je n'y vois goutte. Il n'y a plus assez de lumière, la nuit est en train de tomber.

164

– Je m'en moque ! vociféra Foulques de Braz qui paraissait à bout de nerfs. Il y avait des flambeaux ce me semble, qu'on aille les quérir, qu'on les allume ! Tu travailleras jusqu'à ce qu'ils aient tous fondu. Et cela même si je dois te réveiller à coups de pied chaque fois que tu t'assoupiras.

Gilles décida d'obéir. Il n'aimait pas voir son maître dans cet état. Il savait ce que cette agitation signifiait : l'ogre commençait à être torturé par son besoin de chair humaine. Le spectacle des enfants jouant dans la plaine avait avivé son appétit, et il se faisait violence pour ne point courir les égorger sur l'heure. L'écuyer se pressa donc de ramener un candélabre de fer forgé au sommet duquel se trouvait fiché un cierge capable de brûler une nuit entière. Ramassant un tison dans la cheminée, il en enflamma la mèche. Tara, d'un coup d'œil, lui signifia de ne point trop approcher le flambeau de cire de la table à cause des cartouches de poudre disposées dans la reliure des livres, et il hocha la tête en signe d'intelligence. La jeune femme se remit au travail en ravalant ses larmes. Le gantelet avait imprimé de grosses meurtrissures sur sa nuque. Si elle avait espéré un jour amadouer le baron par son joli minois, elle s'était trompée du tout au tout.

Pour lui faciliter la tâche, Gilles lui apportait un nouvel ouvrage au fur et à mesure qu'elle achevait l'examen du précédent. Il l'enviait d'être capable de déchiffrer ces curieuses suites de signes tachant les pages, pourtant – et tout à la fois – ce savoir lui semblait suspect... *invraisemblable*. Comment pouvait-on transformer la parole en gribouillis ? N'y avait-il pas là une magie autrement dangereuse que celle qui consistait à évoquer les lutins ? Pourquoi les prêtres ne s'en rendaient-ils pas compte ?

Soudain, la mèche de la chandelle se mit à grésiller de façon curieuse, et une gerbe d'étincelles incongrue fusa au sommet du cylindre de cire.

Tara releva la tête, les yeux écarquillés par la peur. Repoussant son siège, elle se cacha sous la table en hurlant : « À terre ! Tous à terre ! Vite ! »

Gilles ne prit pas le temps de réfléchir et plongea derrière le monceau de grimoires tombés des étagères. À l'instant même le cierge explosa en produisant une flamme aveuglante assortie d'un bruit de tonnerre. Le candélabre fut soulevé du sol et frappa de plein fouet le baron, resté debout au milieu de la salle. Le son que produisit le chandelier en heurtant le plastron d'acier rappela à l'écuyer celui d'une masse s'abattant sur un heaume. Foulques de Braz s'effondra de tout son long, dans un fracas de ferraille. Une fumée bleue, qui piquait les yeux et la gorge, flottait sous la voûte dont l'atmosphère était devenue irrespirable. Gilles n'entendait plus rien. Un sifflement continu lui traversait les oreilles de part en part. Il se crut devenu sourd et rampa hors de la pièce. En éclatant, le cierge avait projeté des éclaboussures de cire bouillonnante dans tous les coins. Ces flaques de graisse étaient encore brûlantes. Si l'écuyer avait été pris dans la tourmente de gouttelettes en fusion, il aurait eu la peau du visage cuite dans l'instant.

Tara le rejoignit dans le couloir, elle toussait. Par signes, elle lui demanda d'aller chercher de l'eau afin d'en asperger les flammèches tombées sur la montagne de livres. Si le feu prenait aux couvertures, la bibliothèque tout entière pouvait exploser comme une énorme bombe. Gilles s'empara de l'outre tiédissant au coin de la cheminée, en vida le contenu dans un seau, et courut éteindre les brandons.

– Qu'est-ce qui s'est passé ? bredouilla-t-il une fois tout danger écarté. Je n'avais encore jamais vu ça.

– La chandelle était piégée, fit Tara. Une grosse cartouche de poudre noire se trouvait glissée dans le cylindre de cire. En allumant la bougie, le baron a tout simplement allumé la mèche de la bombe. La bergère avait prévu que nous pourrions être tentés de lire à la nuit tombée. (Elle reprit son souffle et ajouta :) C'est cela, la poudre noire. Une farine de vilaine allure mais qui peut déchaîner le tonnerre. Quand les hommes d'armes connaîtront son existence, la guerre deviendra plus meurtrière que jamais. Il faut espérer que les grands initiés sauront garder le secret.

Gilles haussa les épaules.

– Tu te fais du souci pour rien, lâcha-t-il. C'est une arme sans honneur, qui n'implique aucun savoir-faire, et pas un chevalier digne de ce nom ne voudrait l'employer. Je suis bien tranquille, cela restera une manigance de sorcier.

Tara ne l'écoutait plus. Penchée sur le baron, elle avait relevé la ventaille du heaume. Foulques de Braz avait perdu connaissance sous la violence du choc. Si l'armure ne portait aucune trace, le candélabre, lui, était tordu.

« S'il s'était cassé la tête, nos ennuis seraient finis », songea Gilles en s'agenouillant près de son détestable maître.

– Doucement ! lui intima Tara. Tu vas lui faire mal. Laisse-moi m'occuper de lui.

Et elle entreprit de dépouiller l'ogre de son casque avec des gestes d'une grande douceur.

Foulques saignait d'une blessure au front. Il ne réagissait plus et paraissait presque mort. Un mire l'eût brûlé au talon avec un tison pour le ramener à la vie.

Dans les minutes qui suivirent, Tara multiplia ordres et suppliques pour obtenir de Gilles les instruments nécessaires aux soins.

– Ôte-lui sa cuirasse, fit-elle, il faut qu'il puisse respirer.

– S'il se réveille et se découvre nu, il nous coupera la tête ! protesta l'écuyer. Tu sais bien qu'il ne veut pas montrer sa figure. Tu ne te rends pas compte de ce que nous risquons.

– Il ne se réveillera pas, affirma la jeune femme. Je vais lui faire boire une tisane d'opium qui le tiendra endormi jusqu'à l'aube.

Elle parlait sans presque détacher le regard du visage du chevalier, et Gilles comprit qu'elle était – elle, la sorcière ! – véritablement envoûtée par cet homme exécrable. Il fut tenté de lui dire : « Ne lui sauve pas la vie, laisse-le crever, c'est un monstre qui te tuera », mais il n'osa prononcer ces mots à voix haute. D'ailleurs, cela n'aurait sans doute servi à rien car Tara ne l'aurait pas écouté. Il se retira à l'écart, laissant la jeune femme à ses soins. Elle bassina le visage de Foulques, puis délaça sa chemise pour s'assurer qu'il ne souffrait d'aucune autre blessure. À première vue, elle agissait en guérisseuse, mais Gilles n'était point dupe de son manège.

« Allons ! se disait-il. Ses mains s'attardent trop. Elle palpe moins qu'elle ne caresse. Ce n'est plus de la médecine, c'est de l'amour. »

Il enrageait ; il avait mal aussi. Il ne se faisait plus d'illusions, la belle sorcière ne serait jamais à lui. Elle soupirait après ce boucher de Braz, définitivement conquise par la pureté de ses traits.

Maussade, il ranima le feu, y jetant les derniers morceaux d'étagères dont il disposait, et s'enroula dans sa couverture pour prendre un peu de repos.

Quand il ouvrit les yeux, au cours de la nuit, ce fut pour découvrir Tara agenouillée près du baron qu'elle avait entièrement dévêtu. Le foyer ronflait dans la cheminée, dévorant toute la provision de bois. Les flammes jetaient des lueurs d'or et de sang sur le corps nu du chevalier. Le visage couvert de sueur, Tara caressait du bout des doigts chacune des cicatrices marquant le corps du guerrier inconscient.

— Tu joues un jeu dangereux, la belle, soupira l'écuyer en se redressant sur un coude. Le beau seigneur n'est pas pour toi.

— Je sais, fit Tara d'une voix pleine de mélancolie, c'est pour ça que j'en profite. Une fille comme moi n'a jamais l'occasion de poser la main sur un homme de qualité. Il nous faut apprendre à nous contenter de peu : de la chair saumâtre des vilains, de leurs trognes, de leurs bouches puantes. Lui, c'est autre chose...

— C'est un tigre, grommela Gilles. Tu ne peux le caresser que parce qu'il est endormi.

— Je sais, répéta la jeune femme. Mais c'est déjà plus que je n'en espérais. Qui aurait cru que je pourrais un jour poser la main sur le ventre nu d'un tigre, moi, qui à 5 ans gardais les cochons ?

L'écuyer ne trouva rien à répondre. La lumière du foyer ronflant avivait la beauté de Tara. La sueur qui couvrait son visage, ses épaules, sa gorge, lui donnait une allure terriblement charnelle. Elle avait délacé sa chemise pour dénuder ses seins. Elle prit la main rugueuse de Foulques, la posa sur son mamelon gauche, puis ferma les yeux. Elle resta ainsi un long moment, goûtant cette caresse amoureuse volée au boucher endormi.

Malgré la jalousie qui lui rongeait le cœur, Gilles en fut ému.

– Réveille-moi quand il faudra le rhabiller, grogna-t-il en s'allongeant. Et n'attends pas le dernier moment. Il ne faut pas qu'il sache que nous l'avons sorti de son armure.

– Ce serait peut-être au contraire le seul moyen de le guérir de sa folie, répliqua Tara.

– Ne parie pas trop là-dessus, siffla Gilles. Et ne compte pas non plus sur moi pour prendre un tel risque. Je tiens trop à ma peau, même si c'est celle d'un vilain.

À l'aube, Tara secoua l'écuyer pour qu'il l'aide à refermer le costume de fer sur Foulques de Braz. Le baron était toujours en vie. Le froid qui régnait dans la salle atteignait les limites du supportable et Gilles sentait toutes ses anciennes blessures se réveiller. Il était jeune, mais les nuits passées à la belle étoile, le contact permanent de la terre humide ou gelée, les voyages interminables sous la pluie battante avaient installé dans ses os des rhumatismes précoces. Chaque matin, il devait affronter cette accumulation de souffrances qui lui tiraillaient le corps jusqu'à ce que ses muscles, ses articulations se soient quelque peu échauffés.

Par-dessus tout, il mourait de faim, or les provisions étaient presque épuisées.

– On ne peut pas continuer comme ça, constata-t-il. Il va falloir se résoudre à chasser. Nous tuerons un mouton, puis nous le ferons cuire avec le bois de la bibliothèque. Il en reste encore un peu. Cela nous permettra de reprendre des forces.

La jeune femme ne dit rien. Il était visible qu'elle appréhendait la réaction des brebis.

On attendit que le baron reprenne conscience. Quand il se redressa enfin, il fallut lui expliquer dans le détail ce qui s'était passé la veille. Il tolérait mal d'avoir été jeté au sol par une diablerie, une ruse indigne d'un vrai guerrier.

– Des chandelles qui crachent la foudre... répéta-t-il, abasourdi, une fois que Tara lui eut exposé le système employé par Lilith de Niel.

La mésaventure l'avait mis de méchante humeur. D'une bourrade, il projeta Tara vers la table chargée de livres.

– Qu'attends-tu pour te mettre au travail ? hurla-t-il. Plonge-toi dans cette paperasse et ne relève pas le nez avant le coucher du soleil, ou je t'arracherai la peau du dos avec mon fouet !

Gilles jugea qu'il était temps d'intervenir et souleva le problème de l'approvisionnement. Les nobles aimaient chasser ; c'était avec la guerre leur seul passe-temps. Il était à peu près certain que le chevalier ne laisserait pas passer l'occasion d'une belle traque.

– Je ne peux me nourrir de leur viande car elle m'empoisonnerait, déclara ce dernier. La malédiction qui pèse sur moi m'oblige, tu le sais, à ne manger que de la chair humaine, mais j'avoue que ces moutons m'agacent et qu'ils méritent une leçon. De plus, ils ont tué nos montures et nous doivent réparation. Nous allons leur montrer ce qu'il en coûte de nous chercher querelle.

Il s'échauffait. Saisissant son épée, il sortit dans la galerie, prêt à en découdre.

– Point n'est besoin d'un carnage, messire, insista Gilles. Une seule bête suffira à nous alimenter plusieurs jours durant. Je la ferai bien cuire, le froid qui règne en ces murs l'empêchera de se gâter.

Foulques ne l'écoutait pas.

– Une torche ! ordonna-t-il. Fabrique une torche, on y voit moins que dans le cul d'un moine.

L'écuyer se dépêcha d'obéir. Outre la lumière qu'il dispenserait, un flambeau pouvait se révéler bien utile s'il s'avérait nécessaire de tenir les moutons en respect. Le feu était sans doute la seule chose capable de les faire reculer. Gilles entoura un morceau de chiffon frotté de graisse autour d'un bâton et l'embrasa. La torche cracha des étincelles de suif enflammé puis se mit à brûler en répandant une fumée puante.

C'est dans cet équipage que les deux hommes entamèrent leur errance à travers les couloirs. Comme s'ils avaient deviné la menace, les moutons se dérobaient.

– Un arc aurait mieux fait l'affaire, s'impatienta le baron. Maintenant qu'il s'agit de se battre, ces bougres se débandent.

Il parlait d'eux comme s'il s'agissait de combattants humains et sa nervosité ne cessait de croître à chaque tentative avortée.

– Venez, mes petits enfants... chantonnait-il quand une brebis surgissait au détour d'un couloir. Approchez mes bambins, venez jouer avec moi.

Ce ton doucereux mettait Gilles mal à l'aise, de même que les mots « petits enfants » ou « marmots » que le chevalier s'obstinait à répéter.

« Voit-il des moutons, se demanda-t-il, ou bien se les représente-t-il sous les traits de gamins venus le provoquer ? »

Il n'aimait pas cela. Il avait de plus en plus l'impression que la chasse à l'ovin n'était qu'un exutoire pour le baron... ou une manière d'entraînement.

À force d'errer, ils finirent par se trouver face à face avec un grand nombre de bêtes. Foulques leva son épée.

– Monseigneur, balbutia Gilles. Rappelez-vous : un seul. Ce sera suffisant.

Le chevalier chargea. Les bêtes, gênées par leur nombre, ne purent refluer comme elles le souhaitaient et se trouvèrent arrêtées dans leurs mouvements par celles qui les suivaient. Cette confusion permit à Foulques de s'avancer au milieu du troupeau en frappant à coups redoublés. Il ne chassait pas, il massacrait. Sa lame s'abattait au hasard, brisant les échines, ouvrant des plaies rouges au milieu des dos couverts de laine. On eût dit un bûcheron à l'ouvrage. En un rien de temps, il moissonna la vie d'une douzaine de bêtes qui s'effondrèrent, bêlantes, à moitié mortes, les reins cassés. Le baron ne les voyait même plus, il hachait la viande et la laine en une même pâtée, déployant pour tuer les brebis la puissance qu'il aurait mise à fracasser l'armure d'un adversaire caparaçonné de bel acier saxon.

– Ah ! mes petits drôles, vous riez moins maintenant ! hurlait Foulques de Braz. Le temps n'est plus aux batailles de boules de neige ! (Il fit sauter quatre têtes en vociférant :) Toi c'est Jehan, je crois... et toi Éric... et toi Hélène... et toi Didier...

Il continua à se frayer un chemin dans la masse de laine gluante en scandant les noms des gosses qu'il avait vus jouer sur la lande. Quand il dit : « Tiens, Dorine ! » Gilles se raidit. La tête d'une brebis roula à ses pieds. Le pavé était couvert de sang. Le troupeau avait réussi à prendre le large. Il galopa jusqu'au bout de la galerie puis s'arrêta pour se rassembler autour de son chef, un grand mâle à tête noire.

« Ils organisent la contre-offensive, songea l'écuyer en s'affolant. Il ne faut pas traîner. »

Ramassant la dépouille d'une brebis décapitée, il la jeta sur son dos et esquissa un mouvement de repli. Hélas, Foulques s'obstina à demeurer planté au milieu du corridor, attendant la charge.

– Messire, supplia le jeune homme, ils vont revenir. Ils nous submergeront. Venez... Ne les provoquez pas. Ces animaux sont ensorcelés.

Il se rappelait trop bien ce qui était arrivé aux chevaux. Il ne voulait pas se retrouver encerclé, entouré de moutons qui essayeraient de lui arracher les parties génitales avec les dents.

– Où cours-tu, pleutre ? cracha le chevalier. Tu fuis devant des enfants ! Tu ne vois donc pas qu'ils n'aspirent qu'à mourir ? Ils veulent que je les tue, ils me l'ont dit en rêve. Ils préfèrent être abattus proprement plutôt que de souffrir des années durant les avanies de la pauvreté. Je suis leur libérateur... Je ne fais que leur rendre service. Viens m'aider ! Viens !

Il n'eut pas le temps d'en dire plus, car le troupeau s'élança dans un vacarme de sabots. La charge roula sous les voûtes comme si le tonnerre grondait à l'intérieur du manoir. Les bêtes heurtèrent le chevalier à la hauteur du ventre, et si certaines s'y cassèrent la nuque, elles n'en renversèrent pas moins le paladin qui s'effondra sur les dalles. Rien ne pouvait lui arriver de pire : une fois sur le dos, il se retrouva dans l'impossibilité de se relever. La meute laineuse se referma sur lui, essayant de le mordre, de le piétiner. Si l'armure ne l'avait pas protégé, il aurait été mis en pièces car les bêtes ne l'épargnaient pas et Gilles entendait crisser leurs dents à la surface du métal. Cette fois, il ne pouvait plus rester en retrait, même s'il lui répugnait de s'associer à la tuerie. La torche brandie, il s'avança vers les moutons en criant : « Au large ! Or ça ! » Son regard croisa celui du grand mâle à tête noire. Il crut discerner de la haine dans les yeux de l'animal. Une haine presque humaine.

Alors, de peur d'être à son tour submergé, il bouta le feu à la laine des animaux qui se ruaient à sa rencontre. Les moutons s'embrasèrent comme de l'étoupe et se mirent à courir en cercle, torches vivantes qui galopaient sur quatre pattes. Certains, rendus fous par la douleur, s'élançaient dans des galeries obscures qu'ils illuminaient de leur course zigzagante. Leurs congénères s'écartèrent, de peur de s'enflammer, eux aussi. Gilles put enfin aider le baron à se remettre sur pied.

– Replions-nous ! vociféra l'écuyer pour couvrir les bêlements des bêtes qui brûlaient vives. Nous ne résisterons pas au prochain assaut.

L'air empestait la laine, le suint, la viande grillés. Agitant sa torche, le jeune homme battit en retraite. Cette fois, le baron accepta de le suivre. Seul le grand mâle à tête noire les accompagna sur une vingtaine de mètres, les toisant avec férocité. Quand il s'arrêta, ses yeux semblaient dire : « Je vous retrouverai, et ce jour-là nous réglerons nos comptes. »

Quand ils franchirent enfin le seuil de la bibliothèque, Gilles poussa un soupir de soulagement. Une fois la brebis jetée sur le sol, il s'empressa de refermer les portes de la salle, de rabattre le loquet. Il était couvert de sang et de suie.

– Ça s'est mal passé ? interrogea Tara.

– C'était à se demander qui chassait qui ! grogna l'écuyer.

Il n'en dit pas plus et resta un long moment aux aguets, appréhendant un assaut conduit par le mâle dominant. Combien de temps la porte résisterait-elle si le troupeau tout entier se liguait pour faire pression contre les battants ?

Quand il fut rassuré, il tira son coutelas et entreprit de dépouiller la bête. Faute d'avoir été glcrieux, on mangerait à sa faim ! Quand la carcasse fut prête, il la disposa dans la cheminée et alimenta le feu avec ce qui restait des montants de la bibliothèque. On serait bientôt à court de combustible car le foyer était vorace. Il n'osait imaginer ce qui se passerait quand on ne trouverait plus rien à brûler.

Pendant qu'il surveillait la cuisson de la viande, il songea qu'il avait été sot. Pour se défendre contre les moutons, il aurait dû emporter l'un des cierges piégés que Lilith de Niel avait disposés à la pointe de chaque chandelier. Il ne faisait nul doute qu'un tel embrasement aurait mis le troupeau en fuite. Il se jura de s'en souvenir la prochaine fois.

L'odeur de la viande rôtie les faisait presque défaillir. C'est en se brûlant la bouche que Gilles et Tara se jetèrent sur la carcasse de l'agneau. Le baron, lui, mit un point d'honneur à rester dans son coin, boudant ostensiblement ces agapes. Néanmoins, l'écuyer prit soin de mettre de côté un morceau de rôti. Il espérait que le paladin accepterait de s'en nourrir, car il ne voulait pas le voir dépérir... ou se tourner vers les enfants du hameau pour apaiser sa fringale. Il avait encore dans les oreilles les cris proférés par le chevalier lors du massacre des brebis. Ces noms de gamins, égrenés avec fureur. Et surtout celui de Dorine, qu'il avait hurlé avec plus de rage encore.

« Lorsque Foulques sera réellement torturé par la faim, il acceptera peut-être de se contenter d'une pièce de mouton cuit, songea Gilles. *A fortiori* si l'envoûtement qui pèse sur lui n'est qu'un produit de son imagination. »

Ils mangèrent trop gloutonnement ; la somnolence les prit bientôt. Alors qu'ils se préparaient à faire la sieste, Foulques de Braz se dressa pour les bourrer de coups de pied.

– Paresseux ! écumait-il. Bons à rien ! Où vous croyez-vous ? À l'auberge ? Au bourdeau ? Vais-je devoir contempler vos accouplements ? Reprenez la besogne, et vite ! Toi, la garce, file à tes manuscrits ! Toi, l'écuyer, trouve donc du bois pour fabriquer des torches.

Il haletait et frappait les deux jeunes gens de ses poings gainés par l'acier des gantelets. Gilles fit le dos rond avant de prendre la fuite. La nervosité du baron ne présageait rien de bon.

« Il est comme une marmite sur le feu, pensa-t-il. Pour un peu, je l'entendrais presque bouillir entre les flancs de l'armure. »

On approchait de none quand Tara fit une découverte capitale. Depuis un moment, elle contemplait – sans le toucher – un grand et fort volume prélevé par Gilles sur la montagne d'ouvrages abattus au milieu de la salle. À plusieurs reprises, elle avait déjà fait pivoter le livre pour l'examiner sous tous les angles, puis elle l'avait flairé, caressé, tout cela sans faire mine de s'attaquer au cadenas bouclant le fermoir. L'écuyer s'approcha, en alerte. Avait-elle détecté un nouveau piège mortel ? Une machine infernale qui allait les réduire en pièces ?

– Quelque chose ne va pas ? interrogea-t-il.

La jeune femme leva vers lui des yeux où brillait l'excitation.

– Je crois qu'on y est, haleta-t-elle. Regarde ce livre ! Il n'est pas comme les autres. On l'a préparé avec un soin tout particulier. Je crois savoir de quoi il s'agit.

Gilles se pencha pour examiner le volume. Il nota en effet que la tranche des pages était enduite d'une sorte de goudron noir, épais, qui faisait comme une carapace croûteuse.

– Tu vois ! triompha Tara. Remarque comme il est bouclé serré ! Il n'y a pas le moindre jeu entre les cahiers. Les feuillets sont plaqués les uns contre les autres comme sous un pressoir. Le fermoir a été calculé à cet effet. On ne pourrait même pas glisser la lame d'un couteau entre les pages.

– Oui, c'est vrai, marmonna Gilles, mais à quoi cela sert-il ?

La jeune femme baissa la tête pour amener ses narines à deux pouces de la couverture qu'elle flaira longuement.

– Tu ne sens pas ? chuchota-t-elle. C'est une odeur que je reconnaîtrais entre mille. *Phosphorus*...

– Quoi ?

– Le phosphore. Une poudre que les alchimistes extraient des os des cadavres après bien des manipulations. Elle a la propriété de s'enflammer au contact de l'air. Tout objet enduit de phosphore, dès qu'on le tire de l'eau ou de la glaise, se met à brûler en dégageant des flammes très brillantes.

– Tu veux dire qu'il s'enflamme *tout seul,* sans l'aide de rien ?

– Exactement. Il suffit de le mettre au contact de l'air qui nous entoure, rien de plus.

Foulques de Braz était sorti de son immobilité. Il se pencha lui aussi sur le livre mystérieux.

– Alors ce pourrait être le grimoire que nous cherchons ? demanda-t-il.

– Oui, fit Tara. Mais Lilith de Niel l'a piégé. Toutes ses pages ont été enduites de phosphore, si bien que si nous commettions l'erreur de les feuilleter sur cette table, elles s'enflammeraient spontanément devant nous, comme par magie. Tout le livre prendrait feu, à peine ouvert, et il ne resterait rien qu'un peu de cendre au milieu de la reliure.

– Pourquoi a-t-elle fait cela ? gronda le chevalier.

– Pour protéger ses secrets, souffla la jeune femme. Les soustraire au regard des curieux comme à celui des inquisiteurs. Ouvrir le livre, c'est le condamner à se détruire.

Foulques abattit son poing sur la table.

– Alors nous ne pourrons jamais en prendre connaissance ? aboya-t-il.

– Si, s'empressa de révéler Tara. Il existe un moyen. *L'eau...* Si on trempe le livre dans l'eau, on pourra le lire sans qu'il s'embrase. C'est ainsi que Lilith l'utilisait. Le goudron déposé sur les tranches montre qu'elle a cherché à le rendre étanche. Pour les feuillets, elle a probablement utilisé de la toile plutôt que du papyrus ou du parchemin. De la toile qu'elle a baignée au préalable dans une solution phosphorique. Quant au texte, elle l'a sûrement rédigé au moyen d'une encre orientale indélébile. Les Chinois sont passés maîtres dans l'art des résines ineffaçables. Nous n'utilisons, quant à nous, que de la suie diluée, ou des décoctions de tanins, telles les galles du chêne. Rien d'aussi efficace.

– Alors il faudra plonger le livre dans un baquet avant de l'ouvrir ? répéta Gilles. Ce sera plus facile à dire qu'à faire, car il fait si froid ici que l'eau gèle justement dans les récipients.

– Nous la ferons chauffer ! lança le baron.

– Et avec quoi ? riposta l'écuyer. Il n'y a presque plus de bois !

– La faute à qui ? hurla Foulques. Sans ta gloutonnerie, nous aurions encore de quoi faire bouillir dix tonneaux !

Tara leva les mains en signe d'apaisement.

– Allons, tout doux ! fit-elle. Nous trouverons une solution. L'important, c'est que nous touchions au but. Ce grimoire était de toute évidence si important pour

Lilith de Niel qu'elle a tout fait pour que personne ne puisse en prendre connaissance. Il se pourrait bien que nous nous trouvions en présence du fameux recueil qui intéresse tant l'Inquisition.

– Le grimoire aux dix formules, murmura Foulques d'une voix proche du gémissement.

On dut toutefois déchanter car la technique de lecture par immersion nécessitait un baquet assez vaste pour contenir l'ouvrage en question. Il fallut se mettre en quête d'un récipient de bonne taille. On s'aperçut vite qu'il ne s'en trouvait point dans les salles avoisinantes.

– Je vais descendre aux cuisines, décida l'écuyer. Ce serait bien le diable si je n'y dénichais pas une marmite.

Il prit les mesures du grimoire avec un morceau de ficelle et fit la grimace. Le volume était si large qu'il nécessitait un cuveau dont l'ouverture dépassait la taille du bras.

« Nous serions en été, songea-t-il, il suffirait de se rendre au bord d'une mare et d'y plonger le damné bouquin pour le feuilleter sans risque. »

Oui, mais on était en plein hiver, et toutes les mares du pays étaient à coup sûr gelées. Même si l'on cassait la glace qui les recouvrait, Tara ne supporterait pas d'y plonger les mains.

« Ce serait de toute manière trop dangereux, décida-t-il. Les vilains s'inquiéteraient de nos manigances et ne tarderaient pas à nous faire un mauvais parti. »

Il n'avait aucune peine à imaginer la tête horrifiée des paysans découvrant Tara à demi immergée dans la mare pour lire un livre qui s'enflammait au simple contact de l'air ! Non, c'était hors de question.

Cette fois, avant de quitter la bibliothèque, il s'équipa en prévision d'une mauvaise rencontre. Il prit son arc, son carquois, son couteau d'égorgeur qui lui servait d'ordinaire à trancher le cou des chevaliers désarçonnés quand ils étaient trop pauvres pour payer rançon. Une seconde, il fut sur le point d'emporter l'une des chandelles fourrées de poudre noire, mais renonça, car cette arme qu'il ne maîtrisait pas lui faisait peur. Un flambeau au poing, il s'élança dans le couloir. L'odeur de laine brûlée flottait toujours sous les voûtes. Il n'y avait pas trace des moutons.

Une cruelle déception l'attendait aux cuisines. Les chaudrons y étaient si mangés de rouille qu'un coup de poing suffisait à les crever. Les autres gamelles, bassines ou pots se révélèrent trop étroits pour contenir le livre. Du reste, la plus grande partie de la vaisselle en terre cuite avait été jetée sur le pavé et brisée par les agneaux. En fouillant, il finit par mettre la main sur de larges plats de cérémonie, pas assez profonds toutefois pour qu'on puisse y tenir immergé un objet aussi imposant que le grimoire découvert par Tara.

De temps à autre, il s'immobilisait pour tendre l'oreille, tremblant de surprendre un bruit de sabots. Il avait la conviction que les brebis ne lui pardonneraient pas la honteuse tuerie du matin.

Irrité de ne rien trouver, il prit son courage à deux mains et décida de redescendre au rez-de-chaussée, là où il se rappelait avoir entrevu les cuves d'une teinturerie.

Il progressa prudemment, s'assurant chaque fois que la voie était libre, prévoyant sa retraite et repérant les pièces où il pourrait s'enfermer le cas échéant. Quand il atteignit son but, il était en sueur, et cela malgré le froid qui régnait à l'intérieur du château.

Sa mémoire ne l'avait pas trompé. Il y avait bien là un atelier où l'on avait filé puis tissé la laine. De grandes cuves de pierre se dressaient dans la pénombre, aussi hautes qu'un homme debout sur ses deux jambes. Jadis, on les avait remplies d'urine pour y mettre les écheveaux à dégraisser. Les lieux s'étaient imprégnés de cette odeur de pissat qui prenait à la gorge. D'autres vasques avaient été réservées aux travaux de teinture, mais toutes étaient de taille imposante, et impossibles à transporter puisque maçonnées sur place et faisant corps avec le sol. On les avait conçues pour contenir une grande quantité d'écheveaux, et, une fois pleines, un homme dressé y aurait été immergé jusqu'aux clavicules. Grimpé sur un escabeau, Gilles en examina l'intérieur. Elles étaient vides, sèches et tapissées de poussière. Il grimaça ; une fois qu'on les aurait remplies, comment ferait-on pour réchauffer une telle masse liquide ? À peine y aurait-il jeté deux seaux, que l'eau se changerait en glace.

« Il faudra chauffer des galets dans le feu, songea Gilles, et les jeter dans la cuve un par un... »

Oui, mais pour chauffer des pierres, il fallait avoir du bois. Beaucoup de bois.

Il fit le tour de l'atelier pour s'assurer qu'on n'avait pas entreposé de fagots quelque part. Il ne trouva rien. Ni siège, ni banc. À peine quelques paniers d'osier dans lesquels Lilith de Niel avait tassé la laine de ses moutons. Ces corbeilles ne mettraient pas longtemps à se consumer.

« Je descendrai jusqu'au campement des boisilleurs et j'achèterai du charbon de bois, décida-t-il. J'obtiendrai bien des frères de Dorine qu'ils déposent la marchandise devant le pont-levis. »

Ce serait un long voyage à travers la lande peuplée de moutons, mais il ne voyait aucune solution de remplacement.

Des jarres s'alignaient au bas des murs, recelant tous les produits nécessaires au grand teint : cendres recuites, étain, salpêtre, mais aussi kermès, noix de galle ou cochenille.

Soucieux de ne pas s'attarder si loin des autres, il remonta leur porter la mauvaise nouvelle.

— Des cuves de pierre, fit Tara en grimaçant. Ce sera très dur de les réchauffer une fois pleines. Je serai forcée d'y descendre si je veux pouvoir feuilleter le livre, ça signifie que je devrai me tenir agenouillée dans le liquide, le livre posé en travers des cuisses, avec de l'eau jusqu'à la poitrine. Si elle est froide, je ne mettrai pas longtemps pour attraper la mort. Sais-tu combien de temps il me faudra pour déchiffrer un ouvrage d'une telle épaisseur ?

Gilles baissa la tête, penaud.

— Je me débrouillerai pour trouver du bois, affirma-t-il. Je chaufferai des galets, je les jetterai dans la cuve au fur et à mesure, comme l'on fait dans les étuves. Les Vikings procèdent ainsi. En additionnant les pierres chaudes, ils parviennent à porter la soupe à ébullition.

La jeune femme grimaça, laissant paraître son incrédulité.

— Du bois, soupira-t-elle. Parce que tu crois que les moutons te laisseront sortir du château ?

— Il suffit ! coupa le baron. Vous vous perdez dans les détails. Ta chaleur naturelle réchauffera le contenu de la cuve, petite. Et si tu trouves l'eau encore trop froide à ton goût, tu n'auras qu'à pisser dedans, comme l'on fait aux bains publics.

Tara lui jeta un coup d'œil colérique, puis se maîtrisa et baissa la tête en signe de soumission. Il ne faisait pas bon contrarier Foulques de Braz.

— Avant de commencer, attendez au moins que les boisilleurs aient livré le charbon, plaida Gilles.

— Pas question ! tonna le chevalier. Cette garce n'a qu'à s'enduire de graisse, cela rend imperméable au froid, paraît-il. Tu en as une bonne provision dans les fontes de ta selle, n'est-ce pas ?

– Oui, messire, pour protéger les armes de la rouille, répondit l'écuyer.

– Alors tu l'en enduiras, conclut le paladin. Je veux qu'elle se mette au travail sans attendre.

Il n'y avait rien à répliquer.

Dans l'heure qui suivit, on se prépara au déménagement. Gilles ne voulait rien oublier dans la bibliothèque, ni le mouton rôti ni les armes. Il prit soin d'emporter les chandelles tonnantes en se disant qu'elles pourraient lui être utiles dans le cas d'un assaut massif des brebis. Le bois restait le grand problème, et, sitôt installé dans l'atelier de teinture, Gilles s'empressa de soumettre à l'épreuve du feu tout ce qui paraissait susceptible de s'enflammer. Seul le menu mobilier se révéla exempt de protection ignifuge. Le jeune homme rassembla quelques fauteuils, deux ou trois bancs, des escabelles, deux petites tables. Étant donné l'appétit des cheminées, cela ne représentait pas une nourriture bien consistante. Les âtres étaient bâtis pour mener feu d'enfer, faute de quoi la chaleur de la flambée était tout entière aspirée par le conduit d'évacuation. Près du foyer, il trouva des piles de gros galets dont on s'était servi pour tiédir les bains, il les glissa dans la braise. Alors commença la corvée de remplissage, car il lui fallut aller quérir de l'eau à la citerne, seau après seau, ce qui représentait une trotte interminable à travers le manoir. Le baron ne fit pas mine de l'aider ; quant à Tara, elle regardait la grande cuve de pierre avec effroi en se demandant combien de temps elle résisterait à la morsure du liquide glacé. Elle avait insisté pour descendre elle-même le grand livre imprégné de phosphore et le tenait contre sa poitrine. Gilles espérait que les secrets inscrits sur ces pages justifiaient tout le mal qu'on se donnait. Quand la cuve fut pleine aux deux tiers, il alluma le feu. L'eau était si froide qu'elle lui avait gercé les mains.

— Assez lambiné ! aboya Foulques. Nous ne sommes pas aux étuves. Que cette garce se dévête et grimpe dans le cuveau. J'ai hâte de savoir ce que renferme le livre !

Tara fit glisser ses vêtements pendant que Gilles fouillait dans le paquetage à la recherche du pot de graisse. La mixture était noire, puante, mais elle pourrait constituer une couche protectrice qui isolerait la peau de l'Égyptienne du froid atroce de l'eau où flottaient encore des esquilles de glace. Tara avait le corps bien fait et le ventre cuivré. L'écuyer essayait de ne point trop la contempler car sa beauté lui faisait mal. La jeune femme frissonna. Elle avait la chair de poule et claquait des dents.

— Quand je sortirai, haleta-t-elle à l'adresse de Gilles, tu devras me sécher et m'étriller aussi vivement que possible pour que mon sang se remette à circuler.

— Je le ferai, dit l'écuyer avec fermeté. Je te frictionnerai à t'en arracher le cuir.

— C'est bien, fit Tara avec un pâle sourire. Le cœur peut s'arrêter brusquement d'être mis en contact avec une eau trop froide, c'est connu.

— Prends la graisse, dit Gilles. Barbouille-t'en le plus possible. Dès que les galets seront chauds je les jetterai dans la cuve.

Tara hocha la tête et obéit. Gilles tourna la tête pour ne pas assister aux préparatifs. Il avait le sang aux tempes. La vision du buisson noir, au bas du ventre de l'Égyptienne, lui avait noué la gorge. Et dire que cette femme ne lui accorderait jamais un regard ! C'était à s'en cogner la tête contre les murs.

Saisissant avec une tenaille les premiers cailloux brûlants il les lança dans la cuve avec l'espoir qu'ils tiédiraient le liquide. Un chuintement violent se produisit et un bref nuage de vapeur monta vers le plafond.

— La peste soit des poules mouillées ! hurla Foulques de Braz. Vas-tu plonger, putain ?

Un escabeau à cinq marches permettait de grimper le long du flanc de pierre ; Tara l'escalada, retint son souffle, et se laissa tomber dans la cuve. Malgré l'épaisseur de la paroi, Gilles l'entendit hoqueter de souffrance. La seconde d'après, les dents de la sorcière se mirent à claquer.

— Le livre ! gronda le baron, passe-lui le livre, et grimpe sur l'escabelle pour l'éclairer avec une torche, sinon elle ne pourra pas déchiffrer ce qui est écrit.

— Mais je ne pourrai plus m'occuper des galets... protesta l'écuyer.

— Va au diable avec tes cailloux ! grogna le chevalier. Monte ou je t'arrache une oreille.

Alors, Gilles saisit le flambeau et alla se percher au sommet de la courte échelle dressée contre le flanc du cuveau. Tara s'était agenouillée dans l'eau, les coudes serrés contre les flancs. La chair de poule hérissait les bouts de ses seins. Elle avait posé le livre sur ses cuisses, et, au moyen de l'épingle recourbée dont elle avait coutume d'user, crochetait le cadenas verrouillant le fermoir. Quand ce fut fait, elle ouvrit le livre et caressa la page de garde.

— C'est de la toile, balbutia-t-elle. De la toile imprégnée de phosphore.

Gilles se pencha. Les longues pages étaient couvertes d'une grosse écriture noire tout en pleins et déliés dont les mots s'enchevêtraient sans espaces ni ponctuation. Des dessins complexes agrémentaient le texte. Il aurait aimé poser des questions, mais préféra se taire pour ne pas ralentir Tara dans son déchiffrement. Il y avait quelque chose de fou à voir ainsi cette jeune femme nue, à demi immergée, qui lisait un livre sous l'eau. Cette image évoquait pour l'écuyer les fées des contes bretons qui, toujours, mènent une existence secrète au fond des fleuves, lacs et rivières, au milieu des ondins.

Tara tournait les pages, feuilletant le grimoire avec une précipitation qui n'annonçait rien de bon.

— Alors ? se décida à demander Gilles. Est-ce ce que nous cherchions ?

— Non, haleta la jeune femme. Ce n'est qu'une classification des démons : les poltergeist, les succubes, les hordes en marche... Une hiérarchie très fouillée, avec ses barons, ses serviteurs, ses suzerains et ses vassaux... mais qui ne donne aucune formule pour agir sur les choses.

Elle se redressa, claquant des dents.

— Fais-moi sortir de là, supplia-t-elle, je crois que je vais défaillir.

Elle posa le grimoire sur la margelle de la cuve et tendit les bras vers l'écuyer. Elle grelottait. Gilles la saisit par le bras et l'aida à se hisser hors du bain. Sa peau cuivrée était si blême qu'elle paraissait bleue.

— Que fait-elle ? protesta le baron. Elle s'arrête déjà ?

Il accourait, le poing levé.

— Ce n'est pas le bon livre, s'empressa de lui crier Gilles. Il s'agit d'un simple traité qui expose la hiérarchie des enfers. Ce n'est qu'un manuel de préséances... Il n'y a là rien qui puisse vous être utile.

— Quoi ? Quoi ? hoquetait Foulques de Braz. Que dis-tu ?

Il s'était emparé du grimoire dégoulinant et le feuilletait désespérément, comme s'il était capable d'y comprendre quelque chose. Afin de mieux en examiner les pages il s'approcha de la cheminée. L'écuyer dut le bousculer pour conduire Tara près des flammes. Elle se recroquevilla, les genoux ramenés contre la poitrine, incapable de tendre les mains vers le feu. Ses dents claquaient avec une telle violence qu'elles semblaient près de se briser. Gilles entreprit de l'étriller pour activer la circulation du sang. La chair de l'Égyptienne était si froide qu'il se faisait l'impression de caresser un cadavre ; cela lui parut de mauvais augure. Quand Tara fut séchée, il tira les galets brûlants de l'âtre, les enroula dans des chiffons et les lui posa sur le ventre. Elle s'y cramponna au risque de se cuire la peau des mains. Pour la soustraire aux vents coulis, il jeta sur elle toutes les capes et manteaux dont il disposait, et continua à lui mettre sous les pieds des pierres chaudes emmaillotées de charpie.

— C'est bon, bredouillait-elle. Ça va mieux... Je me sens renaître.

— Courage ! lui lança l'écuyer, je vais mettre du vin à chauffer, ça te redonnera de la vigueur.

Indifférent à cette agitation, Foulques de Braz contemplait le livre mouillé qu'il avait laissé tomber devant la cheminée.

— Il va s'enflammer... le prévint Tara. Dès que les pages commenceront à sécher, la combustion se déclenchera.

— Je m'en moque, gronda le baron. Qu'ai-je à faire d'une classification démoniaque ?

— C'est un ouvrage très rare, plaida la jeune femme. Une étude que bien des spécialistes achèteraient à prix d'or.

Mais Foulques se contenta de hausser les épaules.

— Allons, messire, lança Gilles. Ne nous laissons pas abattre. Je pense qu'il y a d'autres livres de la même espèce dans le monceau d'ouvrages dégringolés de la bibliothèque. Rien n'est encore perdu.

— Tu crois ? fit le baron d'un ton plein d'espoir.

L'écuyer déploya toute l'éloquence dont il était capable pour le rassurer. Il ne voulait pas que le chevalier, cédant à la désespérance, se laisse aller à quelque action suicidaire qui les mettrait tous en péril. Dès lors, le baron ne prononça plus un mot et s'abîma dans la contemplation du livre inutile qui séchait en fumant devant l'âtre, tel un chien venu se réchauffer après une averse. Tara, emmitouflée dans ses manteaux, prit soin de s'en écarter car elle savait que le grimoire ne tarderait pas à s'embraser. Quand Gilles lui apporta un gobelet de vin chaud, elle lui saisit le poignet.

— Merci, murmura-t-elle. Sans toi, je crois que je serais morte de froid.

Le jeune homme allait lui répondre qu'il n'avait fait que son devoir de chrétien, quand la jeune femme l'interrompit pour lui chuchoter :

— Peux-tu me rendre un autre service ? Verse cette poudre sur la viande que tu laisseras de côté pour le baron, tout à l'heure. Quand il nous croira endormis, il se mettra à manger. C'est toujours ainsi qu'il procède. Je crois qu'il ne s'en rend même pas compte, et qu'il se nourrit en état somnambulique.

Gilles se rétracta.

— Que veux-tu faire ? siffla-t-il. L'empoisonner ? Je le déteste, c'est vrai, mais je ne l'assassinerai pas...

Tara accentua la pression de ses doigts sur le poignet du garçon.

— Tout doux, murmura-t-elle. Il n'est pas question d'empoisonnement. Je veux juste le faire dormir d'un profond sommeil. Quand il aura absorbé ce mélange, rien ne pourra plus le réveiller avant demain matin.

Gilles voulut se dégager mais elle lui avait déjà glissé un petit sachet dans la paume.

— Fais-le, insista-t-elle, fais-le pour moi.

L'écuyer étouffa un juron. Il lui déplaisait de se découvrir si faible en face de l'Égyptienne. Il venait de comprendre ce qu'elle préparait et sentait la jalousie lui cuire les entrailles. Au même moment, le grimoire, dont les pages avaient séché, s'embrasa spontanément sans qu'aucun tison ne l'ait effleuré. Un bouquet crépitant de flammes blanches grimpa dans la pénombre, éclairant toute la salle d'une lumière surnaturelle.

Un grand silence succéda aux craquements du brasier. Le baron, qui n'avait pas fait un geste pour échapper à l'incendie, resta assis sur le sol, à fixer les cendres amassées au milieu de la reliure. Le grand traité de la hiérarchie des enfers n'existait plus.

Tara poussa un soupir.

– Demain, si tu trouves d'autres livres enduits de phosphore, dit-elle, je devrai replonger dans la cuve.

– Et si l'on arrosait les pages au fur et à mesure ? suggéra Gilles. Tu poses le livre sur une table, et moi, avec un seau, je l'inonde d'eau chaude. Tu dis toi-même qu'il ne risque pas de s'enflammer tant qu'il est mouillé.

La jeune femme fit la moue.

– Je ne sais pas, avoua-t-elle. C'est dangereux. L'ignition est très rapide. Tu ne réussiras sans doute pas à la prendre de vitesse. Dès que j'enlèverai le cadenas, les pages s'écarteront, et l'air commencera à circuler à travers l'épaisseur du manuscrit. Il n'en faudra pas plus. À peine le cadenas ôté, dès le fermoir relevé... Les grimoires préparés au phosphore n'échappent à la morsure de l'air que par l'astuce de la compression, et aussi grâce au bitume dont leur tranche est enduite ; mais que les feuillets s'écartent juste un peu et tout est perdu. Le livre s'embrasera sous mon nez avant même que j'aie eu le temps d'en déchiffrer le titre. Non... C'est trop risqué. Je ne tiens pas à être brûlée vive. Les flammes me sauteront au visage, se communiqueront à mes vêtements. Non... je préfère encore mourir de froid dans la cuve, là au moins le piège est neutralisé.

— Comme tu voudras, grommela l'écuyer, déçu. Cette fois, je ferai mon possible pour amener le bain à une température supportable.

Comme la nuit tombait, ils mangèrent un peu de mouton froid. Gilles en profita pour saupoudrer la part du baron avec la drogue de Tara, et laissa le plat bien en vue. Puis il se roula dans ses couvertures et se coucha sur les dalles.

Il dormait depuis deux heures quand le crépitement du foyer le réveilla. Le feu ronflait de façon anormale, la chaleur rayonnait autour de la cheminée, assez vive pour lui cuire la peau du visage. Il était en sueur. Quand il se redressa, il vit que Tara avait repris ses manigances de la veille. Elle avait étendu un manteau devant l'âtre. Foulques de Braz y était couché, débarrassé de son armure, le corps nu, et la jeune femme se tenait pressée contre lui, dans le même état. Dans la lumière rouge des flammes, on eût dit deux amants somnolant après l'amour. C'était plus que Gilles n'en pouvait supporter. Cette fois, il se dressa et bondit jusqu'à la couche pour saisir l'Égyptienne par les cheveux.

— Es-tu folle ? haleta-t-il. Tu brûles toute notre provision de bois pour pouvoir te frotter comme une chienne contre le cuir de cet assassin !

Tara se dégagea. Elle souriait.

— Il dort, fit-elle. La poudre que je t'ai demandé de mettre dans la viande, c'était pour ça... Il n'entend rien, il ne voit rien. Il est tout à moi.

— Tu as perdu l'esprit ! haleta Gilles. Il fallait garder ce narcotique pour nous protéger de ses agissements lorsqu'il décidera de jouer les ogres à nouveau. Ta poudre aurait pu le faire dormir et sauver les enfants du village.

— Je me moque des enfants du hameau, riposta Tara en se couchant sur le torse du chevalier. Je l'aime. Je veux profiter de lui à son insu.

— Mais il te bat ! s'étrangla l'écuyer. Un jour il te tuera à coups de poing. Tu n'es rien pour lui. Tu le dégoûtes.

— C'est vrai, admit la jeune femme, mais la nuit il m'appartient. J'en fais ce que je veux. Je peux le caresser à ma guise, l'embrasser. Il est en mon pouvoir. *Livré...* Totalement sans défense. (Elle prit une dague dans le fouillis métallique de l'armure démontée, et en posa la pointe sur la gorge du baron.) Tu vois ? fit-elle avec un accent de triomphe. Je pourrais le tuer, et au lieu de cela je lui fais l'amour. Et il ne le sait pas. Il ne le saura jamais. C'est ma revanche. Il est à moi jusqu'à l'aube, comme un chaton, un chiot. Toute sa fureur éteinte, il n'est plus qu'un grand corps sans défense. Tu ne vois pas comme il est vulnérable ? C'est attendrissant, n'est-ce pas ? Une telle machine de guerre abandonnée au sommeil, désamorcée par le pouvoir d'une simple drogue. Un lion qui dort... Regarde, je pose impunément ma bouche sur sa gueule pleine de crocs !

Et elle se coucha sur le chevalier pour l'embrasser. Leurs deux corps nus ruisselaient de sueur tant la chaleur du foyer était vive. Les reins de la jeune femme luisaient de la façon la plus impudique.

— Tu es possédée, bredouilla Gilles. Tu t'es toi-même envoûtée.

— J'engrange des souvenirs pour plus tard, dit l'Égyptienne en se redressant. Quand je serai devenue une petite commerçante médiocre, rangée bien à l'écart des sortilèges, quand je partagerai ma couche avec un veuf bedonnant et chauve dont la bouche empestera l'oignon, alors, du fond de mon ennui, je penserai à mes nuits avec Foulques de Braz, le chevalier fou, l'ogre de Brocéliande. Peux-tu comprendre cela ? Non, tu n'es pas une femme. Tu ne sais pas ce que c'est que de vivre en retrait, dans l'ombre, d'être tenue à l'écart, condamnée à l'obéissance, à la soumission.

Gilles luttait contre l'envie qui lui venait de l'empoigner par les cheveux et de la tirer en arrière... de la jeter dans la cuve d'eau glacée.

— Tu te comportes comme une criminelle, se contenta-t-il de répéter. Le bois, la drogue, tu dilapides tout... Tout cela parce que tes sens se sont embrasés et que tu n'aspires plus qu'à te frotter à lui comme une succube.

— Tu es jaloux, lâcha Tara en lui faisant signe de s'éloigner. Va donc te recoucher, ce qui se passe entre lui et moi ne te regarde pas. Laisse-moi vivre mon histoire d'amour clandestine, ce sera la seule bonne chose qui comptera dans ma vie.

— De l'amour volé à un monstre ! s'étrangla Gilles. Dormir avec un boucher, le couvrir de baisers, tu n'aspires à rien d'autre ?

— C'est déjà beaucoup, riposta Tara. Je n'en espérais pas tant. Maintenant éloigne-toi, laisse-nous seuls. Tu me fais perdre du temps ; quand je suis contre lui, l'aube arrive toujours trop vite.

Gilles s'éloigna, mortifié, et, regagnant sa couche, se cacha la tête sous la couverture pour ne plus voir sous ses paupières les lueurs de sabbat qui montaient de la cheminée. Longtemps, cependant, l'image du corps nu de Tara, se tordant en arabesques voluptueuses, dansa sur sa rétine.

CHAPITRE DIX-SEPT

DE NEIGE ET DE SANG

Le lendemain fut jour de grande morosité pour l'écuyer. Désireux d'être seul, il regagna la bibliothèque et escalada la montagne des livres en vrac pour les trier. À genoux dans les grimoires, il fouillait, creusait, écartait, comme s'il s'était trouvé dans les décombres d'une maison à la recherche de malheureux enfouis. Il n'était d'ailleurs pas loin du compte car nombre d'ouvrages se révélaient n'être que des pierres maquillées en manuscrits, des briques peintes, dont on avait sculpté le dos pour faire croire à une reliure à cinq nerfs. La solitude de Lilith de Niel avait été grande, à n'en point douter, pour qu'elle perde ainsi son temps à de telles facéties... à moins qu'elle n'eût agi par folie, pour protéger son œuvre et le fruit de ses recherches. Gilles avait entendu dire que les savants avaient parfois l'esprit si dérangé qu'ils préféraient détruire leurs trouvailles plutôt que de voir un étranger s'en emparer et en jouir après leur mort.

Comme ils l'avaient supposé la veille, il finit par dénicher cinq gros volumes cadenassés au plus serré, et dont les tranches avaient été enduites de bitume. Des grimoires phosphoriques ! Même s'ils ne contenaient que des âneries, ce serait toujours du temps gagné. Pour l'heure, il n'en souhaitait pas davantage.

Calant un codex sous chacun de ses bras, il redescendit au rez-de-chaussée pour annoncer la nouvelle à ses compagnons. Il se sentait fatigué et malheureux. Durant une bonne partie de la nuit, il avait dû lutter pour ne point observer les ébats de Tara et du baron inconscient. Savoir la belle Égyptienne couchée, nue, sur le corps du chevalier, l'avait mis à la torture. Il n'y avait donc ni justice ni pitié en ce monde ? Il était décidément écrit quelque part que les nobles voleraient toujours aux pauvres gens le peu qu'il leur était donné de posséder ! Quand il pénétra dans l'atelier, Tara et Foulques de Braz se tournaient le dos, chacun assis à un bout de la salle. La jeune sorcière avait les traits marqués par l'insomnie, quant au baron, il semblait somnoler sous son casque, l'esprit encore embrumé par la drogue absorbée à son insu. Le bruit des grimoires que Gilles laissa tomber sur la table fit sursauter les deux « amants ».

– Voilà, annonça l'écuyer. Nous pouvons nous remettre au travail. Il en reste encore trois autres là-haut. Je vais tenter de réchauffer l'eau de la cuve, si toutefois il reste encore un peu de bois...

Il avait lancé cette perfidie à l'intention de Tara. La jeune femme ne broncha pas. Elle semblait perdue en de voluptueux souvenirs et Gilles remarqua que ses lèvres, à force de se frotter aux joues barbues du baron, étaient irritées. Il en fut glacé de haine.

« Pauvre catin ! pensa-t-il en jetant rageusement du petit bois dans l'âtre. J'espère que l'eau froide calmera tes ardeurs. »

Pendant que l'Égyptienne s'enduisait le corps de graisse d'armes, Gilles s'appliqua à tiédir le bain. Ce n'était pas chose aisée, car, maintenant que les effets de la grande flambée nocturne se dissipaient, l'eau recommençait à geler dans les vasques. À l'aube, il avait entendu hurler les loups dans le lointain. Les moutons leur avaient répondu par des bêlements agacés. C'était un rude hiver, et le château abandonné se trouvait mal armé pour l'affronter. En temps normal, un arbre entier aurait brûlé dans chaque cheminée, l'on aurait masqué les meurtrières au moyen d'épaisses tentures ; au fil des jours, la bâtisse se serait réchauffée, devenant habitable. Mais rien de tout cela n'était possible aujourd'hui et l'écuyer se faisait l'effet d'avoir élu domicile à l'intérieur d'un grand squelette nettoyé par le temps, une antichambre du trépas.

Enfin, Tara souleva le livre, escalada l'échelle et descendit dans la cuve. Comme la veille, elle eut le souffle coupé par la suffocation. Ayant pitié d'elle, Gilles – qui s'était d'abord promis de la laisser claquer des dents ! – se dépêcha d'expédier de nouveaux galets brûlants dans le liquide.

Hélas, les choses s'engagèrent mal.

– La serrure du cadenas est plus complexe que d'habitude, haleta soudain la jeune femme. Je n'arrive pas à l'ouvrir.

On avait du mal à la comprendre car les grelottements déformaient sa voix.

– Alors c'est peut-être le bon ! gronda le baron en sortant brusquement de sa torpeur.

– Veux-tu de la lumière ? s'enquit Gilles.

– Non, haleta la jeune Égyptienne. Cela ne me servirait à rien, je préfère crocheter les yeux fermés.

Un long moment s'écoula.

– Je n'y arrive pas ! gémit Tara. J'ai trop froid, je ne sens plus mes doigts.

– La peste soit des femelles trop douillettes ! aboya le chevalier. Arrête de pleurnicher et besogne au plus vite ou je t'éplucherai le dos avec mon fouet à chiens !

Tout à sa colère, il avait escaladé l'échelle et se penchait au-dessus de la cuve pour surveiller le manège de sa prisonnière.

« Si Tara ne se trouvait pas dans l'eau, il me serait facile d'y pousser le baron, pensa Gilles que gagnaient de honteuses pensées. Il tomberait la tête la première et serait incapable d'en sortir. Il ne lui faudrait pas longtemps pour se noyer. »

Pour la première fois depuis le début de l'aventure, la jeune femme se mit à sangloter d'énervement, de fatigue. Le cylindre de la cuve amplifiait ses pleurs, mais le chevalier ne se radoucit pas pour autant. Il était sur le point de mettre ses menaces à exécution quand Tara cria enfin : « Ça y est ! »

Le cadenas venait de céder. Gilles réclama le passage pour monter éclairer la jeune femme, mais le baron lui arracha le flambeau des mains.

– Lis ! hurlait-il. Dis-moi si c'est ce que je cherche !

Gilles serra les poings. Il entendait les remous des pages qu'on feuilletait dans le liquide.

– C'est... balbutia Tara. Ce... Ce sont des prédictions. Les fléaux à venir. Les guerres... Les rois qui monteront sur le trône. La fin des temps. Les Apologétiques du chaos.

– Je me moque de la fin des temps ! vociféra Foulques de Braz. Y trouve-t-on un remède pour le mal qui m'accable ? Réponds !

L'écuyer devina que la jeune femme cherchait à retarder l'orage. Encore une fois, le grimoire n'était pas celui recherché par l'inquisiteur, il n'y était point question des dix commandements de la nigromancie.

Quand le chevalier le comprit, sa colère ne connut plus de limites. D'une main, il arracha Tara à la cuve et la jeta sur le sol, du haut de l'échelle, au risque de lui briser les os, puis, brandissant son fouet à chiens, il se mit à la frapper, couvrant le corps nu de grandes zébrures sanglantes. La jeune femme ne cherchait même pas à se défendre. Les bras croisés sur les seins, elle essayait seulement de protéger sa poitrine. Gilles s'interposa.

– Arrêtez ! aboya-t-il. Si vous la tuez, qui lira les grimoires ? Vous ? Moi ? Et pourquoi pas les moutons ? Nous serons comme deux fieffés idiots au milieu de toute cette paperasse, et il faudra tout recommencer, repartir de rien... Aller quérir une autre sorcière ! Est-ce donc ce que vous voulez ?

Foulques laissa retomber son bras. On l'entendait haleter sous le heaume comme un chien qui course le goupil.

Il se détourna.

– Occupe-toi d'elle, balbutia-t-il. Remets-la en état. Je vais faire un tour pour me calmer.

– C'est cela, messire, grommela Gilles. Profitez-en pour tuer quelques moutons.

Dès que le paladin eut quitté la salle, le jeune homme se pencha sur l'Égyptienne. Elle saignait, des lanières de peau arrachées sur les cuisses et les épaules. Elle serrait les mâchoires pour dissimuler ses sanglots.

– Alors, grogna l'écuyer, est-ce là ce que tu attendais de ton bel amour ? Vas-tu enfin comprendre ce qu'il est vraiment ?

Tara saisit son manteau et s'en enveloppa.

– Ne triomphe pas si vite, murmura-t-elle. Qu'il me batte ne change rien à mes sentiments pour lui. Tu ne comprends donc pas qu'il est double ? Il y a l'ogre... *et il y a l'autre.* Le chevalier. Si j'arrive à le guérir, il cessera de se comporter comme un monstre. Et cette renaissance, c'est à moi qu'il la devra.

– Foutaise ! chuinta l'écuyer. Il a toujours été un ogre. Il est né comme ça ! C'est sa vraie nature. Il n'est pas double, tu te trompes. Tu fais semblant de le croire bon parce qu'il est beau, mais la beauté ne garantit rien, contrairement à ce que racontent les prêtres. Ce n'est pas parce qu'on est mal fait, méhaigné, infirme, qu'on est forcément disposé à faire le mal. J'ai côtoyé bien des seigneurs à jolie figure qui cachaient dans leur cœur des âmes vicieuses. Tu es comme toutes les filles, tu as la tête farcie d'histoires de chevalerie, de contes courtois ! Tous ces fiers paladins ont été dressés à tuer dès l'âge de 7 ans. Ils ne savent ni lire ni faire l'amour à une femme, mais ils n'ont pas leur pareil pour fendre un cheval en deux ou décoller une tête d'un revers de lame. Tout le reste n'est que mensonge de troubadour. Il faudra bien que quelqu'un le dise un jour.

– Tais-toi, soupira la jeune femme d'une voix dolente. Tu es jaloux. Tu deviens méchant. Je ne veux plus parler de ces choses avec toi. Je sauverai Foulques, je te le jure. Je ferai tout ce qui est en mon pouvoir pour le libérer de sa malédiction.

Il n'y avait rien à ajouter. D'ailleurs, Tara s'écarta de l'écuyer et se mit à soigner elle-même ses blessures au moyen d'un baume qu'elle tira de l'une des poches cousues à l'intérieur de sa cape.

Gilles la laissa faire, tout ce qu'il pourrait dire serait vain. Tara vivait désormais dans un autre monde, prisonnière de sa curieuse obsession.

Ils restèrent ainsi, à se bouder pendant une bonne heure, chacun feignant de ne pas voir l'autre. Ce fut l'absence prolongée du baron qui les fit s'alarmer. Où était donc passé Foulques de Braz ?

L'inquiétude commune força les deux jeunes gens à se rapprocher. Gilles craignait que le chevalier ne se soit encore laissé aller à quelque folie, Tara, elle, redoutait un malheur. Ils sortirent dans la cour, appelèrent. Personne ne répondit.

– Les moutons... balbutia l'Égyptienne. Les moutons l'ont peut-être attiré dans un piège.

Tout était possible. Gilles, après avoir fait le tour des dépendances, s'avisa soudain que le baron avait laissé des traces de pas dans la neige. Ces marques se dirigeaient vers le pont-levis.

« Il est sorti ! » pensa-t-il avec un frisson d'angoisse.

– Viens ! ordonna-t-il à la jeune femme. Ton amoureux est parti en maraude. Je sais maintenant pourquoi il était si nerveux. Ses appétits d'ogre se réveillaient. Les massacres de moutons ne lui suffisent plus. J'espère que nous n'arriverons pas trop tard.

S'armant d'un gourdin, il s'élança vers la barbacane, bien décidé à faire de son mieux pour empêcher un nouveau carnage. Les douves franchies, il se heurta à un mur de brouillard. La lande disparaissait sous la brume. La visibilité s'en trouvait réduite à quinze pas. Gilles se concentra sur les traces. Heureusement, l'armure était lourde, elle avait laissé des empreintes même aux endroits où la neige avait gelé. Une inquiétude affreuse serrait le cœur de l'écuyer. Il se prenait à craindre le pire. Les images du rêve prémonitoire qui l'avait assailli pendant son ivresse le harcelaient. Il revoyait Dorine... ou plutôt le spectre de Dorine, sanglant, le bras arraché. Il entendait la voix de la fillette répéter : *C'est ta faute... C'est ta faute. Tu n'avais qu'à le pousser du haut des remparts.*

Peut-être aurait-il dû le faire, c'est vrai, mais aujourd'hui la chose se révélait moins facile que dans le passé car Tara veillait sur son bel amant. Il n'était plus question de l'associer à un quelconque complot. D'abord prisonnière, elle était devenue sentinelle. Et une sentinelle des plus farouches.

Soudain, des crissements retentirent, se rapprochant. Quelqu'un venait à la rencontre des deux jeunes gens. Gilles s'immobilisa, le gourdin levé. La brume et la neige enveloppaient le paysage d'un voile fantasmagorique. Une haute silhouette se dessina, avançant d'un pas erratique. Aux cliquetis qui accompagnaient sa marche, l'écuyer comprit qu'il s'agissait du baron. Foulques zigzaguait, à la manière d'un somnambule. Sa cuirasse était couverte de sang.

– Par Dieu ! il est blessé ! balbutia Tara.

– Par l'enfer ! il a massacré quelqu'un ! gronda Gilles.

La jeune femme courut vers l'ogre de Brocéliande pour s'assurer qu'il n'était point navré d'importance.

– Ce sang n'est pas le sien ! ragea l'écuyer. Ne t'alarme pas tant ! Pense plutôt à ceux qu'il a mis en charpie.

De longues coulures rouges souillaient le bas du heaume, suintant de dessous la ventaille ; elles donnaient à penser que le chevalier avait, une fois de plus, essayé d'avaler la chair de ses victimes.

« Nous serons maudits pour tout cela ! » songea Gilles, cédant au désespoir.

Comme l'Égyptienne s'attardait auprès du baron, il la tança vertement.

– Il faut suivre les traces, souffla-t-il. Localiser l'endroit d'où il vient.

– Mais *lui* ? protesta Tara. Tu vas le laisser seul ? Il est à demi inconscient, il va se perdre.

– Mais non ! grogna l'écuyer. Il est comme les chevaux, même endormi il retrouve toujours le chemin de l'écurie.

La neige épaisse ralentissait leur avance, rendait leur gesticulation épuisante. Gilles réalisa qu'il avait les chausses trempées jusqu'au bas-ventre et les pieds si engourdis qu'il ne sentait même plus ses orteils. Il y avait du sang sur la neige. Les gouttes tombant de l'armure souillée avaient tracé des pointillés sur le sol. D'abord minuscules, elles grossissaient au fur et à mesure qu'on remontait la piste.

« C'est là ! se dit l'écuyer. Nous y sommes. »

Il priait pour ne pas découvrir le corps de Dorine lacéré par les gantelets du monstre. Mais il se préparait au pire car, les jours précédents, il avait souvent vu la fillette jouer sur la lande avec les garnements du hameau. Il ne pouvait s'ôter de l'idée que c'était elle, *surtout elle,* que Foulques de Braz était parti chasser.

À bout de souffle, Gilles atteignit une déclivité du terrain. Des formes blanches l'encerclèrent. Des bonshommes de neige. Les enfants morts gisaient au centre de ce cercle de statues poudreuses, comme les victimes offertes en holocauste à des dieux hivernaux condamnés à fondre au premier rayon de soleil. S'agenouillant, l'écuyer s'empressa d'identifier les corps. Il poussa un soupir de soulagement en découvrant que c'étaient ceux de garçonnets inconnus. Deux gosses d'une dizaine d'années dont le baron avait arraché les vêtements, et qui gisaient presque nus dans la neige rougie. On les avait lacérés, brisés, à tel point qu'ils ressemblaient davantage à des gnomes qu'à des humains. Foulques de Braz les avait attaqués par surprise, surgissant au beau milieu de leurs jeux bruyants. Occupés à se bombarder avec des boules de neige, les mioches n'avaient pas vu s'approcher la grande silhouette de fer enveloppée de brouillard. L'ogre leur avait paru sortir du néant. D'un seul coup, il avait jailli de nulle part... et les avait tués.

– Il faut les cacher, souffla Tara. On ne peut pas les laisser là. Les paysans les trouveront, ils réclameront vengeance et monteront au château. Nous ne pourrons rien faire contre eux.

Gilles la dévisagea. Elle ne pensait qu'à protéger le baron. Elle n'avait pas eu un frisson à la vue des corps en lambeaux. Tara perçut la désapprobation dans le regard de l'écuyer et eut un geste d'irritation :

– Tu veux que je pleure ? Ce ne sont que des gosses de vilains comme il en meurt des milliers chaque mois à travers le royaume. La maladie les tue, mais aussi la famine, et les mauvais traitements. Leur mort ne pèse rien en comparaison de la mission qu'on nous a confiée. Il est hors de question que des serfs échauffés par le vin viennent assiéger le château pour réclamer justice. Foulques jouit par avance de l'indulgence plénière de l'Église, il n'a pas à se justifier. Et notre devoir est de le protéger.

Gilles cracha de dépit, puis ravala sa colère.

– Aide-moi ! lança l'Égyptienne. Il faut les enterrer loin d'ici et effacer les traces de sang. Cueille une brassée de branchages pour balayer la neige.

– Ils ont des chiens, avança le jeune homme. Ils peuvent les lancer sur la piste des enfants.

Tara émit un ricanement empreint de méchanceté.

– Les molosses rebrousseront vite chemin, lâcha-t-elle. N'oublie pas qu'ils ont peur des moutons.

Elle avait à peine prononcé ces mots que des appels résonnèrent dans le lointain. Gilles crut discerner des noms, répétés avec angoisse.

– Les parents, murmura-t-il. Ils se sont mis en chasse.

– Raison de plus pour ne pas traîner, conclut la jeune femme. Tu es fort, occupe-toi des corps, moi j'effacerai les traces.

Il n'y avait pas d'autre solution. Dominant son dégoût, Gilles s'empara des deux dépouilles, et, un enfant sous chaque bras, s'éloigna le plus vite possible du lieu du carnage. Il avait horreur de ce qu'il était en train de faire. Pourtant il n'avait point le cœur sensible, la guerre, le côtoiement incessant des cadavres abandonnés aux charognards, les grandes épidémies, les exactions des routiers prompts à ravager les villages avaient contribué à l'endurcir. Ses yeux avaient contemplé trop de viande morte pour s'émouvoir encore d'un tel spectacle. Sa gêne provenait d'autre chose... D'un étrange sentiment de culpabilité.

« Ce pourrait être Dorine, ne cessait-il de se répéter en fuyant à travers la lande. Ce pourrait être son corps, là, sous mon bras. »

Il s'en était fallu d'un cheveu, et le miracle ne se reproduirait peut-être pas.

Il ensevelit les enfants dans une congère qu'il creusa avec son poignard. Il faisait si froid que le linceul de neige durcie se refermerait vite, se changeant en mur de glace. Quand il se redressa, il aperçut la silhouette courbée de Tara qui progressait à reculons en balayant la neige avec des branchages. Elle effaçait les traces de pas, elle effaçait les gouttes de sang. Elle avait raison : les chiens des paysans feraient demi-tour dès que l'odeur des moutons leur viendrait aux narines.

Là-bas, aux lisières de la lande, les appels se faisaient plus pressants. Gilles crut discerner la lueur lointaine d'une torche.

– Guillaume... criait une voix de femme éplorée. Matthieu ! *Où êtes-vous ?* Il faut rentrer maintenant.

Mais Guillaume et Matthieu ne l'entendaient plus. Les oreilles pleines de neige, ils attendaient le dégel pour commencer à se décomposer.

– Vite ! ordonna Tara. Au château. On ne doit pas nous voir. Pourvu que Foulques ne se soit pas perdu en chemin.

Elle tremblait pour lui et sondait la brume à la recherche du baron. Gilles se surprit à éprouver à son égard quelque chose qui ressemblait à de l'horreur. La passion l'avait rendue folle. Elle avait perdu le sens commun.

Il la regarda courir vers le château, examiner les empreintes de pas sur le pont-levis. Elle ne retrouva sa sérénité qu'après avoir constaté que le chevalier errait dans la grande cour. Alors seulement, elle put reprendre son travail d'effacement. Quand Gilles passa le seuil de la barbacane, toutes les traces menant au manoir avaient disparu.

– Ne peux-tu relever le pont-levis ? interrogea l'Égyptienne. Ce serait plus sûr.

– Cela dépend si tu veux ou non nous emmurer vivants ! chuinta l'écuyer. Tout le mécanisme est corrompu par la rouille. S'il casse une fois le manoir mis en défense, nous serons dans l'impossibilité d'en sortir. Est-ce vraiment ce que tu souhaites ?

Tara lui tourna le dos avec irritation. L'instant d'après, elle était auprès du baron dont elle nettoyait l'armure avec des poignées de neige. Foulques de Braz se laissait faire, sans un mot, abîmé dans les méandres du somnambulisme.

– Ne me regarde pas comme si j'étais une criminelle, lança la jeune femme en voyant s'approcher l'écuyer. Je veux seulement qu'il dispose d'une seconde chance. S'il mène cette mission à bien, il aura racheté ses fautes. Peu importe que les formules de la bergère soient réellement efficaces. Ce qui compte, c'est que Foulques, lui, soit persuadé qu'elles renferment effectivement une force libératrice. S'il s'imagine guéri, il sera guéri... Et j'aurai été l'agent de sa Rédemption.

– À quel prix ! grogna Gilles. En quoi vaut-il plus cher que les enfants qu'il vient de massacrer ?

– Perds-tu la raison ? hoqueta l'Égyptienne. C'est évident : il est chevalier. C'est le bras armé de Dieu.

– Depuis quelque temps, tu parles beaucoup de Dieu pour une sorcière, ricana l'écuyer. Quant au bras du baron, je le croirais plus volontiers armé par le diable que par la Sainte Église !

Sur ce, il abandonna Tara à ses soins et regagna l'atelier pour ôter ses chausses humides.

Le baron erra dans la cour jusqu'à la nuit tombante. Ce n'est qu'une fois la lune levée qu'il accepta de se laisser guider à l'intérieur du château. Il ne parlait ni ne donnait aucun signe de vie intelligent. On eût dit un mort en marche. Un somnambule... ou une armure vide d'occupant.

Au lieu de s'asseoir au coin de la cheminée, il s'enfonça dans le corridor principal et disparut bientôt à la vue de ses compagnons.

« La collation lui a profité, persifla intérieurement Gilles. Le voilà redevenu infatigable. Il va mener la sarabande jusqu'à l'aube. Si seulement l'idée lui venait d'aller traîner sur les remparts... et si la chance voulait que les moutons lui fassent un mauvais sort ! »

Par acquit de conscience, il décida d'accompagner le paladin dans sa déambulation. En outre, il voulait s'assurer que les vilains n'étaient pas sur le point de découvrir les corps des petits garçons assassinés. Il grimpa donc sur les remparts, et, s'accoudant aux créneaux, observa la plaine. Des points lumineux dansaient dans le brouillard. Des torches. Une dizaine. Les gens du hameau poursuivaient les recherches. Il entendit les hommes crier des ordres, puis le glapissement d'un chien qu'on frappait. Il en déduisit que les molosses refusaient de monter jusqu'au château.

« Pour une fois, songea-t-il, les moutons vont être nos alliés. »

Mais il avait honte.

Quand il redescendit de son perchoir, il croisa Foulques de Braz qui maraudait toujours. Sans savoir exactement pourquoi, Gilles eut l'intuition soudaine que l'ogre cherchait quelqu'un.

« Par tous les saints, se dit-il en observant le manège du paladin. On l'entend renifler comme un chien de chasse. Il flaire une piste. Il cherche. »

Or un seul gibier pouvait à ce point exciter Foulques de Braz lorsqu'il était en crise : *les enfants*. L'odeur si particulière de la chair des marmots.

« Ce n'est pas possible, décida l'écuyer. Il n'y a pas de gosses au château. S'il perçoit cette odeur, c'est qu'il l'imagine du fond de son délire. »

Il esquissa quelques pas pour s'éloigner, mais s'arrêta, indécis. L'attitude du baron était celle d'un loup lancé sur les traces d'une proie. Le bougre avait l'air de savoir où il allait. De temps à autre, il imprimait un mouvement de préhension à ses gantelets, et les doigts d'acier se refermaient comme des serres impatientes.

Au risque de se sentir ridicule, Gilles prit une profonde inspiration et flaira l'air ambiant. Mais c'était inutile, car seul un ogre peut détecter le parfum de la chair enfantine avec une réelle acuité.

Un mioche s'était-il introduit dans le manoir à l'insu de tous ? Mais non ! Allons ! C'était grotesque. Les villageois avaient bien trop peur du château pour oser y pénétrer. Aucun gosse du hameau n'aurait eu le cran de s'aventurer dans l'antre de la sorcière. Aucun.

Un peu rassuré, Gilles regagna l'atelier de tissage.

— Que fait-il ? s'enquit Tara lorsqu'il s'allongea sur sa couverture.

— Il fait sa promenade digestive, lança méchamment le jeune homme. Probable que ce qu'il a mangé lui pèse sur l'estomac... à défaut de lui peser sur la conscience.

— Tu te crois sans doute drôle ? siffla l'Égyptienne. Tu n'as aucune idée des tourments qu'endure cet homme.

— J'avoue que non, bâilla Gilles. Sans doute parce que je pense trop à celui qu'ont subi ses victimes.

— Des gueux, cracha la jeune femme. Qui seraient sans doute morts à la prochaine épidémie.

— Tu ne vaux pas plus qu'eux, riposta l'écuyer, même si tu sais lire.

— Je ne l'ignore pas, admit Tara. C'est pour cette raison que je m'estime heureuse de pouvoir aimer Foulques de Braz en secret. C'est un cadeau du destin auquel je n'étais point préparée.

Gilles grogna et lui tourna le dos.

Un peu plus tard, au cours de la nuit, il fut réveillé par le bruit ténu d'une galopade. D'abord, il pensa aux moutons, puis réalisa que le son évoquait moins l'écho dur d'un sabot que le clapotis d'un pied nu sur le pavé. Se dressant sur un coude, il vérifia que Tara était toujours là. Elle dormait, enroulée dans son manteau. Foulques n'avait pas réintégré le campement, mais le bruit ne pouvait nullement provenir de ses solerets de fer. Alors ?

Écartant la couverture, il se leva, aux aguets. Son enfance paysanne avait fait de lui un éclaireur et un pisteur de premier ordre. Il se transporta à l'étage, l'oreille tendue. Le bruit des pieds nus alternait avec le raclement de l'armure du baron. Alors qu'il se rappro- chait du donjon, il entr'aperçut une petite silhouette rasant la muraille. D'un bond, il fut sur elle, et la saisit par le bras. Un cri aigu fusa dans l'obscurité. Un cri de fillette. Gilles tira sa prisonnière dans le rayon de lune qui tombait d'une meurtrière. Il cracha un juron. C'était Dorine.

— Qu'est-ce que tu fiches ici ? murmura-t-il en proie à une colère mêlée de peur. Tu ne te rends pas compte du danger que tu cours ! Je t'avais dit de ne jamais revenir.

La gamine se débattait en silence, essayant de s'arracher à sa poigne.

— Laisse-moi ! ordonna-t-elle. Je ne suis pas idiote. Je sais ce que je fais. J'étais avec Matthieu et Guillaume quand le chevalier est sorti du brouillard pour les tuer. C'est lui, l'ogre dont parle tout le pays, n'est-ce pas ?

— Oui, admit l'écuyer. Tu as eu de la chance, c'est pour ça qu'il ne fallait pas revenir. Tu t'es jetée dans la gueule du loup. Il a senti ta présence... Il rôde dans les couloirs, il te cherche.

— *Je sais,* trépigna Dorine. Mais il est lourd, lent, et moi je suis rapide, légère. Il ne m'attrapera pas.

— Ne le sous-estime pas, il a déjà tué beaucoup d'enfants.

— Pourquoi ne le dénonces-tu pas ?

— On ne peut rien contre lui. L'Église le protège. Il possède un médaillon qui l'absout par avance de tous les crimes qu'on pourrait lui reprocher. Il est en mission pour l'Inquisition, et tant qu'il en sera ainsi, il restera intouchable.

— C'est dégoûtant !

Gilles lui fit signe de se taire car il lui semblait que le baron s'approchait. L'odorat du prédateur valait celui d'un loup. Serrant la main de la fillette entre ses doigts, il se mit en marche, cherchant à l'éloigner au plus vite de l'ogre.

– Lâche-moi ! protesta Dorine. Je n'ai pas besoin de toi, je sais me débrouiller toute seule.

– Tu ne sais pas ce que tu dis, haleta l'écuyer. Si tu avais un sol de jugeote, tu ne serais pas ici.

– Je suis venue chercher les tricots magiques de la bergère ! siffla la gamine. Tu avais promis de me les donner mais tu n'as pas tenu parole.

– Les tricots magiques ? bégaya Gilles qui ne comprenait pas à quoi elle faisait allusion.

– Oui, insista Dorine, ceux qu'elle a fabriqués avec la laine de ses moutons démoniaques, et qui vous empêchent d'avoir froid, même s'il gèle à pierre fendre. Ils sont là, quelque part dans le donjon. J'en veux un. Je ne repartirai pas sans les avoir trouvés.

Elle s'entêtait, parlait de plus en plus fort au risque d'attirer le baron. Gilles sentait sa patience s'épuiser. S'il avait pu, il aurait pris la fillette sous son bras et l'aurait portée jusqu'au pont-levis pour la jeter dans la neige. Hélas, une telle expulsion n'était plus possible. Foulques de Braz rôdait, suivant la jeune drôlesse à la trace. En se repliant, on risquait de tomber sur lui.

– Tu me ralentis, grogna Dorine. J'irais plus vite sans toi. Je suis petite, je peux me faufiler n'importe où. Je n'ai pas peur de ton ogre. Sur la lande, s'il ne nous avait pas pris par surprise, on aurait pu le tuer, Guillaume, Matthieu et moi. On se serait arrangés pour l'attirer vers une crevasse, et il serait tombé dedans, tout droit. Avec son costume de fer plus lourd qu'une enclume, il n'en serait jamais sorti !

Elle finit par se dégager et se mit à courir de toute la force de ses jambes, échappant à l'écuyer. Très vite, elle se perdit dans les ténèbres.

Gilles se retrouva seul, maudissant son impuissance et l'entêtement de la gamine.

CHAPITRE DIX-HUIT

LA TUNIQUE

Le lendemain, le baron ne daigna pas se montrer à l'atelier. Tara et Gilles durent poursuivre seuls l'examen des livres. Cette besogne se révéla d'ailleurs décevante. Aucun des ouvrages phosphoriques feuilletés sous l'eau par la jeune femme ne contenait de formules magiques. C'étaient pour la plupart des recueils d'observations astrologiques. Les copies de livres mis à l'index et dont très peu d'exemplaires circulaient sous le manteau. Une géographie des fleuves infernaux : le Styx, le Pyriphlégéthon, le Cocyte. L'écuyer commençait à douter de la réussite de l'entreprise. Peut-être s'étaient-ils trop vite réjouis en découvrant les volumes piégés ? La bergère, en rusée renarde, s'était probablement servie de ces curieux grimoires pour les lancer sur une fausse piste. Comme il n'y avait presque plus de bois et que la graisse d'armes s'épuisait, Tara dut travailler au fond de la cuve dans de mauvaises conditions. Quand elle en émergea, elle était bleue et claquait des dents. Elle avait beau être résistante, il devenait évident qu'elle ne tiendrait pas longtemps à ce rythme. D'ailleurs, elle commença à tousser et se plaignit de frissons dès la fin de la matinée. Gilles lui toucha le front. Il était brûlant.

– Cette fois, tu as la fièvre, constata-t-il. Si tu continues à descendre dans le cuveau tu attraperas la mort.

– Il le faut pourtant, rétorqua la jeune femme. Foulques a besoin de moi, je suis la seule, ici, à me soucier de son sort. Toi, tu t'en fiches comme d'une guigne !

Gilles ne releva pas la critique et s'appliqua à réchauffer l'eau du bain. Il n'y avait plus de graisse. Au prochain plongeon, Tara serait directement exposée à la morsure du liquide glacé.

– Vas-y, soupira-t-il. Je ne pourrai pas faire mieux. Mais ne t'attarde pas.

L'Égyptienne s'empara d'un nouveau livre et descendit dans la cuve. L'examen des ouvrages s'était peu à peu mué en routine, et l'écuyer mit un moment à remarquer qu'il n'entendait plus le bruit des pages brassant l'eau. Étonné de ce brusque silence, il appela. Tara ne lui répondit pas. Inquiet, il se rua au sommet de l'échelle. La jeune femme avait perdu connaissance. Affaissée au fond de la cuve, elle était en train de se noyer. Elle avait lentement glissé le long du cylindre de pierre, puis sa bouche s'était enfoncée sous l'eau. Depuis combien de temps était-elle dans cette position ? La suffocation ne l'avait donc point réveillée ? C'était étrange. Gilles s'empressa de la saisir sous les aisselles et de la hisser à l'air libre. Était-elle morte ? Avait-elle avalé beaucoup d'eau ?

Il la coucha sur le côté, lui tapa dans le dos. Elle finit par tousser et vomir. Comme elle ne faisait toujours pas mine d'ouvrir les yeux, il la gifla. Elle était vivante, mais comme endormie d'un sommeil malsain, peu naturel. Il s'aperçut qu'il était lui-même gagné par un trouble curieux : il ne sentait plus la paume de ses mains dont la chair était engourdie, morte.

« C'est parce que je l'ai touchée, pensa-t-il. Il y a quelque chose dans l'eau... Quelque chose qui est sorti du livre, et dont sa peau est couverte ! »

Enfin, Tara ouvrit les yeux.

– Par Dieu ! haleta Gilles, il s'en est fallu d'un cheveu. C'est la maladie qui t'a fait défaillir ?

– Non, balbutia Tara. *L'encre...*

– Quoi ?

– L'encre utilisée par la bergère pour écrire le grimoire. Elle l'a mélangée à de l'aconit, si bien que lorsqu'elle se dilue dans l'eau, le narcotique vous entre dans le sang par les pores de la peau.

– Et l'on s'endort ?

– Oui. Jusqu'ici j'étais enduite de graisse, et cela m'a protégée, mais tout à l'heure, j'ai commis l'imprudence de descendre sans protection. La somnolence m'a prise au bout de dix pages. Je n'ai même pas senti que je m'endormais. Si tu n'avais pas été là, je me serais noyée pendant mon sommeil. La suffocation ne serait même pas parvenue à me tirer de l'inconscience.

Gilles esquissa un mouvement de colère.

– Ainsi Lilith de Niel avait prévu que nous utiliserions la cuve pour déchiffrer les livres phosphoriques ! rugit-il.

– Oui, soupira Tara, et je commence à croire que nous ne parviendrons jamais à la prendre en défaut. Surtout maintenant que nous n'avons plus de graisse. L'aconit est un poison très puissant. À faible dose, il endort, mais si l'on augmente la médication, il fait battre le cœur si vite que celui-ci finit par exploser. (Elle ne put en dire davantage car elle fut prise d'une quinte de toux. Elle avait les joues empourprées par la fièvre.) Mon manteau... murmura-t-elle. Donne-le-moi, vite.

Gilles s'empressa de lui tendre le vêtement. Tara fouilla dans les multiples poches de sa cape et remit à l'écuyer divers sachets remplis d'herbes ou de fleurs séchées.

– Du lierre, expliqua-t-elle, ça fait transpirer et tomber la fièvre. De la mauve et du cierge de Notre-Dame pour cesser de tousser. Fais-les infuser.

Gilles ranima le feu comme il put et fit bouillir un peu d'eau dans un gobelet de fer. Tara avait vraiment mauvaise mine. Elle ne pouvait dissimuler les frissons qui lui parcouraient le corps. Dès qu'elle eut avalé les tisanes, elle se roula dans la cape et se recroquevilla sur les dalles, près de l'âtre.

– Mon Dieu, balbutia-t-elle, comme il fait froid !

Il n'y avait rien d'autre qu'on puisse tenter pour remédier au mal. L'écuyer redoutait que le baron ne fasse soudain irruption pour obliger la jeune femme à reprendre sa place au fond de la cuve.

Heureusement, rien de tel n'arriva car Foulques de Braz était bien trop occupé à pister Dorine à travers le labyrinthe du château. Après avoir longtemps claqué des dents, Tara finit par s'endormir, victime du pouvoir de la dilution d'aconit qui courait dans ses veines. Ne lui étant d'aucune utilité, Gilles prit un peu de nourriture et partit à la recherche de la fillette. Elle devait mourir de faim et l'écuyer avait résolu de l'aider à mettre la main sur les fichus tricots magiques dont elle ne cessait de parler. Une fois qu'elle aurait ce qu'elle voulait, elle consentirait sûrement à s'éloigner du manoir.

Il fureta longtemps sans parvenir à la dénicher ; ce fut elle, finalement, qui se laissa choir du haut de la poutraison, tel un elfe jaillissant du néant.

– Tu ne m'avais pas repérée, hein ? triompha-t-elle. Je suis comme les araignées, dès que le danger s'ap-

214

proche, je grimpe dans les solives. Ton baron est bien trop engoncé dans sa ferraille pour m'y poursuivre.

– Il pourrait t'en faire descendre en te décochant une flèche ! grogna le jeune homme.

– L'arc n'est pas une arme de chevalier, riposta l'odieuse gamine, je n'ai rien à craindre.

Pour couper court à ces vaines discussions, Gilles lui donna à manger. « Une fois la bouche pleine, elle se taira peut-être ! » songea-t-il avec exaspération. Mais le répit fut de courte durée ; Dorine revint bientôt à la charge :

– J'ai regardé partout, expliqua-t-elle, je n'ai pas trouvé la réserve de tricots magiques. Il n'y a plus qu'un seul endroit où je ne sois pas encore allée : l'appartement du donjon... Tout en haut. La chambre seigneuriale où la bergère est morte. Là où les corbeaux sont venus la dévorer.

Gilles se raidit. Il n'avait guère envie d'explorer un tel lieu, mais Dorine avait manifestement l'intention d'aller jusqu'au bout, et il ne voulait pas paraître moins courageux qu'une enfant de 10 ans. Malgré tout, il continuait à penser que c'était une très mauvaise idée. Une fois engagés dans l'escalier à vis desservant les étages, ils seraient à la merci du baron si celui-ci se lançait à leur poursuite. Un donjon, c'était cela : une absence totale d'échappatoire. Au sommet, l'escalier s'ouvrait sur les créneaux, et à moins de sauter dans le vide ou de s'envoler comme des oiseaux, ils se retrouveraient dans l'impossibilité de fausser compagnie au chevalier.

« Une souricière, pensa le jeune homme. C'est le dernier endroit où se risquer quand on est poursuivi. À moins de barricader la porte, tout en bas, et s'installer pour affronter un siège de plusieurs semaines. »

Hélas, on ne supportait pas un siège le ventre vide.

– D'accord, souffla-t-il, allons-y, mais en vitesse. Nous ne ferons que monter et descendre, tu as bien compris ?

La fillette hocha la tête pour le faire taire. Au moment d'emprunter l'escalier, Gilles tendit l'oreille pour tenter de localiser le chevalier. Il ne put détecter le bruit des solerets raclant les dalles.

« Soit il est dans une autre aile, se dit-il, soit il s'est immobilisé pour mieux nous laisser entrer dans la nasse. »

La mort dans l'âme, l'écuyer s'engagea dans l'escalier étroit qui s'élevait à l'intérieur du donjon. On l'avait conçu pour qu'il ne puisse livrer passage qu'à un seul homme avançant de front ; de cette manière, en cas d'invasion, il était facile de repousser l'attaquant ; d'autre part, grâce à cette disposition, le risque de se retrouver submergé par le nombre était nul. En dernier recours, il était également aisé de l'obstruer en y jetant pêle-mêle les meubles dont on disposait.

Dorine avançait pas à pas, s'arrêtant toutes les trois marches pour écouter les bruits de la bâtisse. Depuis qu'elle avait entrepris l'escalade de la tour, elle semblait moins sûre d'elle. Gilles détestait l'idée que la sorcière morte se trouvait au-dessus de leurs têtes, quelque part dans l'une des chambres seigneuriales transformée en tombeau. Il se rappelait les mots du paysan qui les avait recueillis après l'attaque des loups : « Elle est morte dans la chambre à coucher du baron, et les corbeaux, sentant l'odeur du cadavre, se sont engouffrés par les meurtrières pour s'en repaître. Pendant longtemps la pièce s'est transformée en oisellerie pleine de corbeaux qui becquetaient la morte, comme ces volatiles ont l'habitude de faire avec les pendus. Depuis ce temps, Lilith de Niel est toujours là, sur le lit, plus morte qu'une peau de vache tannée. »

216

Mais les sorcières mouraient-elles vraiment ? Ne restait-il pas toujours quelque chose d'elles qui virevoltait dans les airs ? Une émanation ? Une hantise ?

Ils atteignirent le premier étage, puis le second. Chaque fois, ils inspectaient rapidement les lieux sans rien dénicher d'intéressant. Au troisième niveau, ils débouchèrent dans une rotonde encombrée de coffres cloutés. La poussière des ans et les toiles d'araignée recouvraient les objets. Un instant, le cœur de Gilles s'emballa. Le trésor de la bergère se trouvait-il ici ? Les grimoires... mais aussi l'or, les bijoux, le butin de guerre de son époux le baron de Niel ?

« Nous avons cherché partout sauf ici, songea-t-il. Pourquoi ? »

« Parce que vous retardiez le moment de pénétrer sur le territoire de la maîtresse du manoir, lui répondit une voix, au fond de sa tête. *Parce que vous aviez peur.* »

Et c'était vrai. Ils avaient tous fait semblant d'oublier la présence de Lilith dominant le château dans son mausolée du donjon. Ils avaient chassé cette idée de leur esprit, et voilà qu'à présent ils se trouvaient au seuil de la tombe... Car il ne restait plus qu'une chambre inexplorée. Une chambre vers laquelle montait la dernière volée de marches.

Avant qu'il ait eu le temps de crier à Dorine de se tenir sur ses gardes, la fillette avait ouvert plusieurs coffres. Ils ne contenaient pas de bijoux, mais des tricots d'une laine rouge, teinte à la racine de garance. La petite fille poussa un cri de ravissement.

– Je le savais !

Elle plongea les mains dans le fouillis de camisoles laineuses et déplia l'une d'elles. Ce n'était qu'un long vêtement informe, tricoté à gros points, d'une vilaine couleur sang. Gilles s'en désintéressa. Les autres coffres se révélèrent pareillement bourrés de paletots puant le mouton. Il y en avait assez pour équiper une compagnie militaire ou un village.

– C'est bête, marmonna Dorine, il n'y en a aucun d'une jolie couleur.

Ne pouvant résister plus longtemps à la curiosité, l'écuyer s'avança vers l'escalier. La chambre mortuaire était là. Il suffisait de grimper ces quelques marches. *Il devait y aller*. Il lui fallait voir, de ses yeux, la dépouille de la sorcière. Peut-être alors en aurait-il moins peur ?

Il fronça le nez. Aucune odeur n'infestait plus les lieux. Trois années s'étaient écoulées depuis la mort de Lilith de Niel, et si les corbeaux avaient aussi bien travaillé que le prétendait le vieil homme, il ne restait plus grand-chose de la carcasse. Lentement, la chambre entra dans son champ de vision. La porte en était béante. D'où il se tenait, il pouvait embrasser le spectacle du lit recouvert de peaux de moutons durcies par la dissolution des fluides corporels et les fientes des oiseaux ayant festoyé là des semaines durant.

« Encore une marche et tu *la* verras », se dit-il.

Cet ultime degré lui coûtait. Un vieil instinct animal lui soufflait qu'il ne risquait rien tant que son regard n'aurait pas croisé celui de la sorcière, mais *qu'ensuite,* s'il s'avisait de la fixer droit dans les yeux...

Il entra malgré tout. Lilith de Niel ressemblait à une grande poupée de cuir ratatinée au centre du lit. Çà et là, les os affleuraient sous ce que les corbeaux lui avaient laissé de peau. Aucune puanteur n'infestait la chambre car le froid y était très vif en raison de la hauteur du donjon, et du vent qui s'infiltrait en sifflant par la découpe des meurtrières.

Elle était morte un ouvrage à la main, les doigts serrés sur de longues aiguilles d'os. Le trépas l'avait cueillie au beau milieu d'un interminable tricot. Une immense écharpe destinée à compléter le trousseau du géant qui dormait sous le manoir, sans doute ? Oui, elle était morte les outils à la main, en tricoteuse acharnée, entourée de pelotes de laine aujourd'hui fossilisées par la corruption qui avait coulé de ses entrailles. Les corbeaux l'avaient vilainement arrangée, la vidant de ses organes. Vrai, ç'avait dû être un horrible festin. Gilles soupira pour libérer sa poitrine nouée. Il recula, car il n'aimait pas le regard que les orbites creuses de la dépouille posaient sur lui.

Un frôlement le fit sursauter. C'était Dorine.

– Pouacre ! grogna la gamine, qu'elle est vilaine !

Et sa main chercha celle de l'écuyer. Ils restèrent tous deux figés au seuil de la chambre, incapables l'un comme l'autre d'avancer ou de reculer.

– Ne t'approche pas d'elle, chuchota Dorine. Elle pourrait bien se redresser et te planter l'une de ses aiguilles à tricoter dans le cœur, on ne sait jamais avec les sorcières.

Ils firent marche arrière. Dans la chambre des coffres, la fillette se dépouilla de ses vêtements et, toute nue, enfila l'un des grands tricots rouges confectionnés par Lilith de Niel.

– Comme ça, je n'aurai plus jamais froid, expliqua-t-elle avec enjouement. Tu comprends, c'est de la laine magique ! Je me fiche bien de me transformer en brebis si je ne souffre plus de l'hiver. Je vivrai ici, au château, au milieu du troupeau, et personne ne me cherchera plus noise.

Le paletot, trop grand, lui descendait jusqu'aux chevilles. Gilles lui conseilla de récupérer ses anciens vêtements si elle ne voulait pas claquer des dents lorsqu'elle traverserait la lande, mais elle cracha dessus avec mépris.

– Je n'ai plus besoin de ces guenilles ! C'est fini ! J'ai ma toison à moi, maintenant.

Elle avait à peine prononcé ces mots qu'elle commença à se gratter. « C'est la laine, songea Gilles. La laine portée à même la peau nue. »

Il était en train de faire un balluchon des oripeaux de la fillette quand le manège de celle-ci lui parut de plus en plus suspect. Elle se grattait maintenant avec une rage insolite et des grimaces qui n'avaient rien de comique. Un doute subit traversa l'esprit de l'écuyer.

— Enlève ça ! ordonna-t-il. Ce n'est pas normal, tu vas t'écorcher vive.

— Non, non, gémit Dorine. C'est la magie qui fait effet. La laine des moutons est en train de s'enraciner dans ma chair, ça gratte un peu, c'est normal, il faut que je m'habitue.

Et elle se déroba aux mains de Gilles qui tentait de lui enlever le vêtement écarlate.

— Reviens ! cria-t-il. C'était un piège... Ôte cette cochonnerie, vite ! Tu ne comprends donc pas que la laine est empoisonnée ?

Dorine ne l'écoutait plus ; recroquevillée sur les dalles, elle avait troussé le paletot sur son ventre nu pour mieux se gratter. Elle se griffait avec une fureur effrayante, traçant sur sa peau blanche de grandes scarifications sanguinolentes. Gilles comprit qu'elle allait s'écorcher vive s'il n'intervenait pas. La laine était imprégnée d'une substance urticante qui avait allumé d'épouvantables démangeaisons sur l'épiderme de la gamine. Enfilant les gants de cuir qu'il conservait à sa ceinture, il empoigna le bas de la camisole et la fit passer par-dessus la tête de l'enfant pour l'en débarrasser. Mais le mal était fait. Dorine se tortillait sur le pavé de la manière la plus impudique qui soit, se grattant avec une frénésie atroce, incapable de se rendre compte qu'elle était en train de s'enlever la peau lanière par lanière. Gilles lui saisit les poignets et les attacha au moyen d'un lien tiré de son pourpoint.

– Méchant ! Méchant ! hurla la fillette, laisse-moi, ça gratte trop ! Ça gratte trop.

Elle saignait déjà par une multitude d'estafilades, et des cloques innombrables se soulevaient partout où la laine vénéneuse l'avait touchée. Il la ligota du mieux possible et l'abandonna pour aller chercher Tara. Seule l'Égyptienne pourrait les aider, à condition toutefois que la fièvre ne lui ait pas fait perdre connaissance.

Dès qu'il fut dans l'atelier, il secoua la jeune femme pour lui expliquer ce qui venait d'arriver. Tara le contempla d'un air hagard, puis laissa tomber d'une voix sans force :

– Vous vous êtes conduits comme deux idiots. Je vous avais pourtant bien répété de vous méfier.

– Je sais, coupa l'écuyer. Mais peut-on faire quelque chose ?

– On a trempé la laine dans une solution urticante végétale, analogue au suc d'ortie... La cuisson doit être atroce, et il est fort probable qu'elle ne s'apaisera pas avant plusieurs heures, voire plusieurs jours. C'est le principe de la tunique de Nessus. La démangeaison vous rend fou, et l'on ne peut s'empêcher de s'arracher la peau. Je connais bien ce procédé. Les femmes jalouses y ont recours lorsqu'elles veulent défigurer une rivale. Il suffit alors de mêler la poudre urticante à un onguent de beauté, une pâte destinée à blanchir la peau. La victime, à peine la pommade étalée sur les joues, ne peut résister au besoin de se lacérer la face. (Elle se redressa gauchement.) Prends de l'eau, murmura-t-elle, de la charpie, et de quoi attacher cette idiote.

– Que vas-tu faire ?

– Essayer d'atténuer les démangeaisons par des applications de linges trempés dans une solution de pensée sauvage ou de salsepareille. Pour la douleur j'utiliserai la reine-des-prés. Il est possible que cette médication apporte quelque soulagement à ta protégée, mais rien n'est moins sûr. Je connais la puissance de ces poudres urticantes, on y survit, mais entre-temps, on a perdu l'esprit. J'ai vu des filles, devenues si hideuses à force de grattements, que les soldats les conduisaient tout droit chez les lépreux, convaincus qu'elles étaient ladres.

Gilles dut soutenir Tara jusqu'au donjon car la fièvre la faisait tituber. « Mon Dieu ! pensa-t-il, les pièges de la sorcière sont en train de se refermer sur nous. Tara d'abord, puis Dorine... À quand mon tour ? »

À l'étage des coffres, ils trouvèrent la petite fille occupée à se frotter sur les pierres du sol pour se soulager. Elle avait déjà réussi à s'enlever la peau des cuisses, des fesses, et continuait son manège avec une énergie diabolique, comme si elle désirait s'éplucher le corps tout entier.

– Il faut l'attacher sur le dos, bras et jambes écartelés, ordonna Tara, sinon elle n'aura de cesse de se frotter à ce qui l'entoure. Fabrique une croix en forme de X. Tu la coucheras sur le sol et nous y ligoterons la gamine. Fais vite, le temps presse, et je suis trop malade pour lutter avec elle.

Gilles ne trouva pas de quoi fabriquer une croix, mais put mettre la main sur un fauteuil muni d'accoudoirs qu'il coucha sur le sol avant d'y installer Dorine. Bien qu'ayant les poignets et les chevilles liés à l'aide de tresses de cuir, la fillette n'arrêtait pas de se convulser en gémissant. Sa manière de se cambrer, qui n'était due qu'à la torture des démangeaisons, aurait pu aisément être interprétée par un inquisiteur mal intentionné comme une invite obscène.

– Tu vois là une autre application du produit, commenta Tara pendant qu'elle mettait la charpie à tremper. Si l'on désire faire croire qu'une rivale est possédée par le démon, les démangeaisons donneront l'illusion qu'elle se comporte comme une truie en chaleur. Quant aux pustules couvrant sa peau, les bons prêtres s'empresseront d'y voir le signe d'une infestation diabolique.

Lorsque les linges furent imbibés, ils en couvrirent la petite fille, mais le soulagement ne se fit point sentir aussi vite que l'aurait souhaité Gilles.

– Donne-lui quelque chose pour dormir, suggéra-t-il. Comme cela elle cessera de se tordre en tous sens. Fais-lui boire la drogue que tu donnais au chevalier pour le tenir en ton pouvoir.

Tara détourna les yeux.

– Je n'en ai plus, avoua-t-elle. J'ai tout utilisé.

Gilles serra les poings.

– Tu vois ! gronda-t-il. Je t'avais dit que nous en aurions besoin !

Comme la jeune femme haussait les épaules, il fut pris d'un doute : disait-elle la vérité ou mentait-elle dans l'unique but de réserver le narcotique à ses transports amoureux ? Il ne pouvait l'accuser avec certitude, mais il eut l'intuition que tout à sa passion sans espoir, elle avait décidé de sacrifier Dorine.

– Et l'aconit ? lança-t-il. Le produit qui s'est dilué dans la cuve... Le poison à cause duquel tu as failli te noyer... Si j'allais en chercher un gobelet ?

– Il est trop concentré pour une enfant si jeune, objecta Tara. Elle risquerait de ne plus se réveiller.

Encore une fois, était-ce vrai, ou bien l'Égyptienne prévoyait-elle de réserver la drogue flottant dans le cuveau au seul usage du baron ?

Gilles réalisa qu'il n'avait plus confiance en elle. Il fut tenté de passer outre à ses recommandations, mais se contint car il ne voulait pas courir le risque d'empoisonner Dorine.

— Il faudra la maintenir attachée jusqu'à ce que l'effet de la poudre urticante se dissipe, dit la jeune femme. Couvre-la pour qu'elle n'attrape pas froid, et mets-lui un bâillon en travers de la bouche si tu veux éviter que ses gémissements attirent Foulques.

Elle expliqua ensuite à l'écuyer qu'il devrait venir remplacer les compresses le plus souvent possible, et disposa sur le sol, près du seau, deux sachets de poudre calmante.

Gilles était à la torture. Que se passerait-il si le baron, au hasard de ses déambulations, découvrait Dorine ? Bâillonnée, ligotée, la fillette ne pourrait ni appeler au secours ni lui échapper.

« C'est comme si je la livrais à l'ogre sur un plateau ! » se dit-il.

— Partons, chuchota Tara. J'ai la tête qui tourne. La fièvre me mine. Si le baron ne nous trouve pas dans l'atelier, il risque de se lancer à notre recherche.

— Courage, petite, dit l'écuyer en se penchant sur la fillette. Je reviendrai dès que possible.

Dorine ne parut pas l'entendre. Elle se débattait avec tant de fureur, qu'elle s'était déjà écorché les poignets jusqu'au sang. Gilles l'enveloppa dans ses guenilles, puis dans une vieille tenture décrochée de la muraille. Il espérait que ces épaisseurs la protégeraient du froid.

Chapitre dix-neuf

ÉCRITURES SECRÈTES

Dès lors, Gilles vécut aux aguets, se partageant entre les deux malades : Tara en proie à la fièvre, et Dorine à qui les herbes n'apportaient qu'un modeste soulagement. Cédant à la colère, il s'empara d'une fourche et décida de transporter dans la cour tous les lainages empoisonnés avec l'intention d'y mettre le feu. Il vida les coffres, puis débita ceux-ci à coups de hachette pour alimenter son bûcher. Les moutons l'observaient avec réprobation, comme s'il leur était désagréable de voir flamber ces vêtements nés de leur toison.

Poursuivant ses travaux d'assainissement, l'écuyer explora l'atelier de tonte, là où la laine en vrac était encore remisée dans des sacs. C'est en se penchant pour ramasser l'un d'eux qu'il remarqua les taches sur le bois du chevalet d'immobilisation.

Le chevalet n'était en lui-même qu'un cadre grossier fabriqué par Lilith de Niel pour emprisonner ses bêtes durant la tonte et les empêcher de remuer en tous sens. Les lames dont elle s'était servie gisaient encore sur le pavé, ainsi que les gros peignes de fer faisant office de démêloirs. Dans les campagnes, lors du rituel de tonte, le paysan se contentait généralement de coincer l'animal entre ses cuisses, mais Lilith, vieillissante, ne disposait plus d'assez de force physique pour maintenir efficacement une bête vigoureuse et rebelle à l'opération ; elle avait donc confectionné ce « travail », cet instrument de torture rudimentaire dans lequel la tête et les pattes du mouton se trouvaient coincées le temps du rasage.

Gilles demeura accroupi, l'esprit en éveil, persuadé d'avoir mis par inadvertance le doigt sur une information de première importance. Il ne savait quel sens donner à ce qu'il voyait, mais son instinct lui soufflait qu'il devait s'y attarder et réfléchir. La solution était peut-être là...

Sur le bois du chevalet, il y avait des gouttes de sang, ce qui n'avait rien d'extraordinaire puisque les lames avaient pu blesser la bête gesticulante durant la coupe. Mais si l'on observait l'assemblage avec plus d'attention, on finissait par remarquer qu'à ces macules brunâtres se mêlaient des macules noires. *Des taches d'encre.*

Pas du sang noirci, non : de vraies taches d'encre.

Du sang et de l'encre... L'association était assez insolite, surtout dans un atelier de tonte où l'on aurait dû normalement éviter de tacher la laine. Cela lui rappelait quelque chose, une scène entrevue dans une taverne, dans une ville portuaire du sud, là où les chevaliers qui s'étaient croisés s'embarquaient pour Jérusalem. Un homme, un matelot, avait exhibé, à l'ébahissement de tous, de curieux dessins inscrits sur son torse. Il avait expliqué que ces arabesques s'appelaient des « tatouages ». C'était une invention des Orientaux. On obtenait ce résultat en incisant la peau avec une pointe de fer trempée dans de l'encre. Le pigment se mêlait au sang, et restait là, à jamais prisonnier de l'épiderme. Ni la sueur ni la pluie ne pouvaient l'effacer. Plus tard, Gilles avait appris que les Bretons se marquaient de la même manière, en s'injectant sous la chair du jus d'indigotine, une plante à la couleur réputée indélébile.

Gilles se redressa, la tête en feu. Son premier mouvement fut de courir prévenir Tara, mais la jeune femme dormait du lourd sommeil de la fièvre, et il n'eut pas le courage de la réveiller. Sortant de la pièce, il se heurta au baron.

– Messire ! haleta-t-il. Je crois que j'ai trouvé la solution... Nous étions en train de nous fourvoyer. Les livres phosphoriques n'étaient là que pour nous tromper, une fois de plus.

– Que racontes-tu, drôle ? aboya Foulques de Braz. Je n'entends rien à tes paroles.

Gilles le mena dans l'atelier de tonte pour lui montrer les taches d'encre sur le bois du chevalet d'immobilisation. Comme le baron ne réagissait pas, il lança, d'une voix pleine d'impatience :

– Vous ne comprenez donc pas ? Tout le monde s'obstine à dénicher un livre, or Lilith de Niel a été beaucoup plus maligne. En fait de manuscrit, elle a tondu certains de ses moutons, puis elle a tatoué sur leurs flancs les formules magiques que nous cherchons. Ensuite, elle a laissé la laine repousser, si drue qu'elle dissimule parfaitement au regard les mots inscrits au poinçon sur la chair des bêtes. Le livre que nous traquons n'attend pas sagement sur l'étagère d'une bibliothèque : il a quatre pattes et se promène dans le château. C'est un livre vivant, au dos couvert de laine, et qui bêle ! Voilà pourquoi la bergère a dressé ses bêtes afin qu'elles ne se laissent point approcher.

– Par l'enfer ! gronda le baron. Tu pourrais bien avoir raison !

– Nous nous sommes laissé duper, renchérit Gilles. Les livres mystérieux, piégés, nous ont convaincus qu'il fallait concentrer nos efforts sur la bibliothèque, les codex, alors qu'il n'en était rien. Leur rôle était de détourner notre attention du but véritable.

— Mais quel mouton ? haleta Foulques de Braz. Nous en avons déjà tué plusieurs. Et si par malheur le livre magique se trouvait sur l'un de ceux qui ont grillé ?

— Je ne le pense pas, fit l'écuyer. Je crois savoir lequel, parmi les animaux du troupeau, est détenteur du secret : c'est le grand mâle dominant à tête noire. Le plus intelligent, le plus hostile. Lilith l'a probablement choisi en fonction de ces deux qualités. Il ne sera pas facile à approcher.

— Ce n'est qu'un mouton ! grogna le baron, il ne faut pas exagérer la puissance guerrière de ces animaux. (Se redressant, il ordonna :) Prends tes armes, il est temps d'en finir.

Gilles acquiesça ; toutefois il ne partageait pas l'optimisme du chevalier. Il avait beau avoir fait la guerre, il ne pouvait se défendre d'une certaine angoisse à l'idée d'affronter les brebis démoniaques de Lilith de Niel.

Il s'équipa soigneusement, allant jusqu'à passer sa broigne, ce justaucorps de gros cuir cousu de plaques d'acier, qui le protégerait des morsures. À sa ceinture, il suspendit ses couteaux, ainsi qu'une corde. Le baron, lui, ne prit que sa grande épée à deux mains, celle des affrontements à pied. En cet équipage, ils sortirent dans la cour pour localiser l'ennemi. Le troupeau se tenait là, grattant la neige du sabot pour brouter l'herbe qui poussait entre les pavés. Le mâle à tête noire redressa le cou dès qu'il les aperçut et poussa un bêlement menaçant. Aussitôt, les autres moutons l'entourèrent. Gilles ne put déterminer si c'était pour lui obéir ou le protéger. Foulques leva son épée ; ce fut comme un signal : aussitôt le troupeau fit volte-face et s'engouffra dans l'aile ouest. Cette fuite leva un tonnerre de sabots sous les voûtes.

— Ah ! les lâches ! hurla Foulques de Braz. Ils fuient ! Poursuivons-les !

— Attention, messire ! cria Gilles. C'est peut-être justement ce qu'ils désirent. Ils veulent nous entraîner sur leur terrain : les remparts... C'est là que nous serons le plus exposés à leurs coups de tête.

— Tu es plus prudent qu'une vieille femme ! se moqua le chevalier. Tu aurais dû apprendre à tricoter au lieu de te mêler de manier l'épée !

Et il s'élança à la suite des brebis. Gilles l'imita, convaincu de courir droit dans un piège.

Les moutons les attendaient en haut de l'escalier, bêlant avec insolence. Ils se déplaçaient avec souplesse. Ils étaient nombreux. Le grand mâle dominait tout, suzerain veillant à l'ordonnance de ses troupes à l'orée de la bataille.

— À moi ! vociféra Foulques en escaladant les marches. Braz ! Or ça ! Tue ! Tue !

De ce qui arriva alors, Gilles ne conserva par la suite qu'un souvenir confus. Il avait maintes fois guerroyé, et de dure façon, mais jamais il n'avait eu l'impression d'un tel chaos. Les moutons se servaient de leur extraordinaire mobilité pour harceler les hommes. Tantôt ils les chargeaient, tantôt ils se dérobaient, attaquant de tous les côtés à la fois, poussant, tirant, mordant, s'appliquant à déséquilibrer leurs adversaires pour leur faire dégringoler l'escalier sur le dos. Gilles, pris dans la mêlée, tapait à coups redoublés. Comme il l'avait pressenti, la bataille n'avait rien de facile. Il se trouva bientôt encerclé, comprimé, et dans la quasi-impossibilité d'assurer ses coups. La masse compacte des brebis le poussait en avant, ou plutôt vers le haut... *vers les remparts.*

« Elles vont essayer de nous jeter dans le vide »,
songea-t-il, les bras serrés contre les flancs, le nez plein
de l'odeur grasse du suint. Il avait l'impression d'être
un condamné qu'on soutient jusqu'à l'échafaud, là où
l'attend le *Carnifex,* autrement dit le bourreau.

Les moutons, unissant leurs forces, avaient fini par
constituer une muraille mobile. Rien ne pouvait les
freiner. Foulques de Braz bataillait lui aussi, mais sans
plus de résultats. À peine engagé, l'affrontement tournait au désavantage des humains. Brusquement, ils se
retrouvèrent sur les remparts, dans le brouillard où
dansaient des cristaux de givre. L'aventure allait-elle se
terminer là ? Gilles fut poussé contre un merlon. La
pression de la masse laineuse était si forte qu'il pouvait
à peine respirer. Les animaux essayaient de le faire
basculer dans le vide. Ils le chassaient vers la découpe
des créneaux à coups de tête obstinés. Leurs dents
mâchaient le cuir de la broigne, cherchant la peau.

– Arrière ! hurla soudain le baron qui avait réussi à
dégager ses bras. Arrière ou je tranche !

Et il se mit à férir d'importance, décollant les têtes.
Gilles profita de la surprise pour frapper, lui aussi. Le
couteau au poing, il crevait les pelotes de laine sur
pattes, s'étonnant presque d'en voir jaillir du sang. À
cause du brouillard, il distinguait mal le crénelage et
tremblait, sur un faux mouvement, de s'y retrouver
acculé, les jarrets touchant la pierre, oscillant au-dessus
du vide. Les bêtes auraient alors beau jeu de charger,
et de l'expédier dans les douves d'un coup de tête dans
le ventre.

Ce fut un étrange affrontement, indigne de soldats
ayant si souvent combattu dans la mêlée des batailles,
et pourtant plus effrayant que les franches empoignades
où l'on en découd, poitrine contre poitrine. Et toujours
les moutons revenaient à l'assaut, ignorant la souffrance

comme la peur, indifférents au danger, se moquant de mourir. Par trois fois, Gilles se sentit sur le point de basculer par-dessus les remparts, il ne dut son salut qu'à la laine de son agresseur à laquelle il s'agrippa au moment de tomber. En dépit du chaos, des bêlements et de l'odeur du sang, il ne perdait pas de vue le grand mâle à tête noire.

— Je t'aurai ! lui cria-t-il, dans un accès de haine. Et tes enchantements n'y pourront rien !

Il devenait fou, il lui semblait que le rire de Lilith de Niel faisait s'entrechoquer les cristaux de givre charriés par le vent.

— Braz ! Or ça ! continuait à hurler le baron comme s'il combattait au milieu de son armée.

Enfin, Gilles sauta à la gorge du mouton à tête noire. L'animal tenta de le mordre au visage, mais l'écuyer fut plus rapide, et son coutelas s'enfonça dans le cou de la bête sans rencontrer de résistance. L'animal envoûté bêla une dernière fois, cracha un flot de sang et tomba sur les genoux. Sur son poitrail, la laine devint rouge, dessinant un écu de gueules.

— *Hoc habet !* lança le chevalier comme le faisaient les gladiateurs de l'Antiquité au moment d'une mise à mort.

Aussitôt le maléfice se défit, et les brebis reculèrent, fuyant le champ de bataille. Les deux hommes se retrouvèrent seuls au milieu des cadavres abattus sur le pavé. On entendait chuinter la respiration du baron sous l'acier du casque.

— Ainsi c'est fait... balbutia-t-il en s'appuyant sur sa grande épée.

Gilles hocha la tête, à bout de force lui aussi. Il n'en revenait pas de voir le mouton noir couché sur le chemin de ronde, la langue pendante, les yeux vitreux.

– Regarde ! haleta le chevalier. Regarde s'il est tatoué.

Il avait perdu toute arrogance, sa voix se faisait presque suppliante.

Gilles assura son couteau dans sa paume et commença à trancher les boucles épaisses de la toison. Le vent les emportait à peine les avait-il lâchées. Il dénuda sur le flanc un carré grand comme la main. Presque immédiatement, les tatouages apparurent. Il avait vu juste. Le grimoire se trouvait là, inscrit sur les flancs de l'animal.

– Nous avons réussi ! balbutia Foulques.

Et, sous son heaume, il fit entendre quelque chose qui ressemblait à des sanglots.

CHAPITRE VINGT

PARCHEMINS

Gilles souleva le mouton, le jeta sur son dos. Des peurs vagues l'agitaient. Des superstitions. Sentant la tête de l'animal ballotter contre son flanc, il eut soudain peur que la bête, revenant d'entre les morts, le morde cruellement. La laine dont elle était couverte lui grattait le cou. Ils regagnèrent l'atelier, là où se trouvaient entreposés les outils de tonte. L'écuyer jeta la dépouille sur le sol. Il ne lui restait plus maintenant qu'à raser la toison pour mettre à jour les formules secrètes tatouées sur la peau du grand mâle. Il se mit à l'ouvrage avec fébrilité. En dépit du froid, l'excitation lui faisait les mains moites ; les brins de laine coupés lui collaient aux doigts. Les poux, les puces quittaient l'animal mort pour lui sauter dessus, mais il n'en avait cure. Il était soulagé d'en avoir fini avec les sortilèges du manoir de Niel.

— La peau risque de se corrompre, haleta le baron. Il faudra la tanner. Sauras-tu t'en occuper ? Il faut des glands, je crois. Ou une macération d'écorce de liège.

— Ne vous inquiétez pas, messire, coupa Gilles. Avec le froid qui règne en ces murs, nous disposerons de plusieurs jours pour mener nos travaux à bien. La bête ne pourrira pas avant longtemps. Au pire, nous la recouvrirons de glace ou de neige.

– Oui, balbutia Foulques, mais si le temps se réchauffait brusquement ?

– Alors je l'écorcherai, répondit l'écuyer. Ne vous alarmez point, nous transformerons cette chiennerie de mouton en un beau parchemin que vous pourrez tenir roulé sous votre bras.

La toison s'envolait sous le fil du rasoir, mais Gilles manquait d'adresse, il lui arrivait d'entailler le cuir, ce qui lui attirait les réprimandes du baron. La laine enlevée, la peau apparaissait, d'un rose violacé, couverte d'inscriptions que ni l'écuyer ni le chevalier ne pouvaient déchiffrer. Le livre se révélait sous leurs yeux ébahis. Un livre qui, une heure auparavant, se promenait encore sur ses quatre pattes à travers le château.

– Nous aurions dû y penser plus tôt, grogna Foulques de Braz. Après tout, ce stratagème est fréquemment employé par les sorcières puisqu'elles se font marquer par le diable sur les endroits velus de la peau : la tête, bien sûr, mais aussi la toison pubienne. C'est toujours par là que les inquisiteurs commencent leurs recherches. Les poils servent à cacher les signes d'allégeance au Malin, chiffres ou symboles hermétiques que le vulgaire ne peut comprendre.

Il pérorait à perdre le souffle. Gilles ne l'écoutait pas. Il avait retourné le mouton sur l'autre flanc pour achever de le raser. L'inciser serait facile. Lilith de Niel avait concentré les inscriptions sur les côtes et le dos. On pourrait aisément en tirer un grand parchemin de beau cuir, d'un seul tenant. Le tout était de ne pas rater le tannage, sinon le cuir se trouverait condamné à une lente corruption. Il faudrait entrer dans la forêt pour ramasser des glands... Avec les loups, ce ne serait point commode.

Enfin, la dépouille fut totalement nue. Gilles et le baron la contemplèrent, gisant au milieu des copeaux de laine grasse ou tachée de sang qui couvraient le sol. Foulques tendit la main et, de son index recouvert d'acier, suivit le contour d'une formule tatouée en lettres noires.

– Ma liberté est là, murmura-t-il, quelque part dans ce galimatias. Va réveiller la sorcière, je veux qu'elle déchiffre les incantations, je veux être sûr que je pourrai être débarrassé de la malédiction qui pèse sur moi dès que j'aurai remis ce grimoire à l'inquisiteur.

Gilles tenta de lui expliquer que Tara était malade, Foulques ne voulut rien entendre. L'écuyer fut donc obligé d'aller secouer l'Égyptienne qui dormait d'un mauvais sommeil. Elle avait le visage humide de sueur, les yeux cernés. Gilles lui résuma les événements des dernières heures. Elle l'écouta, hébétée, comme s'il parlait une langue dont elle n'entendait pas trois mots. Il se demandait si elle n'allait pas retomber dans l'inconscience quand elle porta la main à son front et gémit :

– Par les dieux ! Tout ce temps passé dans la cuve pour rien ! *Les moutons...* c'était évident. J'aurais dû y penser. Que pouvait-on attendre d'une bergère ? Elle a confié son secret à ses bêtes. Voilà pourquoi elle leur avait appris à se défendre.

Gilles l'aida à se redresser. Elle était moite, chaude. Ses pupilles brillaient d'une lueur maladive.

– Mène-moi près de l'animal, dit-elle. Je veux voir cela.

Il fit comme elle voulait, mais, à peine agenouillée devant le mouton mort, elle écarquilla les yeux de stupeur.

– *Est-ce tout ?* s'enquit-elle. Est-ce tout ce qu'il y a d'inscrit ? Retourne-le sur l'autre flanc, vite...

Gilles s'empressa d'obéir ; à l'expression qui s'était peinte sur le visage de Tara, il pressentait une mauvaise nouvelle. Les épaules de la jeune femme s'affaissèrent.

– Ce n'est pas le grimoire, soupira-t-elle. C'est un acte de « baptême » qui fait de l'animal ici présent un démon appartenant aux hordes en marche. Aux légions dont parle la Bible. Il est probable que tous les moutons du troupeau portent un tatouage semblable sous leur toison. Ces symboles sont destinés à attirer la protection des divinités infernales sur la bête.

Elle caressa de l'index les figures inscrites sur la peau violette qui se décolorait au fur et à mesure que le sang s'échappait de la carcasse.

– Ce n'est pas le grimoire ? hoqueta Foulques de Braz en saisissant Tara par le poignet. Tu en es certaine ?

Pour la première fois, il parlait d'une voix dépourvue de colère. Une voix épuisée de mourant. Quand l'Égyptienne lui eut confirmé qu'il s'était emballé pour rien, au lieu de se livrer à ses habituelles démonstrations de rage, il laissa retomber ses bras et baissa la tête. Comprenant son désarroi, la jeune femme posa ses mains nues sur les gantelets du chevalier.

– Ne perdez pas courage, messire, murmura-t-elle. Rien n'est encore joué. Nous trouverons, je vous le jure. Nous finirons bien par trouver.

Foulques ne répondit pas. Son esprit s'était retiré en quelque région inaccessible, et l'armure semblait vide.

Gilles s'était cru trop près de la réussite pour réagir sereinement, et c'est avec une rage inutile qu'il courut vers le grand escalier, là où avait commencé la bataille, là où gisaient toujours les cadavres des premiers moutons abattus. S'agenouillant sur les marches, il les tondit à la hâte. Tara avait vu juste : ils portaient tous des tatouages. Des symboles à l'encre noire que leur laine épaisse dissimulait au regard.

– Je te l'avais dit, souffla l'Égyptienne qui l'attendait au bas de l'escalier. Des noms de baptême, rien de plus. Des noms choisis parmi ceux des dix mille démons recensés par la hiérarchie des enfers. (Elle se cramponna à lui, et il sentit la brûlure malsaine de sa paume sur son bras, à travers l'étoffe de sa camisole.) Mais il y a autre chose, ajouta-t-elle. Regarde bien, et tu verras de grandes épines enfoncées sous la chair des bêtes. Elles ne sont pas là par hasard. Elles viennent d'Afrique et contiennent une substance toxique qui rend fou. Lilith de Niel les a plantées là pour qu'elles se dissolvent lentement, et que leur venin passe dans le sang des moutons ; non pas d'un coup, mais à très petites doses. Voilà pourquoi les brebis se comportent de si étrange façon. La bergère est morte, mais ses manigances continuent d'agir après son trépas. Quand les épines seront complètement dissoutes, la folie quittera l'esprit des bêtes et le troupeau recommencera à se comporter normalement. Je te l'ai déjà dit, rappelle-toi, c'est plus la science des poisons que les invocations qui fait la sorcière.

Elle s'éloigna en titubant, laissant l'écuyer seul au milieu des carcasses.

Gilles était affreusement dépité. Pour ne pas rester là à remâcher son échec, il entreprit de transporter dans la cour les dépouilles des brebis, et les recouvrit de neige afin de les préserver de la corruption. Cette besogne achevée, il s'assura que le baron était toujours prostré au coin de la cheminée, et courut s'occuper de Dorine.

Le corps de la fillette faisait peine à voir. Des pustules la couvraient des épaules aux genoux, partout où la laine empoisonnée avait touché sa peau. Elle endurait d'insupportables démangeaisons ; si elle n'avait pas été attachée, elle se serait écorchée vive, comme le font les malades atteints de petite vérole. Gilles la bassina au moyen de compresses calmantes et essaya de la faire manger, mais elle délirait et lui cracha au visage un flot d'obscénités qu'on imaginait mal dans la bouche d'une enfant.

Il se demanda quand elle serait en mesure de quitter les lieux car ses frères devaient déjà s'inquiéter de son absence. La disparition des autres enfants s'ajoutant à celle de Dorine, les gens du hameau risquaient fort d'établir un lien avec la présence de Foulques de Braz au château. Si la colère finissait par avoir raison de leurs craintes superstitieuses, il ne s'écoulerait pas longtemps avant qu'ils ne décident de monter à l'assaut du manoir.

Comme si le destin prenait un malin plaisir à confirmer ses craintes, Gilles vit surgir Gahut et Mahaut, les deux frères de Dorine, alors qu'il se rendait aux écuries pour essayer d'y dénicher un peu de bois. Les géants se tenaient de l'autre côté des douves, ils avaient l'air de méchante humeur. C'étaient des imbéciles, mais bâtis en force, et armés de haches presque aussi hautes qu'eux. Quand Gilles se porta à leur rencontre, ils esquissèrent un mouvement de recul. L'écuyer réalisa qu'ils observaient les moutons morts entassés au centre de la cour. C'était, il est vrai, un spectacle plutôt insolite.

– C'est pour l'ogre, ton maître ? aboya l'un des deux en désignant les brebis avec le fer de sa hache. Tu essayes de le gaver de viande animale pour qu'il ne s'en prenne pas aux enfants ? C'est bien pensé, mais ça ne suffit pas... Il est venu enlever notre sœur, Dorine, et d'autres gosses du hameau. Cela ne peut pas durer.

Gilles s'avança sur le pont-levis. Il voulait leur dire que Dorine était en vie, cachée au château, mais il ne pouvait hurler cette nouvelle alors que le baron se trouvait à un jet de pierre derrière lui.

— Ne t'approche pas de nous ! aboya le second des géants. Tu es le serviteur du maudit, nous n'avons pas confiance en toi !

Sans la terreur superstitieuse qui les empêchait de franchir le pont-levis, ils se seraient jetés sur Gilles pour lui faire un mauvais parti. Celui-ci, conscient du danger, s'appliqua à ne pas sortir inconsidérément de l'enclave du château.

— Dorine n'est pas morte, dit-il en baissant la voix. Elle rentrera bientôt chez vous !

— Tu mens ! lui répondirent les deux balourds. Ton maître l'a dévorée, comme les deux autres mioches, il n'a rien laissé, pas même les os, mais justice sera faite, nous reviendrons bientôt et nous vous écorcherons vifs. Vous ne pourrez pas toujours vous moquer des pauvres et les saigner comme des porcs.

Il ne servait à rien de discuter. Gahut et Mahaut s'éloignèrent en brandissant le poing. Gilles sentit que le répit serait de courte durée. Les boisilleurs allaient rentrer au hameau et prêcher la croisade. Quand le vin, la gnôle auraient suffisamment échauffé les esprits, les paysans verraient leurs peurs décroître, leur courage grandir. Alors ils se croiraient assez forts pour mettre à sac le manoir, et en finir avec ses occupants.

Gilles examina le pont-levis, pour voir s'il serait possible de le relever en cas de danger, mais le mécanisme était vétuste, les chaînes rouillées. Il y avait fort à parier qu'elles céderaient à la première traction. Quant à la passerelle elle-même, elle était en position dormante depuis si longtemps que la terre l'avait recouverte, et que l'herbe s'était mise dans les rainures des planches.

Il rentra, maussade. Une atmosphère insolite pesait sur le manoir. Maintenant que le mouton noir avait été égorgé, le troupeau errait sans parvenir à se trouver un nouveau chef. Désorientées, les brebis bêlaient sur une note plaintive. Foulques de Braz ne paraissait pas décidé à sortir de sa prostration, Tara gisait, abîmée dans la touffeur de sa fièvre ; quant à Dorine, elle était toujours prisonnière des démangeaisons qui lui avaient mis le corps en feu. Gilles se sentait seul, cerné par une déliquescence générale menaçant de l'engloutir. Les choses s'étaient-elles passées de la même manière pour les chevaliers qui les avaient précédés en ces lieux ?

L'écuyer considéra les moutons morts entassés près du puits. Il y avait désormais de quoi manger, à condition toutefois d'aimer la viande crue, car le bois faisait toujours défaut.

Pour s'occuper – plus que par réelle nécessité – il grimpa sur les remparts et fit basculer par-dessus les créneaux les moutons morts encombrant le chemin de ronde. Les corbeaux perchés sur les merlons accueillirent son initiative avec des croassements hostiles. Gilles se demanda s'il se trouvait en présence des volatiles qui, trois ans auparavant, avaient nettoyé le cadavre de Lilith de Niel. L'esprit de la sorcière morte était-il passé en eux ? Cette idée le mit mal à l'aise ; il se dépêcha de descendre pour échapper aux regards que dardaient sur lui leurs minuscules yeux noirs.

CHAPITRE VINGT ET UN

LA BÊTE DANS LA BOÎTE

Deux jours s'écoulèrent. Les moutons privés de chef bêlaient sans discontinuer. Ils avaient perdu toute agressivité et ne cherchaient plus à s'opposer aux allées et venues de l'écuyer. Gilles errait dans le castel désert. La solitude lui pesait. Foulques de Braz s'obstinait à jeûner sans dire un mot ; quant à Tara, elle reprenait conscience de manière sporadique, lorsque la fièvre diminuait. Des bruits sourds retentissaient par moments à l'intérieur des murailles, comme si quelqu'un donnait de grands coups de bélier dans les fondations. Le jeune homme, pour vérifier qu'il ne souffrait pas d'hallucinations, était descendu aussi bas que possible à travers le dédale des cachots. Il avait eu la désagréable surprise de constater que les bruits devenaient plus précis au fur et à mesure qu'il s'enfonçait dans les souterrains. Il y avait bien quelque chose sous ses pieds... Une créature énorme donnant de la tête ou des poings sur la maçonnerie.

Aussitôt, il avait songé au géant endormi. Ce géant prisonnier du ventre de la colline, et que le château de Nicl, posé comme un bouchon sur le seul orifice par lequel il aurait pu s'échapper, maintenait enfermé au cœur d'une immense caverne depuis des siècles.

241

Venait-il de se réveiller ? Allait-il défoncer les fondations du manoir ?

À la lumière du soleil, Gilles aurait repoussé cette hypothèse d'un haussement d'épaules, mais ici, dans l'obscurité des cryptes suintantes, son bon sens s'effilochait. Il ne savait plus ce qu'il devait croire. Les secousses étaient énormes, sourdes ; il en percevait l'ébranlement à l'intérieur de ses os. La bête, le colosse ou la créature qui s'agitait au creux de la colline, était, à n'en pas douter, de proportions démesurées. Faute d'une torche capable de l'éclairer, l'écuyer ne pouvait poursuivre bien loin son exploration, mais chaque fois qu'il touchait les murailles, il sentait sous ses doigts les contours de grandes crevasses dans la maçonnerie. Les soubassements du château étaient en piteux état, travaillés par une dislocation déjà fort avancée. Gilles s'expliquait mieux à présent les signes de délabrement qu'il avait relevés aux étages supérieurs. Cette poussière de plâtre qui, parfois, vous couvrait la tête et les épaules telle une neige intérieure, ces pierres détachées des voûtes, qui tombaient au milieu de la nuit en produisant un fracas à réveiller les morts... Le château était malade, le géant prisonnier de la colline s'acharnait à le démantibuler pour s'ouvrir un passage vers la liberté. Ce n'était plus maintenant qu'une question de semaines.

« Notre arrivée a sans doute précipité les choses, songea Gilles, le cœur étreint par l'angoisse. Le colosse va sortir. Quelque chose l'a réveillé. Quand il aura crevé les fondations, le manoir s'écroulera sur nous. »

Il avait beau se raisonner, la peur ne le quittait pas. Pourtant, il n'avait jamais réellement cru aux géants. Ces fables du passé lui semblaient bonnes pour les serfs, les vilains, pas pour les hommes de guerre. Pourquoi devenait-il si crédule ? C'était quelque chose dans

242

l'atmosphère du castel, sans doute, une vapeur nocive qui lui débilitait l'entendement.

Maintenant, lorsqu'il se déplaçait dans les étages, des signes de délabrement jusqu'alors négligés lui sautaient aux yeux. Occupé par les moutons, les livres piégés et la maladie de Dorine, il ne s'était pas donné la peine de scruter les murailles. S'il l'avait fait, il aurait constaté que les pierres massives étaient en train de se disjoindre en maints endroits, que le donjon s'apprêtait à se fendre tel un fruit trop mûr. Le château s'écartelait. Tôt ou tard, il s'émietterait, cédant à l'injonction d'un dernier coup de boutoir. Peut-être aurait-il été plus sage de l'évacuer sans attendre ?

Ce jour-là, Gilles constata que les horribles démangeaisons dont Dorine avait été assaillie se calmaient. La fillette était très affaiblie, aussi s'appliqua-t-il à la faire manger. Depuis que les brebis avaient cessé de se comporter comme des louves, on pouvait à nouveau les traire, ce dont l'écuyer ne se privait pas. Il fit boire à la gamine deux pleins gobelets de ce lait mousseux, fort reconstituant pour les malades. Puis il la détacha. Le frottement des liens lui avait mis les poignets et les chevilles en sang. Gilles enduisit les écorchures de pommade et les banda avec de la toile fine. Dorine se laissa faire, les yeux cernés, dolente. Elle paraissait avoir du mal à se rappeler ce qui lui était arrivé, et le garçon se demanda si l'épreuve qu'elle venait de traverser ne lui avait pas fait perdre l'esprit. Sur sa peau, les cloques avaient disparu, les écorchures cicatrisaient. Somme toute, l'aventure lui laisserait fort peu de marques.

– Il faut rentrer chez toi, dit l'écuyer. Tes frères te croient morte, ils sont en train de soulever le village contre nous. Et puis le château va s'écrouler... Le géant enterré sous la colline ne cesse de donner des coups de poing dans les fondations. J'ai bien peur que l'ouvrage ne s'effondre avant qu'il soit longtemps.

Dorine lui jeta un regard égaré, comme si elle ne comprenait pas à quoi il faisait allusion. Gilles dut reprendre ses explications : les coups sourds, les crevasses...

– Mon Dieu ! Es-tu bête ! murmura la fillette. Ce n'est pas le géant que tu entends, *c'est la mer*... Il y a, au bas des falaises, une caverne qui s'ouvre au ras de la plage. Cette grotte prend la forme d'un long boyau serpentant sous la plaine pour aboutir à une autre caverne, en cul-de-sac, et qui se tient justement dans les profondeurs de la colline. Aux grandes marées, l'eau se rue dans ce passage et s'en vient cogner de toute sa force au fond du cul-de-sac caché sous nos pieds. Ce que tu entends – ces grondements, ces vibrations – ce sont les vagues explosant en fin de course.

– La marée ? s'étonna Gilles. Si loin de la plage ?

– Oui, et c'est là l'origine de la légende du géant enterré. On a toujours cru que les grondements provenaient de ses gesticulations. Aujourd'hui encore, beaucoup de gens sont persuadés de son existence. Moi je sais la vérité. J'ai exploré le tunnel à marée basse. C'est un souterrain immense et noir, effrayant, qui pue la vase. Il faut faire attention de ne pas s'y laisser surprendre par le flux car on serait aussitôt noyé.

– Alors il n'y a pas de géant, murmura l'écuyer.

– Non, confirma Dorine. Mais tu dis vrai quand tu affirmes que la construction se délabre. À chaque nouvelle grande marée, le château encaisse un assaut qui sape un peu plus ses fondations. Il est miné, pourri, un jour il s'effondrera sur lui-même et disparaîtra à l'intérieur de la caverne au sommet de laquelle on l'a bâti. Il résiste depuis si longtemps déjà que cet effondrement est sans doute imminent.

Elle se tut, fatiguée par son discours. Gilles lui tendit ses vêtements.

– Je ne te chasse pas, fit-il, mais tu dois partir sans attendre. Le chevalier est prostré, il ne te verra pas passer. Ne reviens plus ici tant que nous y serons, c'est un lieu de malheur où tu ne trouveras rien de bon.

Dorine hocha la tête. Elle n'avait plus assez d'énergie pour se rebeller. Gilles l'aida à se rhabiller et la soutint à travers les salles, jusqu'au pont-levis. Tout le temps que dura le trajet il s'attendit à voir surgir le baron. Par bonheur, la chose n'arriva pas.

Les pieds dans la neige, il regarda s'éloigner la petite fille avec tristesse. Dorine partie, il se sentait abandonné aux démons du manoir. Il avait espéré qu'elle se retournerait pour lui dire adieu, mais elle ne le fit pas. Peut-être parce que, inconsciemment, elle l'estimait responsable des souffrances endurées au cours de sa claustration. Il se décida à rentrer.

Maintenant qu'il n'y avait plus de bois, les cheminées ne dispensaient plus la moindre étincelle et l'eau avait gelé au fond de la cuve où l'Égyptienne avait vainement tenté de déchiffrer les grimoires phosphoriques. La situation devenait intenable. Le baron, agenouillé dans un coin de l'atelier, les gantelets joints sur la garde de son épée, ne donnait pas signe de vie. Gilles commençait à se demander s'il n'était pas mort de froid sous la carapace de l'armure. L'écho d'une respiration, sous le heaume, le rassura.

Tara reprit conscience au cours de la matinée. La fièvre l'avait quittée, la laissant pâle, amaigrie. Son premier regard fut pour le chevalier.

– Depuis combien de temps est-il ainsi ? balbutia-t-elle. Lui as-tu parlé ?

– Non, avoua l'écuyer.

La jeune femme s'agita. Malgré son état de faiblesse, elle se précipita vers Foulques de Braz.

— Mon Dieu ! haleta-t-elle. Il doit mourir de froid... Tu aurais dû le réchauffer. Tu es impardonnable, c'est ton maître après tout !

Avec des gestes de mère, elle explorait la cuirasse du paladin, caressait les contours du heaume. La sentant sur le point de démasquer le baron, Gilles la tira en arrière.

— Laisse-le, grogna-t-il. Il respire toujours. De toute manière il est increvable.

L'Égyptienne essaya de lui échapper, mais il tint bon.

— Nous sommes vaincus, dit-il. Nous ne trouverons jamais le grimoire. Il faut prendre une décision sans trop tarder car le château risque de s'écrouler avant peu.

Et il mit sa compagne au courant du péril qui les menaçait. Il n'eut pas à faire preuve d'éloquence car les coups de boutoir de la marée envahissant les souterrains de la colline résonnaient dans toute la maçonnerie. La jeune femme n'eut qu'à poser la main sur la muraille pour sentir les trépidations ébranler ses os.

— Il faut lever le camp, conclut-il. Pendant que tu dormais, j'ai fait un relevé des crevasses sillonnant les murs. Elles progressent de manière nettement visible. Deux ou trois pouces par jour, à mon avis. C'est normal, il y a trop longtemps que le château est inoccupé. On n'y a plus fait de travaux de consolidation depuis des années. À la mort du baron de Niel, Lilith s'est retrouvée seule, ce n'est pas elle qui allait colmater les murs, redresser la maçonnerie bancale. Alors l'ouvrage a commencé à s'affaisser. Le terrain glisse sous les fondations. La colline est truffée de trous, de cavernes. C'est un entonnoir dans lequel le manoir ne va pas tarder à basculer.

Il se tut. Tara ne l'écoutait pas. Tournée vers le chevalier, elle l'épiait anxieusement, attendant un signe, un geste, qui lui eût prouvé qu'il était encore en vie. Malgré la jalousie lui poignant le cœur, l'écuyer eut pitié d'elle. On ne pouvait rien contre un amour si maladif.

Il décida de rassembler le paquetage en vue d'une prochaine évacuation.

« Comment traverserons-nous la forêt ? se demanda-t-il. Nous n'avons plus de montures ; si nous allons à pied, il nous faudra une éternité avant de revoir la civilisation. »

Dans l'état où se trouvait Tara, il doutait fort qu'elle puisse parcourir un long chemin avant de s'effondrer à bout de force. Les loups se dépêcheraient de les encercler. Ils possédaient un sixième sens pour repérer les malades, les blessés, ceux qui allaient à la traîne. Tara allait les attirer aussi sûrement que le miel attire l'ours. Et puis, il y avait le baron. S'il sortait de son apathie, ne risquait-il pas de passer sa colère sur la jeune femme, de soulager sa déception en lui brisant la nuque ?

« Il nous faudrait un chariot et une paire de mules, se répétait-il. Ainsi, Tara pourrait voyager couchée. »

Au cours de sa première exploration des dépendances, il n'avait découvert aucune charrette, cette anomalie n'avait pas manqué de l'intriguer car il était étonnant que le manoir n'ait point possédé un véhicule aussi élémentaire.

« J'ai peut-être mal cherché », se dit-il. Mais il avait des excuses : lors de leur arrivée au castel, leurs montures étaient encore en vie, le problème du retour ne se posait pas de manière aussi cruciale.

S'cnvcloppant dans son vieux manteau, il sortit dans la cour. Les corbeaux menaient une sinistre sarabande au-dessus des courtines et leurs croassements déformés par l'écho prenaient parfois l'allure de ricanements diaboliques. Fallait-il y voir un mauvais présage ? Les moutons eux-mêmes semblaient résignés. Toute colère les avait quittés, ils se contentaient désormais de gratter la neige pour trouver de quoi se nourrir. Gilles ne savait pas s'il devait se réjouir de cette métamorphose ou y lire l'annonce d'une catastrophe imminente.

Il prit le chemin des écuries. Les stalles emplies d'ossements de chevaux morts le firent frissonner. Il imaginait la lente agonie des bêtes prisonnières devant les râteliers vides. Pourquoi la sorcière ne les avait-elle pas libérés quand elle avait senti sa fin prochaine ? Était-elle à ce point dépourvue de sentiments ?

À force de cheminer à travers les granges, il aboutit devant un énorme tas de paille durci par le gel. Deux morceaux de bois parallèles jaillissaient de cette meule blanchie par le givre. Lors de sa première visite, Gilles n'y avait point prêté attention. Aujourd'hui qu'il avait l'esprit en éveil, ces deux pièces de bois évoquaient pour lui les barres d'attelage d'une charrette. Un véhicule se cachait sous les bottes de paille. Une sorte de *chiramaxium* à la mode romaine. Sans attendre, il entreprit de le dégager. Il eut la surprise de découvrir non pas un simple chariot, mais une voiture fermée, sans fenêtres, et qui ressemblait à un grand coffre monté sur roues. On l'avait façonnée en bois noir, huilé, comme si on avait voulu la rendre insensible aux averses. Les planches qui la constituaient avaient été calfatées à la poix, comme les bordés d'une barque de pêche. C'était moins une carriole qu'un bateau auquel on aurait adjoint une paire de fortes roues. L'écuyer grimaça, car cette grosse boîte mobile avait quelque chose d'un cercueil. Un cercueil roulant qu'on aurait prévu de promener à travers la campagne. Était-ce le tombeau de Lilith de Niel ? Un tombeau qu'elle avait eu l'intention de faire tirer par ses moutons jusqu'aux confins des landes ?

C'était une idée effrayante, mais digne d'une sorcière. Gilles se prit à imaginer la funèbre carriole roulant à travers les plaines, à la grande terreur des paysans, des voyageurs. Un cercueil mobile qu'on aurait entendu venir de loin, et que les moutons diaboliques auraient traîné jusqu'à leur mort... Vrai, il y avait de quoi frissonner.

Mais Lilith de Niel avait trépassé avant de pouvoir organiser ses funérailles. Sans doute avait-elle prévu d'attendre la mort entre les parois de son sarcophage, une fois les bêtes attelées... La camarde ne lui en avait pas laissé le temps et l'avait fauchée au sommet du donjon, sur le grand lit seigneurial, ses aiguilles de tricoteuse entre les doigts.

Gilles posa la main sur le flanc de la boîte. Elle était en parfait état, les vers ne l'avaient pas attaquée. Il hésitait à l'ouvrir. L'absence de fenêtre lui faisait peur. Le seul orifice d'accès consistait en un panneau coulissant, fort bien ajusté, aux arêtes enduites de graisse. Tout avait été conçu pour rendre le coffre étanche, et le préserver de toute infiltration : l'eau, mais aussi les insectes, les mouches.

« Allons ! songea le jeune homme, c'était un cercueil, soit, mais il n'a jamais servi. Inutile d'en avoir peur ! »

Glissant les doigts dans l'encoche du panneau, il le fit coulisser. Une odeur animale jaillit des profondeurs du véhicule. Un relent de suint, une odeur de bête...

L'intérieur de l'habitacle étant plongé dans l'obscurité, Gilles l'explora à tâtons. Le réduit était assez vaste pour permettre à deux personnes de s'y allonger côte à côte. Des peaux de moutons recouvraient le plancher. L'écuyer s'y engagea à mi-corps. Alors qu'il tendait le bras gauche en direction du fond, ses doigts touchèrent une poitrine couverte de poils. Il fit un bond en arrière. Il y avait bien quelque chose, là, tapi dans les ténèbres, une grosse bête dont l'odeur avait corrompu la carriole !

Le cœur battant à tout rompre, il tira son coutelas. Des idées folles lui traversaient la tête. Une bête n'aurait pu s'enfermer là en tirant le panneau d'accès derrière elle... c'était donc *autre chose* qui se tenait accroupi dans le noir, entre les flancs du cercueil inutilisé. Un démon. Une créature fabriquée par Lilith de Niel.

Gilles attendit un moment, l'arme au poing, que le monstre daigne sortir la tête, mais il ne semblait pas décidé à bouger. Il se contentait de puer. De puer le mouton. Était-ce une ruse ?

« Il attend que je revienne pour me saisir à la gorge », songea l'écuyer. Il n'avait jamais été pleutre et la curiosité le taraudait, il se décida donc à retourner dans la boîte. L'oreille tendue, il remarqua que la créature ne respirait pas ; ce détail le rassura. Il allongea une nouvelle fois la main pour toucher la poitrine velue.

Il marmonna un juron en comprenant son erreur. Ce n'était pas du poil, c'était de la laine. Il n'avait fait que poser les doigts sur une énorme pelote dont la boule occupait la moitié de l'espace intérieur du cercueil. Une pelote géante dans laquelle se trouvait fichée une paire d'aiguilles à tricoter en os ciselé.

« La bergère comptait-elle emporter de la besogne en enfer ? » se demanda-t-il avec un rire de soulagement. Au vrai, cela n'avait plus guère d'importance, seule comptait l'existence de la curieuse carriole grâce à laquelle il allait pouvoir transporter Tara et le baron hors du château.

« Je commencerai par y atteler des moutons, décidat-il, cela nous permettra toujours de traverser la lande.

En arrivant chez les boisilleurs, je tenterai d'acheter des mules ou un quelconque sommier. »

Euphorique, il acheva de dégager le véhicule, ouvrit les portes de la remise, et le tira vers la lumière. Le *chiramaxium* s'avéra remarquablement équilibré. Ses essieux bien graissés lui assuraient un déplacement presque silencieux. Accrochées à l'un des murs de la remise, des lanières de cuir pendaient. Il y en avait assez pour atteler douze moutons, par paires. Gilles se promit de sélectionner les mâles les plus vigoureux et de les mettre à l'attache le plus tôt possible. Maintenant que la funèbre boîte se trouvait en pleine lumière, elle lui semblait moins effrayante en dépit de sa masse noire. Il plongea de nouveau à l'intérieur pour examiner la pelote. C'était une laine d'un blanc jaunâtre, du type « goutté », c'est-à-dire semée de pois. Un procédé de coloration qu'on utilisait pour masquer les imperfections du fil. Les longues aiguilles d'os la transperçaient telles deux flèches couvertes de symboles barbares.

Au moment où il allait se retirer, Gilles aperçut un étui de cuir sur le plancher. Il s'en saisit. Le tube contenait plusieurs feuillets couverts de chiffres romains et d'indications qu'il ne sut déchiffrer. Une brusque excitation s'empara de lui. Était-ce enfin le grimoire qu'ils avaient cherché partout ?

« Par Dieu ! songea-t-il. Il serait logique que Lilith de Niel ait désiré l'emporter dans sa dernière demeure ! Nous le pensions dans la maison alors qu'elle l'avait déjà déposé dans son cercueil ! »

Les mains tremblantes, il roula les feuillets pour les replacer dans l'étui et courut vers le château. Il était maintenant certain d'avoir mis la main sur le manuscrit tant désiré. Lilith de Niel avait senti la fin venir, malgré tout, elle s'était laissé surprendre avant d'avoir pu régler ses funérailles. Elle avait sûrement imaginé de s'en aller à travers la lande, emportant avec elle tout ce qui avait occupé son existence : la laine et la magie. Une pelote pour tricoter dans l'au-delà, le grimoire contenant toute sa science.

– Regarde ! haleta-t-il en s'agenouillant au chevet de Tara. C'était dans le tombeau de la bergère.

En peu de mots, il lui parla de la charrette funèbre. L'Égyptienne sortit les feuillets de l'étui et les étala sur le sol. Il y en avait une dizaine, tous couverts d'une écriture minuscule. On pouvait y relever un grand nombre de chiffres romains.

La jeune femme fronça les sourcils.

– Alors ? s'impatienta Gilles.

– À première vue, ce sont des recommandations pour exécuter un tricot, dit doucement Tara. Tant de points à l'endroit, tant de points à l'envers... Un simple guide de travail comme en utilisent les badestamiers, les chapeliers de coton ou les faiseurs de bas à l'aiguille, qu'on appelle encore « bas brochés »... mais il ne faut pas s'arrêter à la surface des choses. Il s'agit peut-être d'une écriture cryptée.

– Tu crois ?

– Oui... Si tu as trouvé ce manuscrit dans son cercueil, cela signifie qu'elle comptait l'emporter avec elle au royaume des ombres. Elle est morte trop tôt, voilà tout. Elle avait prévu de quitter le manoir. Les moutons l'auraient promenée aux confins des landes, jusqu'à ce qu'ils meurent à leur tour. Cela aurait pris plusieurs années. Pour finir, la carriole funéraire se serait échouée dans une ravine, la bruyère l'aurait recouverte, et aussi les ronces. Personne n'aurait jamais su où Lilith de Niel était ensevelie. C'était bien imaginé.

– Peux-tu traduire ce langage secret ? interrogea Gilles en désignant les feuillets.

– Je ne sais pas, avoua la jeune femme. Sans doute. J'ai une certaine habitude des écrits chiffrés car la plupart des magiciens emploient ce subterfuge pour protéger leurs trouvailles de la curiosité du vulgaire. Tout dépend de l'habileté avec laquelle le cryptage a été conçu. Il faut trouver la clef. Ici, l'abondance des chiffres romains semble montrer qu'on a transformé les lettres de l'alphabet en nombres. Je vais travailler dans ce sens.

Un bruit métallique fit sursauter les deux jeunes gens. C'était Foulques de Braz qui sortait de sa prostration. À travers les brumes de la transe, il avait dû percevoir les propos de l'écuyer. L'espoir l'avait tiré de la léthargie où il se complaisait depuis sa récente déception. Il se fit répéter tout ce qu'on avait déjà dit : le chariot funéraire, la pelote, le manuscrit mystérieux déguisé en guide de tricot...

Il y avait une avidité douloureuse dans les questions qu'il aboyait aux oreilles de ses compagnons. Quand il eut contemplé les feuillets, il voulut voir la carriole. Gilles le conduisit dans la cour et remarqua, à cette occasion, que le baron tenait à peine sur ses jambes. Foulques n'avait pas mangé depuis longtemps, ses forces s'amenuisaient. L'armure devenait trop lourde pour lui. S'il ne se restaurait d'ici peu, il défaillirait au moindre mouvement un peu vif. L'écuyer attira son attention sur les lézardes de la maçonnerie et insista sur la nécessité de fuir le castel au plus vite.

– Nous sommes à la verticale d'un gouffre, expliqua-t-il. Si des crevasses s'ouvrent dans le pavé, nous basculerons tous dans l'abîme.

– Qu'importe, soupira le chevalier. Maintenant que nous avons le manuscrit, nous pouvons reprendre la route. Tara n'aura qu'à s'installer dans le coffre à roulettes, ainsi elle pourra traduire le grimoire pendant que nous marcherons. Nous nous procurerons des chevaux dès que possible. Ces boisilleurs doivent être un peu brigands, je ne doute pas qu'ils aient quelques bonnes montures à nous céder contre un peu d'or.

Pendant l'heure qui suivit, Gilles travailla à constituer un attelage. Il dut le faire seul, car le baron était désormais trop affaibli pour lui prêter main-forte. L'écuyer transpira sang et eau pour rassembler douze moutons de belle constitution. Les animaux essayaient de lui échapper, mais jamais ils ne tentèrent de le mordre. Toute agressivité les avait quittés et ils ne savaient plus que bêler comme des bêtes qu'on mène à l'égorgeur. Au moyen des liens de cuir trouvés dans la remise, Gilles les attela aux longerons de l'étrange cercueil à roulettes. Il fut un instant tenté d'en sortir la pelote de laine géante, mais se dit qu'après tout, il pourrait en faire présent à Dorine, car il y avait là de quoi tricoter assez de camisoles pour habiller dix colosses à l'image de ses frères.

Ces préparatifs achevés, il sala la viande de mouton dont il avait fait provision après le carnage des remparts. Le froid et la neige avaient préservé la chair de toute corruption. Dès qu'on serait dans la forêt, on pourrait la faire rôtir, car le bois accepterait enfin de prendre feu.

Une fois les armes et les selles entassées dans la carriole funéraire, plus rien ne s'opposa à ce que les trois compagnons prennent la route.

Gilles pénétra une dernière fois dans l'atelier de tonte pour aller chercher Tara. La jeune femme gribouillait des choses indistinctes sur un morceau de parchemin, le visage contracté par l'effort.

– Viens, lui ordonna l'écuyer. Il faut partir. Tu continueras dans la voiture. Si tu laisses le panneau ouvert, tu y verras assez clair.

L'Égyptienne leva vers lui un regard brouillé par l'angoisse.

– Je... Je ne sais pas si j'y parviendrai, balbutia-t-elle. Je ne trouve pas la clef.

Gilles approcha son visage du sien et chuchota d'une voix impérieuse :

– Si tu veux vivre, garde-toi d'avouer ton échec, ou bien le baron te tuera. Quand nous serons sortis de la forêt, tu n'auras qu'à t'enfuir. Pas avant, car les loups te rattraperaient.

– Mais je ne veux pas m'enfuir ! protesta l'Égyptienne. *Je veux l'aider*. Je suis la seule à vouloir lui venir en aide. Même toi, son écuyer, tu ne penses qu'à lui fausser compagnie, à le trahir.

– Je ne sais si tu es une idiote ou une sainte, grommela Gilles, mais tu te trompes si tu t'imagines qu'il t'en sera reconnaissant. Dès que tu ne lui seras plus d'aucune utilité, il te tuera.

– Tu mens, par jalousie. Je trouverai la formule qui rompt l'enchantement, et il verra en moi sa libératrice.

– Pauvre sotte ! Les grands de ce monde détestent devoir quelque chose à quelqu'un. Surtout si ce quelqu'un n'est pas de leur rang. Je te le répète : il te tuera, avec la bénédiction de l'inquisiteur. Ta seule chance de survivre, c'est de feindre de décrypter le parchemin pendant toute la traversée de la forêt... et de t'enfuir sitôt les loups laissés derrière nous.

Gilles se redressa. Il enrageait de voir Tara si égarée dans son illusion d'amour. Rien de ce qu'il pourrait lui dire ne réussirait à la convaincre de la méchanceté du baron.

Ils quittèrent le château dans cet étrange équipage : les moutons tiraient la voiture sans fenêtres, le baron et Gilles encadraient les deux animaux de tête, Tara, elle, se tenait recroquevillée à l'intérieur du tombeau roulant entre les sacs et la grosse pelote de laine. L'écuyer craignait une mauvaise réaction des paysans lorsqu'il leur faudrait traverser le hameau, mais l'aspect surprenant du convoi emplit les vilains de frayeur superstitieuse et aucun d'entre eux n'osa s'avancer sur le seuil de sa chaumière. Ce n'était pas tous les jours qu'on voyait un troupeau de moutons tirer le cercueil d'un géant ! Cette stupeur permit aux trois fuyards d'entrer dans la forêt sans se faire lapider.

Gilles prit tout de suite la direction du campement des boisilleurs. Les moutons bêlaient et les roues de la carriole grinçaient, annonçant leur approche. Dorine et ses frères les accueillirent sans démonstrations, ni de haine ni d'amitié. Ils affirmèrent ne disposer d'aucune mule à vendre et refusèrent l'or du baron. Gilles en fut contrarié, il leur faudrait donc traverser la forêt avec la seule aide des brebis ? Dorine restait sur la défensive. Sa triste aventure semblait avoir brusquement éteint en elle toute joie de vivre. Elle accepta de leur céder de la nourriture, du charbon de bois, mais refusa la grosse pelote que Gilles voulait lui offrir. Désormais, elle avait peur de tout ce qui sortait du château.

Pour alléger l'atmosphère, elle proposa toutefois aux voyageurs de partager le repas des boisilleurs et servit à chacun une écuelle de soupe, ainsi qu'un chanteau de pain gris. Pendant la collation, Gilles sentit le regard de la sauvageonne posé sur lui. Sans doute s'étonnait-elle qu'il s'obstine à rester au service d'un ogre ? Mais elle était femme, et ne pouvait donc rien entendre aux obligations qui unissent un sergent à son maître.

Contrairement à son habitude, la fillette resta silencieuse, et prit garde de ne jamais tourner les yeux vers le baron qui s'impatientait. Foulques de Braz était pressé de reprendre la route. Gilles ne fit rien pour le convaincre de s'attarder. Pendant que Gahut et Mahaut retournaient travailler à la meule, Dorine accompagna les voyageurs au bout du chemin. La carriole tressautait sur les ornières, les moutons bêlaient à fendre l'âme, mécontents d'être soumis à un tel traitement. La fillette s'immobilisa dans une trouée du feuillage et agita la main en signe d'au revoir. Sa petite figure barbouillée de suie était curieusement grave.

Au moment où Gilles s'apprêtait à fouetter l'échine des bêtes, elle le retint par un pan de ses braies.

– Je voulais te dire merci, murmura-t-elle. Tu m'as sauvée du piège de la sorcière. Tu m'as protégée de l'ogre. Tu es gentil, tu ne mérites pas de servir un si mauvais maître.

– On ne fait pas toujours ce qu'on veut, soupira le jeune homme en lui caressant la tête.

– Tu as tort d'obéir à un croque-mitaine, fit l'enfant en désignant le chevalier qui s'était tassé à l'intérieur du coffre roulant. Il n'est pas encore trop tard, tu n'as qu'un mot à dire, mes frères lui feront passer l'habitude de manger les gens.

– Tes frères n'y pourront rien, dit Gilles en se mettant en marche. Personne ne peut le vaincre. C'est un homme de guerre. Il vous tuerait avant que vous ayez le temps de vous rendre compte de ce qui vous arrive. Je ne veux pas vous mettre en danger. Mais il ne reviendra pas. Je te le jure.

– Tu l'emmènes chez le diable ? interrogea la fillette.

– C'est un peu ça, éluda le garçon.

– Fais attention aux fées et aux lutins, supplia Dorine en courant à ses côtés. Vous allez droit chez eux. Toute cette partie de la forêt leur appartient. Tu ne t'en souviens pas ? Je t'en avais parlé le jour de notre rencontre. Les fées n'aiment pas que les mortels pénètrent sur leur territoire. Elles volent les souvenirs des humains, comme les moustiques vous pompent le sang goutte à goutte. Chaque fois qu'une fée embrasse un homme, elle lui dérobe un peu de son passé. Si tu perds la mémoire, je te promets de m'occuper de toi. Je te préparerai de la soupe et mes frères t'apprendront le travail du charbon de bois. (Se haussant sur la pointe des pieds, elle glissa dans la main de l'écuyer une petite fiole de terre cuite.) Une décoction de citronnelle, expliqua-t-elle. Passe-la sur ton visage, son odeur éloignera les fées. Et n'oublie pas : si tu perds la mémoire, j'irai te chercher par la main et je te ramènerai ici. Je te dois bien ça.

L'écuyer devina qu'elle essayait de retarder le plus possible le moment de la séparation. Il se sentait lui aussi bizarrement ému à l'idée de ne plus revoir Dorine.

– Après le territoire des fées, vous traverserez un grand champ de pierres levées, expliqua encore la gamine. On dit que des lutins s'y cachent, et qu'ils s'amusent à provoquer des éboulements pour ensevelir les voyageurs.

– Des lutins ?

– Oui, mais en réalité ce sont des enfants... Des enfants qui ont survécu à la destruction de leur village par les bandes de pillards. Ils se sont cachés dans la forêt et sont devenus sauvages. On ne peut plus leur parler. Depuis qu'ils ont vu leurs parents massacrés, leurs mères et leurs sœurs violées, ils n'acceptent plus de voir des adultes s'approcher d'eux, alors ils les tuent en déclenchant des avalanches. Fais très attention. Avec la carriole, ils vous entendront venir de loin.

Il fallait se séparer. Gilles la remercia et se pressa de rejoindre la voiture funéraire qui avait continué sans lui.

Le chemin serpentait au creux d'un vallon sauvage planté d'arbres plusieurs fois centenaires, à la végétation persistante. Ces géants étendaient leurs branches énormes au-dessus de la tête des voyageurs, leur cachant le ciel. On sentait que la sylve détestait la blessure ouverte par le sentier dans l'épaisseur de sa chair végétale. De toutes parts, elle lançait mousses, taillis, pour la recouvrir et fermer le passage aux intrus.

Les moutons butaient sur les racines qui jaillissaient du sol pour se nouer autour de leurs sabots. L'air était épais, humide, comme si l'hiver n'arrivait pas à s'implanter dans cette partie de la forêt. Un ruisseau invisible chantait quelque part sous le tapis de fougères. Gilles secoua la tête pour éloigner les moustiques qui bourdonnaient déjà autour de lui.

Les moustiques ? Dieu ! Non, c'étaient déjà les fées qui passaient à l'attaque, voletant autour des hommes dans l'espoir de leur voler des souvenirs amusants.

L'écuyer agita les bras, fit de grands moulinets. Il ne parvenait pas à distinguer nettement les fées. Elles étaient si petites, si rapides, qu'on ne pouvait guère entr'apercevoir autre chose que le reflet du soleil sur leurs ailes translucides. L'imagerie populaire les représentait sous la forme de minuscules femmes nues pourvues de grandes ailes de libellule, mais Gilles doutait qu'elles correspondent à cette description idéale. Sans doute étaient-elles beaucoup plus étranges... peut-être même effrayantes ?

Il se gifla car il venait de sentir sur sa joue l'effleurement humide d'une bouche minuscule. Un baiser, on venait de lui voler un baiser... *et un souvenir.* Quelque part dans son esprit, une image du passé s'était effacée. Il ne savait pas encore laquelle, il le découvrirait un jour en sollicitant sa mémoire.

Inquiet, il gesticula de plus belle. Foulques de Braz n'avait rien à craindre, lui, car il était vêtu de fer, et de toute manière les fées n'avaient probablement aucune envie de s'emparer des images épouvantables engrangées dans la mémoire du paladin ! Elles concentraient leurs attaques sur l'écuyer, effleurant son front, ses joues, sa gorge. Gilles savait qu'elles aimaient voler les souvenirs des humains pour se distraire, le soir. Ces bribes d'une vie si différente de la leur les amusaient, comme une fable un peu folle narrée par un troubadour.

Se rappelant la fiole de citronnelle, le jeune homme se frictionna le visage avec la décoction préparée par Dorine. Le liquide fit courir une onde de souffrance sur les griffures de ses pommettes. Mécontentes, les fées bourdonnèrent de plus belle. Elles tournaient, tel un essaim d'énormes guêpes furieuses.

Malgré son agacement, Gilles répugnait à les écraser. On disait que quiconque se laissait aller à tuer une fée perdait un an de vie. Peut-être n'était-ce qu'une légende répandue par les fées elles-mêmes, mais il ne voulait courir aucun risque.

Certaines âmes dolentes s'offraient volontairement aux baisers des fées : les amoureux transis, les amants malheureux qui souffraient du dédain d'une belle dame indifférente. Ils venaient jusqu'ici, se dénudaient pour mieux offrir leur chair aux bouches minuscules, et laissaient les créatures volantes leur piller la tête, espérant par ce subterfuge effacer de leur mémoire le souvenir de celle qui les faisait tant souffrir. Il n'était pas rare de retrouver ces pauvres bougres errant par les chemins, le regard perdu, la tête plus vide que celle d'un nouveau-né. Certains s'étaient laissé piller avec tant de bonne volonté qu'ils avaient oublié jusqu'à leur langue natale. Souvent, ces malheureux retournaient à la sauvagerie et se transformaient en hommes des bois. Incapables de retrouver le chemin de leur maison, ils se nourrissaient de baies, de racines ; se laissaient pousser barbe et cheveux. Les paysans finissaient par les prendre pour des garous et leur donnaient la chasse.

Gilles ne tenait pas à voir sa cervelle se vider en l'espace d'une journée de marche. Il continua à s'agiter, espérant qu'au sortir du vallon, les fées le laisseraient tranquille. Elles affectionnaient les atmosphères humides, stagnantes, se défiant des endroits venteux où elles devaient lutter contre les bourrasques.

Au bout d'un moment, l'écuyer se jugea stupide d'avoir cédé aussi facilement à la peur. Était-il si ramolli ? Les fées voleuses de souvenirs n'existaient que dans les contes chuchotés à la veillée ! Il avait eu affaire à des moustiques, ces sales bestioles volantes que les exhalaisons putrides des marécages protégeaient de l'hiver. Rien de plus.

Soudain, la végétation épineuse se clairsema, laissant la place à d'énormes pierres levées entassées de part et d'autre du sentier. Les menhirs paraissaient empilés de manière instable sur les versants des coteaux et Gilles éprouva un réel malaise à l'idée qu'ils allaient devoir s'engager au milieu de ce labyrinthe. Escaladant une souche, il examina l'entassement de monolithes. C'était comme si un architecte fou avait tenté d'ériger deux murailles sans se soucier de poser correctement les pierres les unes sur les autres. Ce pêle-mêle de roches mal enracinées sentait furieusement l'avalanche et certains agglomérats ne semblaient retenus au bord du vide que par l'obstacle infime d'un gros caillou. Il suffisait que cette butée saute pour que les menhirs se mettent à rouler le long de la pente dans un vacarme effroyable.

— Nous pénétrons dans le territoire des lutins, dit le chevalier. La petite garce disait vrai.

– Cela sent le guet-apens, observa Gilles. Si ces roches s'éboulent, nous serons aplatis.

– Il faut pourtant passer, s'entêta Foulques de Braz. C'est la seule route qui s'ouvre devant nous. La seule qui soit carrossable.

– Vous allez nous faire tuer, grogna l'écuyer. Les gnomes vont se faire un plaisir de nous expédier cette montagne sur la tête.

– Tais-toi ! ordonna le paladin. On dit que la voix humaine peut provoquer des avalanches. Il faut traverser en silence.

– Que se passe-t-il ? interrogea Tara avec inquiétude. Mais le baron la fit taire d'un geste.

Gilles tournait la tête de tous côtés. Le prodigieux entassement de pierres le terrifiait ; les moutons eux-mêmes renâclaient, grattant la terre du sabot.

Le garçon plissa les paupières. Il lui sembla voir courir des gnomes entre les monolithes. Ces petites ombres tenaient de gros cailloux ronds dans les mains, comme si elles se préparaient à jouer aux quilles.

« Bon sang ! songea Gilles. C'est avec cela qu'ils provoquent les avalanches ! Il leur suffit de viser la pierre d'achoppement qui retient l'éboulis au bord du vide, la boule chasse la quille, et tous les menhirs se mettent à rouler pour aller s'entasser au fond du passage. »

C'était un jeu bien sinistre, mais les lutins aimaient s'amuser aux dépens des humains. Gilles tira sur la bride de la brebis de tête. Le sentier était encombré de cailloux brisés, de blocs de granit émiettés. Sous ces débris, on distinguait les os blanchis des malheureux qui avaient commis l'imprudence d'emprunter cette voie. Les pierres, s'accumulant en tumulus inégaux, masquaient à demi les squelettes des chevaux, des cavaliers. Il y en avait une dizaine rien qu'à l'entrée du passage.

– Il vaudrait mieux revenir sur nos pas et chercher une autre route, suggéra Gilles. Nous serons bien avancés si l'avalanche nous enterre sous des quintaux de cailloux.

Mais Foulques de Braz s'était avancé. Saisissant le mouton de tête par la bride, il le força à s'engager dans l'éboulis. L'écho des petits sabots s'envola de pierre en pierre, donnant l'illusion qu'une armée traversait la gorge.

– Reste dans mon ombre, dit le chevalier. Les lutins me savent plus puissant qu'eux. Les sortilèges qui me gouvernent sont infiniment supérieurs à ceux qu'ils sont en mesure de jeter. Ils n'oseront pas me détruire. Coule-toi dans mon sillage pour qu'ils ne puissent nous dissocier.

Tout à sa folie, il s'avançait au-devant du danger, persuadé d'être invulnérable.

Les gnomes couraient entre les pierres, palabrant de leur voix flûtée. Gilles devina qu'ils s'interrogeaient sur la conduite à tenir. Fallait-il lancer la boule et faire s'écrouler les quilles de granit sur les intrus ? Il y avait là un grand pécheur qui portait le sceau d'une malédiction jetée par un agonisant. Celui-là était intouchable, *mais l'écuyer* ? L'écuyer, et la jeune femme dans la boîte à roulettes, personne ne les protégeait, *eux*. Ils étaient jeunes. Leurs corps feraient une jolie bouillie sous les blocs, et leur sang, si rouge, dessinerait de belles arabesques dans la poussière... Était-il possible de les atteindre sans navrer le paladin ?

Certains lutins, forts de leur adresse, affirmaient que oui. Il suffisait de lancer la boule adroitement pour percuter le bon menhir. En calculant les ricochets de manière savante, on pouvait prévoir où tomberaient les roches, et à quel moment. Les vieux gnomes, eux, s'opposaient à une telle tentative.

Pendant qu'il imaginait ces dialogues imbéciles, Gilles sentait la sueur ruisseler sur son visage. Il devinait que la tentation était forte pour les farfadets de mesurer leur adresse. C'étaient de féroces plaisantins excellant dans la farce cruelle ; laisser passer une telle occasion devait être pour eux un crève-cœur.

– Ne ralentis pas, souffla Foulques de Braz. Le temps qu'ils se décident, nous aurons franchi la passe.

– Puissiez-vous dire vrai, soupira Gilles en se signant.

À cet instant, il regarda par-dessus son épaule pour s'assurer qu'aucun glissement n'agitait les monolithes renversés. Il ne vit rien, que les galopades furtives des lutins courant de roche en roche. Soudain, deux petites têtes ébouriffées jaillirent d'un buisson d'épines, les cheveux en crinière, le visage plus noir qu'un charbon, et l'écuyer eut une révélation. « Des enfants, pensa-t-il. Pas des gnomes, non : des enfants retournés à la sauvagerie, et qui ne savent plus un mot de leur langue natale. Dorine avait raison. »

Ils sortirent du défilé sans qu'aucune avalanche ne les ait renversés. Devant eux s'étendait une lande pelée, noyée de brume, dont on distinguait mal les confins. L'humidité du brouillard fit frissonner l'écuyer.

– Nous y sommes ! triompha Foulques de Braz. À présent tout ira bien.

Tara émergea du véhicule, très pâle. Elle dévisagea tour à tour les deux hommes.

– C'étaient des enfants sauvages, n'est-ce pas ? demanda-t-elle. J'ai entendu parler d'eux. On dit qu'ils détestent les adultes. Jamais ils n'auraient dû nous laisser passer.

– Alors c'est qu'ils ont reconnu le tombeau roulant de Lilith de Niel, fit Gilles. Sans doute ne se sentaient-ils pas le droit de porter préjudice à la sépulture d'une aussi grande magicienne ?

– Oui, murmura la jeune femme, c'est sûrement cela.

Le temps se réchauffait, la neige fondait, elle gouttait du haut des arbres sur le toit de la voiture, provoquant un martèlement continu qui ressemblait au roulement d'un tambour battu en dépit du bon sens. Gilles restait sur le qui-vive car il avait la certitude que les enfants sauvages continuaient à les suivre, cachés dans les buissons. À force de tendre l'oreille, il croyait les entendre ricaner. Il songea que certains d'entre eux refusaient l'idée de laisser s'enfuir des adultes. Leur esprit troublé voyait sans doute dans chaque grande personne un prédateur en puissance. En ce qui concernait Foulques de Braz, ils ne se trompaient pas.

Les moutons n'avançaient plus. Il fallait multiplier les haltes pour leur permettre de souffler.

« Nous allons mettre une éternité à traverser la forêt, songea l'écuyer. Si seulement nous avions pu nous procurer trois bons chevaux ! »

Dans les buissons, les frôlements continuaient, provoquant l'envol des oiseaux. Il y avait quelqu'un, à n'en pas douter. Une horde sournoise qui ne se donnait même plus la peine de cacher sa présence. Qu'attendaient donc les enfants sauvages ? Avaient-ils dans l'idée d'égorger les voyageurs dès la nuit tombée ?

Quand la lumière baissa, Gilles décida de dresser le campement et passa un long moment à essayer de trouver du bois sec. Le dégel ne facilitait pas les choses. La neige en train de fondre donnait l'illusion qu'il pleuvait sous les arbres. Tous ses vêtements étaient trempés.

Il parvint à allumer un brasier qu'il alimenta avec le charbon de bois acheté à Dorine. Dès que les flammes crépitèrent avec entrain, il piqua la viande salée sur des baguettes, et la mit à griller. Il se sentait fatigué, inquiet. Il appréhendait la nuit à venir.

Tara émergea de la voiture pour s'approcher du feu. Elle grelottait. Gilles la força à se nourrir. Le chevalier resta à l'écart, comme de coutume. L'écuyer lui fit tout de même rôtir une côtelette qu'il disposa sur une souche, en évidence, de manière que le paladin puisse se restaurer dès qu'il n'y aurait plus personne pour l'observer.

– Ça ne marche pas, murmura la jeune femme en coulant un regard chargé d'angoisse en direction de Gilles. J'ai beau retourner ce fichu manuscrit en tous sens, je ne trouve pas la clef du code. Je sens que le baron s'impatiente, je voudrais le rassurer, mais je ne le puis. Les chiffres m'échappent.

– Comment t'y prends-tu ? interrogea le jeune homme.

– En me basant sur la fréquence des répétitions, expliqua Tara. Et en substituant aux chiffres qui reviennent sans cesse, les lettres les plus fréquemment employées en français ou en latin. C'est toujours ainsi qu'on procède. Cela permet de deviner des mots... et par là même de déterminer les chiffres qui dissimulent de nouvelles lettres. On avance ainsi, peu à peu, par malice et intuition. Mais le problème, c'est que le texte peut avoir subi un double cryptage.

– Comment cela ?

– Il a peut-être été écrit à l'envers avant d'être codé... Ce qui va considérablement me ralentir dans l'identification des mots. Pour le moment, je ne suis pas encore parvenue à donner le moindre sens à cette suite de chiffres.

– Ne le dis surtout pas au baron.

266

L'Égyptienne baissa la tête. Pour la première fois depuis le début de leur aventure, Gilles la sentit effrayée.

– Va dormir, dit-il. Tu as besoin de te remettre les idées en place. Je vais monter la garde. Il se peut que les enfants sauvages tentent quelque chose. Et puis il ne faudrait pas que les loups se mettent en tête de dévorer nos moutons.

La jeune femme regagna la voiture où elle pourrait reposer au sec. L'écuyer l'envia et se rapprocha du feu pour sécher ses vêtements. Malgré sa fatigue, il resta là, le cul sur une souche, le coutelas à portée de main. Si les gosses attaquaient, il faudrait bien accepter d'en découdre.

Tout autour, la neige continuait à fondre. Elle tombait des branches en gros paquets, le faisant sursauter. Il « pleuvait » toujours, et le jeune homme avait dû se résoudre à s'envelopper dans une toile huilée. Gagné par la somnolence, il observait les gouttes d'eau qui tombaient à ses pieds, formant peu à peu des flaques, des mares.

C'est ainsi que lui vint la solution du problème, par une simple association d'idées.

Les gouttes tombaient, une à une. Une fois sur le sol, elles se rassemblaient, s'additionnaient pour former quelque chose de plus important. Une flaque.

Les gouttes d'eau...

Il se redressa, songeant à la pelote de laine cachée au fond de la voiture funéraire. Le fil en était semé de pois, autrement dit « goutté »...

Par Dieu ! C'était évident !

Le cœur battant à tout rompre, il courut vers la carriole et passa la tête dans le panneau d'accès.

– Tara ! haleta-t-il. J'ai trouvé ! Tu t'obstines en vain. *Le manuscrit n'est pas crypté.* C'est un vrai guide de tricot, rien de plus. Le secret est ailleurs, dans la pelote...

– Quoi ? balbutia la jeune femme en se redressant.

– Mais oui, fit l'écuyer. Lilith de Niel a utilisé la laine pour transcrire son grimoire. Quoi de plus naturel pour une bergère ? Elle a tricoté une immense pièce, selon des indications précises qu'elle a consignées dans le manuscrit que tu essayais de traduire. Vu la taille de la pelote, il doit s'agir d'une espèce de couverture tricotée d'un seul tenant. Quand elle a eu terminé son ouvrage, elle a écrit sur la laine avec de l'encre de Chine. Elle a transcrit sur la couverture les formules que nous cherchons. Puis elle a défait les mailles en tirant sur le fil. Elle a détricoté son ouvrage pour lui redonner l'aspect d'une pelote...

– Mon Dieu ! suffoqua l'Égyptienne. Je crois que tu as raison.

– Les gouttes... poursuivit Gilles. Les petites macules noires qui tachent le fil : ce sont les bribes des lettres mises en morceaux par le démaillage.

– Oui, compléta la jeune femme. Et si l'on retricote cette laine selon les indications du manuscrit, les taches noires se juxtaposeront, reprenant leur place originale. Et les mots, les phrases se reconstitueront.

– Voilà pourquoi elle désirait emporter cette pelote dans son tombeau, conclut l'écuyer. C'est l'œuvre de sa vie.

– Par la malemort ! rugit Foulques de Braz. Si tu as vu juste, je te couvrirai d'or ! (Et se tournant vers Tara, il lança :) Mais toi, la garce, sais-tu au moins tricoter ?

– Oui, messire, murmura la jeune femme. Je m'y mettrai dès qu'il fera jour. Ce sera un travail de longue haleine, car je pense qu'il y a là assez de laine pour fabriquer une couverture de dix pieds de long. Quant à la largeur, chacune des aiguilles mesurant une coudée, il faut s'attendre à ce que le « manuscrit » en fasse deux. C'est presque une bannière destinée à être pendue contre une muraille.

Ils regardaient tous la monstrueuse pelote qui occupait tout le fond de la voiture. Un fil d'un seul tenant... Un fil constellé d'une myriade de petites taches noires inégalement réparties. Ces mouchetures cachaient des morceaux de lettres ; par la magie des aiguilles d'os, des phrases entières naîtraient de leurs accouplements.

– Ainsi elle pouvait défaire son livre si elle le souhaitait, dit Tara. Il lui suffisait de tirer sur un fil et les mailles sautaient les unes après les autres. Le grimoire satanique se déguisait en banale pelote de laine... Qui penserait à se méfier d'une pelote de méchante laine gouttée ?

– Demain, souffla le baron. Demain nous toucherons au but.

Ils eurent bien du mal à trouver le sommeil. Foulques de Braz ne put se retenir de faire les cent pas autour du bivouac, l'épée à la main, et cela pendant une bonne partie de la nuit. Sa présence hostile dissuada probablement les enfants sauvages de passer à l'attaque. Selon l'usage maintenant établi, Gilles s'appliqua à faire semblant de dormir pour laisser à son maître la possibilité de se restaurer. Quand il entendit grincer la visière du casque, il sut que le chevalier dévorait la viande disposée à son intention.

CHAPITRE VINGT-DEUX

ATTENTE

Dès les premières lueurs de l'aube, Foulques de Braz s'empressa de réveiller Tara. La jeune femme s'empara alors des longues aiguilles d'os plantées dans la pelote pour en caresser les ciselures.

– Ce sont des runes, expliqua-t-elle. L'écriture des Vikings.

Entre ses doigts, ces outils de tricoteuse prenaient l'aspect d'une arme redoutable. Lilith de Niel avait dû passer une vie entière à les manipuler, son pouvoir devait encore les imprégner. Tara chercha ensuite l'extrémité du fil, car il était important de commencer par là si l'on voulait éviter tout décalage dans les motifs à reconstituer.

Il fut décidé que l'Égyptienne tricoterait sans relâche pendant qu'on avancerait, de cette manière on serait plus vite sortis de la forêt. Tara s'installa donc dans la voiture, près du panneau ouvert pour jouir de la lumière du jour. Obéissant aux indications du manuscrit, elle commença à faire cliqueter ses aiguilles. Gilles serra les dents en entendant ce bruit. Il était presque certain que les longues tiges ivoirines avaient été taillées dans des ossements humains au cours d'un rite satanique dont il préférait ne rien savoir.

On chemina en silence, dévorés par la curiosité. Le soulagement ne vint que lorsque Tara s'écria enfin :

– C'est ça ! Tu avais raison ! Le premier mot vient d'apparaître.

Gilles et le baron se précipitèrent vers la voiture ; la jeune femme leur tendit son ouvrage. Il se réduisait à quelques rangs de mailles, mais on pouvait d'ores et déjà vérifier que les mouchetures de la laine s'organisaient pour former des lettres.

– Elle tricotait serré, commenta l'Égyptienne, il faut que j'attrape sa manière, sinon les mots se distendront et deviendront incompréhensibles.

– Qu'est-ce que ça dit ? haleta le chevalier.

– Il est écrit : *Moi, Lilith...* c'est tout pour l'instant. Mais il n'y a plus aucun doute, la formulation elle-même prouve que nous sommes en présence du grimoire maudit. Je suppose que les mots qui suivront diront à peu près : *Moi, Lilith de Niel, fille obéissante des ténèbres et agissant ad majorem Satanae gloriam...* Ensuite viendront les formules magiques.

– Nous avons réussi, balbutia le chevalier. Grâce soit rendue au Seigneur. (Il mit un genou en terre et appuya son heaume contre la garde de son épée.) Ma délivrance est proche, murmura-t-il en se relevant.

Alors, l'espace d'un moment, quelque chose d'étrange se passa : les haines, les différences, les rancœurs s'abolirent, et les voyageurs ne firent plus qu'un. Oui, pendant un bref instant, ils ne furent plus que trois jeunes gens unis par le même sentiment de triomphe, et il s'en fallut de peu qu'ils ne se donnent l'accolade, comme des amis de toujours. Puis l'enchantement se dissipa et ils redevinrent ce qu'ils étaient.

Gilles et Foulques de Braz s'éloignèrent de la carriole à regret. Ils seraient bien restés là, à regarder remuer les doigts de l'Égyptienne, à suivre le va-et-vient des mailles passant d'une aiguille à l'autre. La lente reconstitution des mots les hypnotisait ; ils durent se faire violence pour reprendre leur place de part et d'autre du convoi.

Ils avancèrent ainsi toute la matinée, tandis que Tara besognait. Des loups se mirent à hurler dans le lointain, attirés par l'odeur des moutons. On vit une horde se faufiler dans les buissons, grise, efflanquée. Elle hésitait à attaquer, comme si les brebis avaient conservé quelque chose de leur ancien pouvoir qui tenait les prédateurs à distance.

Trois mâles se décidèrent à charger. Foulques de Braz en décapita deux, Gilles égorgea le troisième après lui avoir donné à mordre son bras gauche enveloppé du manteau. La meute retourna se cacher sous le couvert. Pendant longtemps, on l'entendit suivre le convoi à l'abri des buissons.

Au milieu de l'après-midi, des brigands jaillirent de derrière les arbres pour leur barrer le chemin. Ils auraient hésité à s'en prendre à des cavaliers, mais ces hommes allant à pied leur semblaient vulnérables. Ils se trompaient. Une fois de plus, Foulques de Braz mania sa grande épée avec une rapidité et une force surprenantes, ouvrant les têtes, fendant les torses. On entendait les os se briser sous les coups de taille. Gilles ne resta pas les bras croisés, et, à l'aide de son bon coutelas d'égorgeur, creva quelques panses trop arrondies. Les bandits s'enfuirent, stupéfaits d'avoir rencontré une telle machine à tuer.

– Il y en aura d'autres, grommela le chevalier. Et nous leur ferons le même accueil.

C'était l'inconvénient de cheminer sans monture, on ne pouvait se mettre hors de portée du danger d'un simple coup d'éperon. Acculé au combat, il fallait se défendre pied à pied, et ne pas céder un pouce de terrain.

À la halte du soir, Tara avait tricoté une pièce de laine longue d'une coudée. Elle avait mal aux mains et sa vue se brouillait. Les mouchetures recomposaient lentement les mots jadis tracés à l'encre indélébile par la bergère. Pour l'heure, le texte n'en était encore qu'au préambule. Le baron se fit lire et relire une phrase, une seule, celle qui le rassurait sur le contenu du document reconstitué par Tara maille après maille. Elle disait :

Ci-après vais donner lecture de mes secrets et formules, de mes coutumes et usements maléfiques pour contraindre l'Univers à l'obéissance.

Il se délectait de cette annonce.

— Nous y sommes, murmura-t-il en plantant son épée en terre. Tara, dès que tu auras tricoté la formule qui me concerne, tu pourras défaire la malédiction qui pèse sur ma tête. Je cesserai alors d'éprouver le besoin de dévorer les enfants et pourrai reprendre ma place parmi les chrétiens. Je quitterai cette armure et entrerai au premier monastère venu pour expier mes fautes. Vous devrez continuer votre chemin sans moi. Gilles, tu m'as bien servi, je te donne mission de remettre le grimoire de laine entre les mains de l'inquisiteur qui a ordonné cette quête. Je te laisse en guise de rétribution mes armes et ma cuirasse. Tu en feras ce que tu voudras.

— Il en sera fait comme vous le souhaitez, messire, dit l'écuyer en s'inclinant.

Un peu plus tard, alors que les deux hommes se tenaient de part et d'autre du bivouac, Foulques de Braz murmura :

— Je te laisse t'occuper de la garce égyptienne. Dès qu'elle aura achevé son ouvrage, trucide-la, c'est la volonté de l'inquisiteur. Nous lui avons fait croire qu'elle gagnerait sa liberté dans cette affaire, mais ce n'était qu'une ruse pour nous l'attacher. L'Église n'a point pour habitude d'amnistier les suppôts du diable. Attends qu'elle ait bien terminé le tricot, et fais pour le mieux. Je t'ai vu à l'œuvre cet après-midi, tu possèdes un rude coup de couteau. Dans une autre vie, j'aurais aimé t'avoir pour écuyer, nous aurions fait de la bonne besogne.

Gilles s'inclina, mais il pensait : « Point de regrets ! Les choses sont bien comme elles sont, messire, car moi je n'aurais pas voulu servir un monstre dans ton genre ! »

Ils se préparèrent pour passer la nuit. Dans les fourrés, les loups allaient et venaient, tenus à distance par les flammes du brasier et les éclats de lumière sur l'acier des armes.

Gilles s'endormit en essayant de calculer combien de jours seraient nécessaires pour compléter le grimoire de laine. Il s'embrouilla dans les chiffres et sombra dans le sommeil.

CHAPITRE VINGT-TROIS

LES AIGUILLES DU SECRET

Pendant les deux jours qui suivirent, le programme ne varia guère. L'attelage trottinait, Tara tricotait, le baron et Gilles repoussaient les attaques des loups ou des brigands. Sortir de la forêt sans avoir été mis à mal par l'un ou l'autre des prédateurs qui l'habitaient n'était pas chose facile. Les bêlements des moutons attisaient l'appétit ou la curiosité des méchants en maraude. Sans la puissance de combat de Foulques de Braz, Gilles aurait été débordé. Le chevalier ne semblait revenir à la vie que lorsque se présentait une occasion de se battre. Alors, il sortait de sa léthargie pour se métamorphoser en une effrayante machine à tuer et frappait avec la force d'un bûcheron maniant la cognée. Ses coups d'estoc crevaient les poitrines, les ventres, ses coups de taille brisaient les os. Quand il était déchaîné, il avait beaucoup de mal à se calmer et, plein de cette *furor* dont parlent les anciens, aurait bien retourné son besoin de tuer contre ses compagnons de voyage ou les brebis tirant la carriole.

Quoi qu'il en soit, sans son aide, ni Gilles ni Tara ne seraient parvenus à franchir les obstacles que leur opposait la forêt.

La jeune femme tricotait sans relâche, s'appliquant à produire deux coudées de lainage depuis l'aube jusqu'au coucher du soleil. Mais le fil était rêche, et elle avait les doigts à vif. À force de manier les aiguilles, des crampes la prenaient. À présent, le doute n'était plus permis : on avait mis la main sur le grimoire magique de Lilith de Niel. Les formules se recomposaient au fur et à mesure que les taches d'encre reprenaient leur place initiale.

– Elles sont très longues et presque impossibles à retenir de mémoire, avait expliqué Tara. Surtout pour une vieille femme. Voilà pourquoi Lilith a tenu à les coucher par écrit. Elle craignait de les oublier. Chacune comprend près d'une centaine de mots en langue diabolique, des mots qu'il faut se garder d'inverser ou de déformer sous peine d'engendrer d'épouvantables catastrophes dont l'invocateur serait la première victime. Les démons n'obéissent qu'à contrecœur, c'est un principe qu'il convient de connaître. Ils mettent à profit la moindre erreur pour se retourner contre celui qui les a convoqués. Il n'est pas rare que des sorcières ou des magiciens soient mis en pièces parce qu'ils ont commis une faute de prononciation dans l'énoncé d'une formule.

Bien sûr, Foulques de Braz la pressait de questions. Quelles incantations avait-elle déjà mises au jour ? L'une d'elles permettait-elle de dissoudre les malédictions jetées sur la tête des malheureux ?

Tara lui répondait par la négative. Non, hélas, pour le moment elle n'avait tricoté que des formules d'envoûtement : comment rendre un ennemi aveugle, sourd, muet, comment donner aux nourritures qu'il avale un goût d'excrément. Comment troubler sa perception des choses et le forcer à croire que les chèvres sont des femmes. Comment obtenir que ses os se dissolvent comme de la craie dans le vinaigre s'il lui vient la mauvaise idée de marcher sous la pluie ou de traverser une rivière à la nage.

Gilles grimaçait en écoutant ce catalogue d'horreurs. Tara tricotait, tricotait, et tricotait encore...

Le fil rêche lui sciait les doigts. Elle se mit à saigner.

— Je sais pourquoi il est si sec, murmura-t-elle lors d'une halte. C'est encore une précaution de Lilith. Elle l'a traité de manière qu'il rétrécisse exagérément si on commettait l'erreur de le mouiller.

— Comment cela ? interrogea l'écuyer.

— Oh, c'est simple, soupira l'Égyptienne. Si tu jetais cette écharpe dans un baquet, elle feutrerait dans l'instant et deviendrait dure comme du carton. Tu la verrais rétrécir de plus des deux tiers, si bien que tous les mots portés à sa surface seraient illisibles. Les taches d'encre se mélangeraient, perdant toute structure, pour ne plus former que de gros amas noirs sans signification. Je suppose que Lilith s'est ménagé cette échappatoire pour le cas où elle n'aurait pas le temps de faire disparaître le grimoire en le détricotant. Encerclée par les hommes de l'Inquisition, elle n'aurait eu qu'à jeter le rouleau de laine dans un puits pour anéantir son contenu ; de cette manière, il aurait été impossible de l'accuser de sorcellerie.

— Alors il faut faire attention à la pluie ?

— Oui, le tricot devra toujours être tenu bien au sec car il recèle en lui-même son principe de destruction. C'est pour cette raison que la carriole funéraire a été bâtie comme une barque. On l'a calfatée pour empêcher que les ruissellements des averses n'entrent à l'intérieur et ne fassent rétrécir la pelote.

Un peu plus tard, Tara avoua à Gilles qu'elle tremblait à l'idée de voir se dessiner la formule de désenvoûtement sous ses doigts.

— Que se passera-t-il une fois que je l'aurai prononcée ? gémit-elle. Foulques sera-t-il délivré de sa folie ? Cessera-t-il de tuer les enfants ?

— Je ne sais pas, dit l'écuyer. On ne peut prévoir le comportement des gens dont l'esprit s'est perdu. S'il n'éprouve aucun changement, il est possible qu'il entre dans une colère terrible.

L'Égyptienne pâlit.

— S'il est déçu, il me tuera, haleta-t-elle. Et s'il se croit guéri, il ira s'enfermer dans un monastère. De toute manière, je le perdrai.

— Il fallait t'y attendre. Qu'espérais-tu ? Tu n'existes pas pour lui. Tu n'es rien, je t'avais prévenue. Cette folie d'amour à laquelle tu as cédé était sans issue.

La jeune femme se cacha le visage dans les mains. Ses doigts, irrités par le contact de la laine, étaient gonflés, d'apparence malsaine.

— Je vais le perdre, gémit-elle encore une fois. Dès que j'aurai tricoté la formule, tout sera dit.

Gilles ne trouva pas de mots pour la réconforter. Au vrai, il appréhendait lui aussi le moment où l'incantation surgirait des mailles. Serait-elle d'une quelconque efficacité ? À défaut de libérer le chevalier de la malédiction qui pesait sur lui, chasserait-elle la folie installée dans sa tête ? L'écuyer n'en savait rien. Il craignait que la déception ne pousse le baron aux dernières extrémités. Quel crédit devait-on accorder à ces manigances de sorciers ? Parfois, il doutait de leur pouvoir réel ; à d'autres moments, il en avait très peur. Il supposait qu'il en allait ainsi de beaucoup de gens, partagés entre les anciennes croyances et les règles édictées par l'Église. D'ailleurs, les prêtres eux-mêmes, qui déniaient officiellement à la sorcellerie toute efficacité réelle, n'étaient pas loin de se trouver empêtrés dans un dilemme analogue.

Pendant qu'il marchait à côté des moutons, il ne cessait de penser à la réaction du chevalier lorsque Tara prononcerait la formule magique. Tout dépendrait alors de ce qu'il s'imaginerait ressentir.

« S'il n'éprouve aucun changement, pensait Gilles, il se retournera contre nous, et jamais je ne parviendrai à dévier ses coups. Il est trop fort pour moi. Personne ne peut le vaincre. Il me tuera, puis il tuera l'Égyptienne, avant de reprendre sa vie d'ogre errant. Et il se remettra à massacrer des enfants, encore et toujours. »

Ils progressèrent en silence jusqu'à la tombée du jour. La provision de viande s'épuisait et, la température se faisant plus clémente, commençait à se gâter. Il était temps qu'on sorte enfin de la forêt, cette terre gaste – enchantée – où tout pouvait arriver.

Lorsqu'on dressa le bivouac, Tara sortit de la carriole pour aider Gilles à ramasser du bois.

– Ça y est, lui souffla-t-elle lorsqu'ils se trouvèrent assez loin du chevalier pour n'être point entendus. J'ai tricoté la formule... Celle qui fait tomber tous les envoûtements. Elle tient en dix-sept lignes. Son exécution n'exige aucun ingrédient impossible à trouver dans l'immédiat, comme c'est souvent le cas. Il suffirait du sang d'un mouton, d'une poignée de cendre et de quelques poudres que je transporte dans les poches de ma cape. Tout pourrait être réglé au prochain lever de la lune.

– Oui, observa Gilles. Mais d'une part, tu as peur... et d'autre part, tu n'en as pas envie. C'est ça ?

– Oui, avoua l'Égyptienne. Je peux gagner du temps, un peu. Hélas, Foulques finira par s'impatienter. Il est déjà sur des charbons ardents. Ne le vois-tu pas s'approcher dix fois par jour de la carriole pour me demander où j'en suis ? La pelote diminue. J'en arriverai bientôt au terme de la besogne.

– Attendons encore, suggéra l'écuyer. Une fois sortis de la forêt, il nous sera plus facile de lui fausser compagnie si les choses tournent mal. Ici, il y a les loups, les brigands.

– J'aurais l'impression de le trahir, gémit la jeune femme. Je dois essayer de le libérer. Il me faut prononcer l'incantation.

– Même si cela doit te coûter la vie ?

– Oui.

Gilles secoua la tête avec lassitude.

– Ne précipite pas les choses, chuchota-t-il. Laisse-nous la possibilité de nous ménager une retraite. Il te reste encore assez de laine pour tricoter pendant trois jours. Le terrain est difficile, les moutons avancent lentement. Le baron n'exigera rien tant que la pelote ne sera pas terminée.

Dès lors, Gilles conserva un œil sur la grosse boule de laine mouchetée dont la taille s'amenuisait. Elle avait déjà en grande partie perdu son aspect anormal des premiers temps. Le tricot, qui dégoulinait des aiguilles de Tara, prenait par contre un aspect fantasmagorique assez déplaisant. Sa mollesse tachetée le faisait ressembler à la mue d'un serpent gigantesque s'entortillant aux pieds de la jeune femme, menaçant de l'étouffer dans ses spires sans cesse plus nombreuses. Fallait-il y voir un mauvais présage ? Cette « peau de reptile » était-elle en relation étroite avec le serpent de la Genèse ? Lilith avait-elle prémédité cette ressemblance ?

« Un serpent de laine, songeait l'écuyer. Un serpent magique qui prendra vie dès que Tara aura tricoté le dernier pouce de fil, et qui nous étouffera dans ses anneaux. »

Un reptile gigantesque dont les écailles porteraient, tatouées, les formules du grand livre démoniaque rédigé par une bergère ayant vendu son âme au diable.

Gilles avait beau faire, la peur s'infiltrait en lui. Les alentours lui semblaient emplis de signes néfastes : vol de corbeaux, crapauds traversant le chemin, cris lugubres des engoulevents dans le lointain.

On approchait de none quand Tara lui fit signe d'approcher. Elle paraissait tout à la fois excitée et inquiète. Ses doigts saignaient, mais elle n'y prêtait pas attention. Du menton, elle désigna le manuscrit de laine grise qui serpentait entre ses jambes. Elle venait d'y ajouter une nouvelle coudée de mailles.

— Regarde, souffla-t-elle. C'est la première partie d'une recette pour fabriquer de l'or. Tout le processus est soigneusement détaillé... C'est un rituel fort long mais qui relève davantage de l'alchimie que de la sorcellerie.

— De l'or ? répéta Gilles.

— Oui, souffla l'Égyptienne. Oh ! Tu ne comprends pas ? *C'est cela qui intéresse l'inquisiteur !* C'est cette recette qu'il nous a envoyés chercher. Il se moque bien des autres formules. Il voulait que nous lui ramenions le secret qui permet de changer le plomb en or. Sa grande croisade contre Satan n'était qu'un prétexte.

Gilles avança la main pour caresser le lainage. Les taches noires formaient une croûte rugueuse à la surface du tricot, comme une plaie en voie de cicatrisation.

— Le secret de l'or... haleta-t-il. C'est écrit là ? Tu en es sûre ?

— Certaine.

— Alors il se peut bien que l'Église et l'Inquisition ne sachent rien de notre mission.

– C'est ce que je pensais justement. Depuis le début, nous agissons à notre insu pour le compte du prieur... pour son compte *personnel*.

– Il nous a manipulés.

– Exactement.

L'écuyer serra les mâchoires. Ainsi, ils avaient couru mille dangers pour satisfaire la cupidité d'un vieillard ! Un renard sénile que sa charge n'avait pas assez enrichi à son goût, et qui envisageait sûrement de finir sa vie dans le luxe le plus honteux, loin des macérations imposées par son ordre. Voilà donc pourquoi il avait dépêché tant de chevaliers au manoir de Niel ! Les grands principes de la lutte contre le Malin avaient servi d'alibi à sa fringale de richesse, il les avait utilisés pour recruter des mercenaires œuvrant dans la clandestinité pour son seul bénéfice.

« Que nous avons été sots ! » songea Gilles.

– N'en dis rien au baron, ajouta-t-il à l'intention de Tara. Il pourrait y voir malice et en concevoir de la rage. Nous n'avons pas besoin de cela.

– La pelote sera bientôt finie, murmura la jeune femme. Il le verra. Il faudra bien, alors, se résoudre à prononcer l'incantation.

– Je sais, grogna Gilles. Mais d'ici là, j'aurai peut-être une idée. Continue à gagner du temps. Tricote le plus lentement possible. Montre-lui tes doigts en sang.

– Il s'en moque.

L'écuyer jeta un regard haineux à la pelote qui avait encore maigri. Il lui semblait qu'il voyait là sa vie, symbolisée par cette pauvre boule de fil. Sa vie qui diminuait, mangée par le cliquetis des aiguilles d'os.

Tara devenait nerveuse. Le chevalier la harcelait. Dix fois par jour, il venait lui demander fort peu aimablement des nouvelles de son ouvrage.

Un soir que Gilles se préparait à allumer le feu de camp, la jeune femme lui avoua qu'elle n'en pouvait plus. L'indécision la torturait. Elle ne se décidait pas à avouer au baron que la formule magique dont il attendait sa libération était désormais sortie de la pelote.

– Si l'incantation n'a aucun effet, il me tuera, balbutia-t-elle. Ensuite, il se débarrassera de toi. Puis il jettera le grimoire dans les flammes... Je le sais. Je le sens.

– Tais-toi, lui ordonna l'écuyer. Demain, nous serons sortis de la forêt. Nous n'aurons plus besoin du baron pour nous protéger, il sera alors possible de prendre la fuite. Sans monture, Braz ne pourra se lancer à nos trousses. Nous le laisserons se débrouiller avec son fichu grimoire. Ne proteste pas, c'est la seule chose à faire.

Ils s'installèrent pour la nuit.

Le lendemain, Foulques de Braz – l'ogre de Brocéliande, le boucher de Bretagne – était mort.

Chapitre vingt-quatre

LA FORÊT DU DOUTE

Gilles réalisa que quelque chose d'anormal se passait quand, se réveillant, il découvrit le baron étendu dans l'herbe, face contre terre, les bras en croix. Jamais il ne l'avait vu dormir ainsi, dans une posture aussi abandonnée. Le chevalier avait-il été victime d'un malaise dû à la faiblesse ? Il se nourrissait fort peu, il est vrai, et...

Mais dès qu'il s'agenouilla près de son maître, l'écuyer vit la traînée de sang coagulé qui avait coulé de dessous le casque, à la hauteur de la nuque. Quelqu'un s'était approché de Foulques par-derrière et l'avait frappé au moyen d'un instrument dont la pointe fine avait réussi à s'introduire entre les mailles de la cotte. Un poignard très acéré, un stylet... ou une aiguille.

L'arme avait foré son chemin jusqu'au cerveau, sous l'acier du heaume, foudroyant le paladin dans l'instant.

Stupéfait, Gilles retourna le baron sur le dos, lui ôta son casque, puis son camail. Sur la nuque, les cheveux blonds étaient agglomérés par le sang séché. Foulques de Braz avait bel et bien trépassé, fauché par une mort sournoise fort peu digne d'un chien de guerre. Il avait gardé les yeux grands ouverts, glacés d'hébétude, comme s'il s'était vu mourir.

Qui l'avait tué ? Qui s'était approché de lui à pas de loup pour lui planter un stylet dans la nuque ?

Un stylet ou une aiguille.

Une aiguille à tricoter...

Gilles serra les dents.

Était-ce Tara qui... ?

Il se redressa et marcha vers la carriole pour réveiller l'Égyptienne. Elle dormait, roulée dans l'une des peaux de mouton. Les aiguilles d'os se trouvaient fichées dans la pelote de laine. Elles semblaient propres, mais cela ne signifiait rien. On avait pu les nettoyer avec une poignée d'herbe. Il la secoua rudement.

— Lève-toi, lui dit-il, Braz est mort. Est-ce toi qui l'as tué ?

— Quoi ? hoqueta la jeune femme.

— Si c'est toi qui l'as fait, grogna Gilles, épargne-moi la pantomime de la stupeur. Je me fiche bien du baron, c'était un monstre. Mais il était inutile d'en arriver là, nous aurions pu lui fausser compagnie aujourd'hui même.

Tara le repoussa, livide, et sauta sur le sol. La seconde d'après, elle s'agenouilla près du chevalier, approcha son oreille de la bouche du mort pour s'assurer qu'il était bien privé de souffle. Quand elle fut certaine qu'il avait rendu l'âme, elle prit la tête de l'ogre entre ses mains pour l'attirer contre son ventre, et en caresser les cheveux blonds. Alors seulement, elle se mit à pleurer, sans proférer une plainte.

— Tu l'as tué parce que tu avais peur de sa réaction, c'est ça ? demanda Gilles. Tu craignais ce qui se passerait une fois la formule prononcée ?

Tara leva les yeux vers lui, comme si elle avait du mal à le reconnaître.

– Je ne l'ai pas touché, souffla-t-elle. Jamais je n'aurais eu le courage de porter la main sur lui, je l'aimais trop. J'étais résolue à me laisser tuer... *C'est toi.* C'est toi qui l'as assassiné, j'en suis sûre. Tu l'as toujours détesté.

Gilles eut un geste d'impatience.

– Tu déraisonnes, grogna-t-il. Je ne l'aimais guère, c'est vrai, mais je n'avais pas besoin de le tuer puisqu'il aurait été facile de lui fausser compagnie, et cela dès aujourd'hui. Crois-tu qu'il aurait pu nous poursuivre, empêtré comme il l'était dans sa ferraille ?

Le visage de la jeune femme se contracta. Elle était blême. La haine lui faisait un masque effrayant.

– Tu l'as tué pour t'emparer du grimoire, chuintat-elle. J'ai bien vu l'étincelle qui brillait dans tes yeux quand je t'ai parlé de la recette qui change le plomb en or... C'est cela que tu voulais ! Il ne se méfiait pas de toi, tu as pu t'approcher de lui et le frapper... Oui, c'est cela. Et je suppose que tu as utilisé l'une de mes aiguilles à tricoter, pour me faire accuser !

– Assez ! aboya Gilles. Tu perds la tête ! Je n'ai rien fait. Si ce n'est pas toi, alors c'est quelqu'un d'autre... quelqu'un qui nous suit à la trace.

Il était troublé, indécis. Tara continuait à le fixer, les yeux pleins d'une haine mêlée d'horreur. Lui jouait-elle la comédie ?

Il eut soudain l'intuition qu'elle l'avait roulé dans la farine depuis le début. Par les dieux ! C'était évident ! Son merveilleux roman d'amour clandestin avec Foulques de Braz n'avait été qu'une farce, un alibi dont elle se servait aujourd'hui. « Elle posait des jalons, songea-t-il. En vue de ce qui se passe en ce moment même ! »

Je l'aimais à la folie, donc je n'ai pas pu le tuer, donc c'est toi qui... Où espérait-elle aller ainsi ?

– Tu vas me tuer, moi aussi ? interrogea Tara, la tête du chevalier toujours pressée contre son ventre. Tu vas me tuer pour t'emparer du grimoire ?

– Arrête ! lança Gilles. Je n'ai pas tué Braz, et je n'ai nullement l'intention de te faire du mal. Je me moque de la formule de l'or, je n'y entends rien, je ne serais même pas capable de la déchiffrer.

L'Égyptienne haussa les épaules.

– Tu pourras toujours dénicher un clerc ou un escholier en mesure de le faire. Ce n'est qu'un détail.

Gilles fit un pas dans sa direction pour tenter de la raisonner, mais elle se rejeta en arrière comme si elle craignait pour sa vie.

– Ne m'approche pas, hoqueta-t-elle. Tu l'as tué, j'en suis sûre. Tu en rêvais depuis longtemps.

– Pauvre idiote ! siffla l'écuyer qui perdait patience. Tu n'as aucune idée de ce qu'il était en réalité. Il avait prévu de te supprimer dès la dernière maille tricotée. Il m'a même demandé de me charger de la besogne...

– Tu mens ! hurla Tara. Tu mens par jalousie. Il ne m'aurait pas fait de mal... Je l'avais envoûté par mes charmes. Je l'aurais forcé à m'aimer. J'étais sur le point de réussir. Ces derniers jours, j'ai bien senti qu'il me regardait différemment.

– Il avait surtout hâte que tu finisses ton ouvrage ! Pour lui tu n'étais qu'une souillon, une ribaude !

Cette fois, Tara bondit, les ongles en avant. Gilles n'eut que le temps de la saisir par les poignets avant d'être éborgné. La jeune femme retomba sur le sol et se mit à sangloter.

– Tu l'as tué lâchement, gémit-elle. Tu savais qu'il ne te laisserait pas partir avec le grimoire. Il t'aurait poursuivi, rattrapé et mis à mort.

– La fable est bonne et belle, ricana Gilles. Mais pourquoi ne l'appliquerait-on pas à ton propre cas ? J'en ai tout autant à ton service. Écoute un peu ! Tu as fait semblant d'aimer le baron pour m'ôter l'idée de te soupçonner. Tu as toujours pris sa défense dans le même but : brouiller les pistes. Ta belle passion n'était qu'un masque. En réalité, tu avais décidé de nous tuer, lui et moi, dès que tu aurais mis la main sur le grimoire. Je me demande même si tu es réellement sorcière... Ne serais-tu pas plutôt une nonne dévouée au prieur qui a commandité cette quête ? Une nonne pervertie, en rupture d'ordre. Une créature manipulée par un inquisiteur lui-même tenu en suspicion par ses pairs. Un inquisiteur désireux de prendre la fuite avant de se retrouver perché en haut d'un bûcher... Cela me semble tenir debout. Vous vous êtes associés pour vous donner la chance de recommencer une nouvelle vie, ailleurs, sous une autre identité.

Gilles sentait la sueur lui couvrir le visage. Il s'étonnait soudain d'avoir été si crédule. Brusquement, la vérité lui sautait aux yeux, si simple qu'il se maudissait de n'avoir su la discerner plus tôt.

— Par Dieu ! gronda-t-il. Vous avez toujours marché la main dans la main, lui et toi, n'est-ce pas ? Tu es la complice du prieur... Tu savais très bien ce que tu allais chercher au château de Niel, mais tu n'agissais pas sur ordre de l'Église. Tu travaillais pour ton compte, et pour celui de ton maître. Ah ! le vieux bougre ! Il nous a bien dupés avec ses manières de soldat du Christ. Hélas, c'était une mission dangereuse, et il te fallait des protecteurs. On ne pouvait faire mieux, dans le genre, que Foulques de Braz, un chevalier fou, une machine de guerre ignorant la peur et n'obéissant à aucun suzerain... L'ennui, c'est que ton maître, l'inquisiteur, n'avait aucune envie de partager le trésor avec toi. Je l'ai entendu ordonner au baron de te supprimer sitôt ton rôle achevé. Tu t'en doutais, n'est-ce pas ? Alors tu as pris les devants. Tu as tué Foulques de Braz avant qu'il ne passe à l'acte. Pourquoi ne m'as-tu pas assassiné, moi aussi, pendant que tu y étais ? Qu'est-ce qui t'a retenue ? Tu penses sans doute que je puis encore te rendre de menus services tant que nous n'avons pas atteint les portes d'une cité. Comme toutes les nonnes, tu as peur du monde extérieur, tu t'y sens perdue, sans repères. Tu as besoin de moi pour te guider.

— Tu es fou, bredouilla Tara. Ce que tu dis n'a aucun sens. Seul un esprit malade pourrait inventer pareil complot.

Il y avait un tel accent de sincérité dans sa voix que Gilles en demeura interdit. L'accusait-il à tort... ou bien s'appliquait-elle à jeter le doute dans son esprit ? Il ne savait plus.

Il recula, mal à l'aise, ne sachant quelle attitude adopter. Était-il en danger ? Tara allait-elle essayer de le tuer à la première occasion ?

La jeune femme ne disait plus rien, recroquevillée au pied d'une souche, elle tremblait, les genoux ramenés sous le menton, les yeux fixés sur le profil du chevalier dont le visage nu était d'une pâleur extrême dans la lumière hivernale.

— Je l'aimais... répéta-t-elle d'une voix à peine audible. Je n'ai jamais été la complice du prieur.

Feignait-elle ? Gilles aurait voulu répondre « non », mais la prudence lui soufflait de n'en rien faire. Il reporta son attention sur la dépouille du chevalier. Quelle mort étrange pour un si terrible guerrier ! Avoir survécu à tant de combats pour mourir d'un coup d'aiguille à tricoter dans la nuque... Il y avait là quelque chose de dérisoire et d'insultant, comme si la camarde avait voulu infliger un ultime camouflet à ce moissonneur de vies qui l'avait pourtant servie avec grand zèle.

Gilles ramassa le heaume et le glissa sur la tête du baron, puis il lui mit son épée entre les mains. Foulques de Braz devrait se contenter de cette cérémonie de sépulture car l'écuyer ne disposait d'aucun outil pour creuser une fosse. De plus, il n'avait pas l'autorité nécessaire pour décider si le chevalier avait le droit d'être inhumé en dépit des crimes atroces dont sa conscience était chargée. Sa mort brutale, sans confession ni absolution, compliquait tout.

Il choisit de le recouvrir de neige, en se disant que l'armure ferait un cercueil assez solide pour protéger le cadavre de la voracité des loups. Il serait toujours temps de revenir le chercher si sa famille le désirait ; ce dont Gilles doutait tout particulièrement.

— Viens, lança-t-il à l'adresse de Tara. Il faut continuer. Je te le répète : je me moque du grimoire. Si tu as dans l'idée de le voler, je ne ferai rien pour t'en empêcher. Maintenant que Foulques de Braz est mort, je n'ai plus d'obligations envers lui. Je vais conduire ce chariot jusqu'aux faubourgs de la ville, ensuite je reprendrai ma liberté.

Tara le fixait sans réagir. Il dut la saisir par le poignet pour la forcer à se redresser. Elle se convulsa à son contact.

— Ne me touche pas ! cracha-t-elle. Tu me dégoûtes.

Et elle courut se réfugier dans la voiture.

Ce pouvait être là la conduite d'une innocente... mais aussi celle d'une rouée. Gilles décida qu'il devrait rester sur ses gardes. L'Égyptienne avait peut-être reçu de l'inquisiteur ordre de ne laisser derrière elle aucun témoin vivant. Dans ce cas, il était presque certain qu'elle tenterait de le tuer au cours des heures à venir.

« Je devrais peut-être ficher le camp sans attendre, songea-t-il. Car dès maintenant, cette garce va travailler à m'attendrir. »

En songeant à l'aiguille qui avait traversé la nuque du baron, il crispa les muscles du dos. Tara allait-elle l'épingler pareillement ? Aurait-il seulement le temps de l'entendre s'approcher ?

Pendant qu'il cheminait à côté des moutons crottés, il pesait le pour et le contre sans parvenir à arrêter sa décision. Il aurait pu prendre la fuite, mais si Tara était réellement innocente, il lui répugnait de l'abandonner ainsi, loin de tout lieu habité. Les brigands auraient tôt fait de remarquer cette femme seule et de lui faire un mauvais parti.

La méfiance le harcelait.

Au milieu de la journée, alors qu'il faisait halte pour permettre aux moutons de se reposer, il entendit cliqueter les aiguilles. L'Égyptienne achevait son ouvrage. Dans quelques heures le grimoire de laine aurait rendu tous ses secrets. La sinistre pelote aurait cessé d'exister. Gilles demeurait sur ses gardes, mais il était fatigué, et il lui faudrait bien dormir dès la nuit tombée car, si Tara se laissait transporter par le cercueil à roulettes, il allait, lui, sur ses deux pieds, calquant sa marche sur le trottinement des moutons. Ce qui impliquait une grande lassitude à la fin de la journée.

Les heures coulèrent ainsi, ponctuées d'arrêts pendant lesquels l'écuyer entendait la jeune femme sangloter. Agissait-elle ainsi pour endormir sa méfiance ?

« Elle essaye de gagner du temps, se répétait-il. Elle sait bien que dans un combat au corps à corps, elle n'aurait aucune chance contre moi. Alors elle attend la nuit, pour pouvoir me poignarder pendant mon sommeil. Comme elle l'a fait avec le baron. »

À d'autres moments, il se disait qu'il était stupide, que ses raisonnements ne tenaient pas debout. Car, enfin, si Tara avait l'intention de l'assassiner, pourquoi ne l'avait-elle pas fait la veille, juste après avoir transpercé la nuque du chevalier ? Rien, matériellement, ne l'empêchait cette nuit-là de réaliser un beau doublé.

« Elle ne voulait peut-être pas finir le voyage toute seule, pensa-t-il. Si elle n'a pas le sens de l'orientation, il lui fallait un guide. C'est sans doute l'unique raison pour laquelle je suis encore en vie. Je jouirai d'un sursis tant que je ne l'aurai pas menée en terre civilisée. »

Il se détestait de penser ainsi, car son amour pour la belle Égyptienne n'était pas mort.

« Dis-toi bien que la garce le sait ! lui souffla la voix de la méfiance. Et qu'elle en profite pour te manipuler. »

Ce fut une pénible journée. Quand le soleil baissa à l'horizon, le convoi atteignit la lisière de la forêt. Les troncs s'espacèrent, la lande reprit ses droits. Tout au bout, de l'autre côté de la plaine, se dressait une cité marchande dont on devinait les remparts. Comme tous les soirs, Gilles organisa le bivouac. Il était très nerveux, aux aguets, et coulait des regards inquiets en direction de la voiture. Tara ne s'était pas montrée de tout le jour. Elle avait pleuré (ou fait semblant), puis sans doute dormi en prévision de la nuit. Elle était maintenant reposée, alerte, alors que Gilles se trouvait au bord de l'épuisement. Instinctivement, il vérifia la présence de son coutelas à sa ceinture. Il lui répugnait de devoir se battre avec une femme, mais il était décidé à vendre chèrement sa vie.

Tout à coup, Tara sauta à bas du fourgon et s'avança vers le feu de camp. Elle avait les yeux gonflés, rougis par les larmes.

— J'ai fini le tricot, dit-elle d'une voix farouche. Tu peux l'emporter, si tu veux. Ce n'est pas la peine de me tuer pour parvenir à tes fins.

– Je me moque du grimoire, lui rétorqua le jeune homme. Je ne sais pas lire, et je ne veux pas me mêler de sorcellerie. Fais-en ce que bon te semble. Livre-le à l'inquisiteur, par exemple.

Tara se cabra, le visage enflammé de colère.

– Je n'ai pas partie liée avec cet homme, siffla-t-elle. Je peux le prouver. Si tu veux, je jetterai au feu le livre de laine. Si je le détruis, croiras-tu enfin à mon innocence ?

– Peut-être, fit Gilles. Mais comment savoir ? N'as-tu pas eu le temps d'en apprendre les formules par cœur ?

– Elles sont trop compliquées, trop longues.

– C'est toi qui le dis !

Ils se dévisagèrent, chacun planté de part et d'autre du brasier, comme s'ils voulaient éviter de s'approcher.

– Tu ne me crois pas ! cria soudain la jeune femme. Tu penses que je mens. Donne-moi une torche ! Je vais mettre le feu à la voiture. Tout brûlera, le cercueil et le grimoire, il ne restera rien de toute cette aventure.

Elle tempêtait, s'agitait, mais ne faisait pas mine de se baisser pour ramasser un brandon.

– Allons, ricana le garçon, je sens bien que tu hésites. Il y a beaucoup *trop* à perdre, n'est-ce pas ? Avec une telle recette, tu pourrais refaire ta vie. Je vois cela d'ici. Tu fabriquerais de l'or en petite quantité, suffisamment pour ne pas devenir suspecte. Tu passerais gentiment de la pauvreté à une petite aisance, mine de rien. Tu t'enrichirais doucement, en prenant la précaution de changer de ville chaque fois que tu voudrais grimper d'un échelon dans la société. Pour une fille comme toi, formée aux travaux alchimiques, une recette de ce genre, c'est du pain bénit, n'est-ce pas ? Il suffit d'un peu de plomb, de quelques acides aux noms imprononçables... et d'une bonne marche à suivre. C'est vrai que tu n'as pas besoin du prieur, tu pourrais jouer la partie toute seule. Fais-le si ça te chante, je ne suis pas sergent de ville. La besogne de police ne m'intéresse pas. Prends le grimoire, fais-t'en une écharpe et disparais dans la nuit, je ne tenterai rien pour t'en empêcher. Demain, j'aurai oublié ton nom et ton visage. On ne peut pas se montrer plus accommodant.

Tara s'agenouilla de l'autre côté des flammes. Les lueurs du feu lui donnaient l'allure d'une sauvageonne, d'une renarde. « Si elle ouvre la bouche, songea Gilles avec un frisson, je verrai qu'elle a les dents pointues. » Elle était belle à faire peur, mais d'une beauté maléfique, vouée au malheur.

— Tu ne me crois pas, répéta-t-elle. Tu penses que j'ai tué Foulques.

— Je m'en moque, soupira l'écuyer. Je ne suis pas là pour te juger. Laisse-moi dormir en paix, c'est tout. Et si tu veux voler le grimoire, fais-le sans te soucier de ma présence. Demain, nous nous séparerons de toute manière car je dois me chercher un autre maître. Chacun sa vie, chacun sa route.

Il fut tenté d'ajouter « Chacun ses crimes », mais se retint à la dernière seconde. Puis il bâilla et déroula sa couverture. Malgré l'angoisse qui lui vrillait le ventre, il lui fallait dormir.

— Demain, je jetterai le grimoire au feu, assura Tara, et tu verras que je ne t'ai jamais menti.

« Comme tu veux, ma belle, pensa Gilles en fermant les yeux. Mais demain, quand je me réveillerai, je suis certain que tu auras pris la poudre d'escampette avec les secrets de Lilith de Niel enroulés autour du cou, en guise d'écharpe ! »

Sur ce, il s'endormit.

Chapitre vingt-cinq

L'AUBE DE LA VÉRITÉ

Ce fut la neige qui le réveilla. Les flocons s'étaient remis à tomber et lui mouillaient la figure de leur baiser glacé. Il se redressa en grimaçant. Le feu s'était éteint, les moutons grelottaient serrés les uns contre les autres. Il chercha Tara du regard. Dormait-elle dans la voiture ou bien avait-elle pris la fuite en emportant le livre de laine ?

Il clopina vers la carriole, les os pleins des douleurs du réveil. Il était encore à six pas du véhicule quand il vit le vent jouer dans les cheveux de la jeune femme. Elle était encore là, elle dormait.

« Je l'ai accusée à tort, se dit-il avec un intense soulagement. Quel sot j'ai été ! Me pardonnera-t-elle ? »

Tout embarrassé, il se pencha vers l'ouverture donnant accès à la roulotte. Tara était bien là, étendue sur le dos, les yeux grands ouverts. Un trou minuscule perçait son sein gauche et du sang avait coulé dans sa gorgerette. On l'avait assassinée, comme Foulques de Braz, d'un coup d'aiguille.

Un coup d'aiguille en plein cœur.

Le grimoire était toujours là, en vrac, au fond de la voiture, l'assassin mystérieux n'avait nullement cherché à s'en emparer.

Gilles tituba, saisi par la peur.

Son premier réflexe fut de tirer son coutelas et de scruter les alentours.

« C'est l'inquisiteur ! songea-t-il en proie à une confusion avivée par l'angoisse. Il est venu à notre rencontre, il a décidé de nous éliminer l'un après l'autre. D'abord le chevalier, puis Tara... aujourd'hui il ne reste que moi, le dernier témoin du pacte qu'il a passé avec Foulques de Braz. S'il parvient à me tuer, personne ne pourra plus porter la moindre accusation contre lui. La formule lui appartiendra. »

Il s'affolait, le couteau brandi, examinant les buissons. L'inquisiteur... un vieil homme incapable de soutenir un véritable affrontement et qui supprimait ses adversaires pendant leur sommeil au moyen d'un stylet à la lame fine comme une aiguille. Une arme sournoise qu'on pouvait aisément cacher dans le revers d'une manche.

– Montrez-vous ! hurla-t-il. Je sais que vous êtes là !

Mais personne ne lui répondit. La neige s'épaississait, le tourbillon des flocons lui brouillait la vue.

Il crut voir des ombres se faufiler entre les arbres. Était-ce le prieur ? Venait-il chercher le grimoire de laine grise ?

Comme rien ne se passait, il se calma. Personne ne se décidait à sortir des taillis, pourtant il percevait une présence invisible, tout près. Dans le passé, il avait survécu à plus d'une embuscade grâce à ce sixième sens. Il n'était pas seul. Il y avait quelqu'un, il en avait la certitude. Quelqu'un qui se tenait caché. Il se demanda ce qu'il convenait de faire à présent. Devait-il dételer les moutons, abandonner la carriole, et s'enfuir dans la tourmente ? Devait-il emporter le grimoire ?

Il eut une pensée pour Tara. Elle était morte. Le cercueil roulant de la sorcière de Niel était devenu son propre tombeau. Voyager au sein de cette caisse funèbre avait fini par lui porter malheur. Ils avaient défié la camarde, elle s'était vengée.

Il s'approcha de la voiture pour contempler une dernière fois la jeune femme avant de fermer le panneau. Un silence impressionnant pesait sur la forêt. Même les corbeaux avaient cessé de croasser. De la main gauche, il caressa le visage de l'Égyptienne. Sa peau était glacée, exsangue. La mort avait volé jusqu'à la carnation dorée de son teint d'Orientale. La bavure de sang, sur son sein, avait noirci en séchant, accentuant la teinte cireuse de sa peau. Il lui ferma les yeux pour ne plus voir son expression horrifiée. Elle s'était vue mourir, cela ne faisait aucun doute. Quelle image avait-elle emportée au moment ultime, lorsque la pointe lui avait percé le cœur ? Quel visage, surgi de la nuit, s'était-il encadré dans la découpe du panneau d'accès ?

Celui du prieur ?

Gilles poussa un soupir et ferma le volet coulissant. Au même moment, quelqu'un toussa.

L'écuyer fit volte-face, le couteau levé. Il n'y avait personne. Pourtant, il avait entendu tousser tout près de lui. Une créature invisible aux humains se tenait-elle dans son dos, prête à le frapper ?

Il connut une seconde de terreur intense, puis se raisonna. Soudain, quelque chose se déchira dans son esprit. La solution lui sauta au visage tel un chat furieux s'échappant d'un panier.

C'était bête... tellement bête !

Il recula de quelques pas, l'oreille tendue. La neige avait cessé de tomber.

— Sortez, dit-il d'une voix forte, ou bien je mets le feu à la carriole.

Il attendit, le couteau à la main. Si rien ne se passait, il se ferait l'effet d'un fichu idiot. Mais quelque chose bougea. *Sous la voiture.* Un panneau coulissa presque sans bruit et deux pieds apparurent. Quelqu'un sortait du double fond dissimulé dans le cercueil roulant. Un passager clandestin qu'ils avaient transporté à leur insu depuis leur départ du château. Un inconnu qui s'était tenu là, tout près, écoutant leurs conversations sans qu'ils se doutent jamais de sa présence. Quand la créature émergea de dessous la carriole, Gilles vit que c'était une femme. Une vieillarde fluette, aux cheveux gris, enveloppée dans un manteau en peau de mouton.

— Qui es-tu ? lui demanda-t-il, surpris par l'apparence de l'inconnue.

— Je suis Lilith de Niel, lui répondit la vieille femme d'une voix ferme.

L'écuyer sentit la stupeur le foudroyer.

— Je... Je t'ai vue morte dans la tour ! bégaya-t-il. Les corbeaux ont nettoyé ton cadavre.

Il était déjà près de croire à une résurrection, mais la vieillarde haussa les épaules.

— C'était un leurre, marmonna-t-elle en se dirigeant vers le feu de camp. Une pauvre fille un peu idiote, une servante fidèle. La seule à ne pas m'avoir abandonnée lorsque les autres serviteurs ont quitté le château après la mort de mon époux. Quand elle a trépassé, des suites d'une mauvaise fièvre, j'ai eu l'idée de lui faire endosser ma personnalité pour me protéger de la méchanceté des paysans. Ils s'excitaient trop contre moi, ma présence leur semblait contre nature. Il y avait de plus en plus de jeunes coqs pour me harceler. Morte, je les effrayais davantage.

Elle s'adressait à l'écuyer en lui tournant le dos, ses mains sèches tendues vers le reste de chaleur montant des braises.

Elle toussa de nouveau. Gilles la rejoignit, et, mécaniquement, entreprit de raviver le foyer. Lilith de Niel le regardait d'un œil vif, acéré. Les années ne semblaient pas avoir entamé son énergie.

– J'ai pris froid, dit-elle en manière d'excuse. Quand le chariot roulait, le grincement des essieux dissimulait mes quintes de toux, mais ce matin la nature était trop silencieuse. Je n'ai pas pu me retenir. De toute façon, ça n'a aucune importance, il fallait bien que je sorte.

– Alors, grogna l'écuyer en se redressant, tu étais là, au manoir, tout le temps. Tu nous observais ?

– Bien sûr, ricana la vieille. Le château comporte des appartements secrets. Des chambres conçues pour abriter la famille du maître des lieux en cas d'invasion. J'ai suivi les progrès de votre quête avec beaucoup d'attention. De la satisfaction, aussi, car vous étiez les premiers à ne pas succomber aux pièges dont j'avais truffé les lieux. Tous ceux qui vous ont précédés ont été tués par le poison, les moutons ou les chandeliers à poudre noire. Ils n'étaient guère malins. Mes agneaux leur ont mené la vie dure ; ils en ont fait basculer plus d'un du haut des remparts.

Gilles hocha la tête.

– Je comprends maintenant pourquoi les brebis étaient toujours aussi féroces si longtemps après ta « mort », dit-il. Tu les nourrissais en secret avec des herbes, des drogues qui les maintenaient dans un état d'exaltation extraordinaire.

– C'est exact. Dès que vous aviez le dos tourné, je sortais de ma cachette. La nuit, je venais vous observer. Même le baron ne s'est jamais douté de ma présence. J'ai failli me faire surprendre une fois, une seule, par cette gamine, la petite Dorine, qui furetait à travers le manoir. Elle devenait dangereuse. J'ai pensé un instant la supprimer, mais par chance, elle est tombée dans le piège des tricots urticants, ce qui m'a dispensée de la pousser dans les douves. J'aurais été contrainte de le faire, elle était trop remuante. Elle aurait bien fini par découvrir l'entrée de mes appartements secrets.

– Tu t'es bien moquée de nous.

– Non, j'avais envie de vous voir triompher des épreuves. Je suivais vos progrès avec excitation. Parfois, je vous maudissais d'être si lents, si obtus. J'étais tentée de vous aider, mais il ne fallait pas que la solution vous vienne trop facilement, n'est-ce pas ?

Gilles fronça les sourcils.

– Attends ! grogna-t-il. Tu es en train de me dire que tu souhaitais nous voir découvrir le grimoire ?

– Bien sûr ! Je n'ai jamais cherché à vous en empêcher, quoi que tu puisses croire. Il fallait simplement que la chose ne vous tombe pas rôtie dans le bec, sinon elle aurait perdu toute crédibilité.

– Par les dieux ! gronda l'écuyer. Je vois où tu veux en venir. *Le manuscrit était un appât.* Tu l'as utilisé pour nous faire venir chez toi, c'est cela ?

– Oui.

– Mais pourquoi ?

– Pour me faire sortir du château, pardi ! J'avais besoin que quelqu'un me fasse traverser la forêt. Je ne pouvais pas y arriver toute seule. Je suis vieille, fatiguée, et je ne connais rien au monde extérieur. Après la mort de mon époux, je ne suis plus jamais sortie du manoir, de peur d'être lapidée par les paysans. Je me suis servie des moutons pour effrayer les vilains, pour les tenir à distance. Je savais que sans le secours de cette armée à quatre pattes, j'aurais été sans défense, vulnérable. Mais j'avais parfaitement conscience qu'il me faudrait un jour quitter le château avant qu'il ne s'écroule. Tu as entendu, toi aussi, les coups de boutoir de la marée occupée à saper les fondations. Le jour de l'effondrement est proche. Les soubassements sont disloqués par des crevasses assez larges pour engloutir un homme. Un beau matin, le manoir sera avalé par le gouffre, dans un grand craquement, et il n'y aura plus, au sommet de la colline, qu'un trou béant d'où montera le bruit de la mer.

La vieille femme se tut, le temps de réchauffer ses pieds et ses jambes maigres aux flammes du brasier. Elle se gorgeait de chaleur avec une gourmandise qui illuminait ses yeux gris.

– Je devais partir, reprit-elle. Mais j'étais prisonnière. Prisonnière des paysans, prisonnière de la forêt, des loups, des brigands... de tous ces obstacles que je me savais incapable de vaincre.

– Tu es pourtant une sorcière redoutable, objecta Gilles. Ne possédais-tu aucun enchantement pour contraindre les gens ou les bêtes à plier devant toi ?

– Je connais les pouvoirs des poudres, des herbes, des minéraux, corrigea Lilith. Je suis une bonne alchimiste, du moins je le crois. Une excellente fisicienne... mais je n'ai jamais invoqué le diable. Tout le monde est persuadé du contraire, je le sais. Cette réputation exécrable, j'en suis responsable, il est vrai, puisque c'est moi qui ai contribué à la répandre. Je voulais que mon nom traverse les étendues de la terre gaste, qu'il parvienne aux oreilles des gens de la ville.

– Pour les appâter ?

– Oui. Pour les allécher, leur donner l'idée d'envoyer quelqu'un au château de Niel. C'est ainsi que j'ai fait savoir que j'avais trouvé le secret de la transmutation des métaux. La recette pour changer le plomb en or. On ne pouvait rêver meilleur appât.

– À qui l'as-tu dit ?

– À mes serfs, qui l'ont répété aux colporteurs, qui l'ont répété à leur tour aux gens de la ville... La rumeur a fait son chemin, peu à peu. C'est ce que je souhaitais. J'ai compris que j'avais atteint mon but lorsque j'ai vu arriver des chevaliers. Braves sans doute, mais peu malins, mes pièges ont eu raison d'eux en quelques jours. Heureusement, leur disparition a contribué à attiser les convoitises. Un secret qui tue, c'est forcément un secret précieux ! Je te le répète, il ne fallait pas que les choses leur soient données avec trop de facilité. J'ai toutefois commis une erreur, je m'étais préparée à affronter des enquêteurs intelligents, des moines retors, des exorcistes soupçonneux ; l'on ne m'a envoyé que des guerriers imbéciles. Du coup, mes pièges étaient trop compliqués pour eux, trop subtils, ils s'y ruaient tête baissée... et en mouraient. Pendant longtemps, je n'ai pas compris pourquoi aucune ambassade religieuse n'investissait le château. Pourquoi seulement des chevaliers solitaires ?

Gilles se permit un rire amer.

– Parce que toutes ces expéditions étaient commanditées par un seul et même homme, fit-il. Un prieur qui agit de son propre chef, et pour son bénéfice personnel. Un bandit tonsuré que travaille la fièvre de l'or et qui œuvre en secret, à l'insu de ses supérieurs. Il ne t'expédiait que des enquêteurs clandestins, des chevaliers errants, pauvres, habitués à gagner leur vie dans les tournois. Il ne lui était pas possible de rendre la chose publique et de dépêcher une escouade de clercs escortés d'hommes en armes. Il était contraint d'opérer dans l'ombre, assez discrètement pour ne pas éveiller les soupçons de sa hiérarchie.

– Mais vous êtes venus, dit la vieille femme en se frottant les mains. Alors que je commençais à désespérer. Comme j'ai été heureuse de vous voir déjouer les pièges. La fille, cette Tara, était exceptionnelle, mais c'est toi, finalement, qui as trouvé la pelote. Vous m'avez fait peur. Vous étiez presque trop malins. J'ai craint que vous ne découvriez mon terrier.

— Tu avais tout préparé depuis longtemps, la voiture à double fond dans laquelle tu prendrais place... nos montures jetées dans le vide par tes moutons diaboliques.

— Oui, j'avais tout prévu. Quand vous avez tué le grand mâle à tête noire, j'ai cessé de nourrir les brebis avec les herbes qui rendent méchant, car il fallait que vous puissiez les utiliser pour tirer la carriole. Ton chevalier m'a donné bien du souci cependant. Il était fou, j'ai bien cru un instant qu'il allait exterminer toutes mes bêtes. Dès que tu as découvert la voiture, j'ai pris place dans le double fond. Je l'ai aménagé en prévision d'une longue randonnée. Il est fort étroit mais doublé de peaux de mouton qui vous garantissent du froid. J'y ai mis de l'eau, des provisions, tout ce qui est nécessaire à un long voyage.

— Tu comptais sur nous pour te faire sortir du château et traverser la forêt.

— Oui. Et j'ai bien fait. Il y a eu les loups, les brigands, puis encore les loups... et toutes ces lieues à parcourir sur de mauvais chemins, je n'y serais jamais arrivée seule. Tu imagines ? Une pauvre vieille perdue dans la forêt, ignorant la route à suivre. Non, c'était impossible. Il me fallait une escorte. Vous avez été mes guides et mes soldats, sans le savoir. À votre insu, vous m'avez portée à travers les obstacles, les dangers, vous m'avez amenée au seuil du monde civilisé. Je n'ai jamais contemplé une cité qu'en image, sur les méchantes reproductions que les colporteurs amenaient au château lorsque mon époux était en vie. À cette époque, nous étions encore assez riches pour faire venir des marchands des contrées les plus lointaines, c'est par eux que j'obtenais des poudres rares, des onguents. Leurs récits me faisaient voyager en imagination. Mais le baron de Niel est mort, d'une méchante fièvre. Je ne l'ai pas empoisonné, car c'était un homme bon, qui m'adorait et me passait tous mes caprices. Il m'a appris à lire, à écrire, le latin, le grec... Grâce à lui, j'ai pu étudier dans les anciens livres, constituer une bibliothèque. J'ai mené en sa compagnie une vie agréable. Il avait accepté l'idée de se damner, il ne me pressait plus de renoncer à mes pratiques « sataniques ». Je n'ai qu'un regret : n'avoir pas été assez savante pour le guérir lorsqu'il est tombé malade.

Gilles, redoutant l'un de ces couplets nostalgiques dont les vieillards sont prodigues, décida de couper court.

— Pourquoi as-tu tué Foulques de Braz ? interrogea-t-il.

— Il ne me servait plus à rien, répondit calmement la vieille femme. Nous étions sortis de la forêt. En ville, il serait devenu incontrôlable. De plus, je craignais que l'Égyptienne ne se mette en tête de réciter la formule de libération. Si elle l'avait fait, le baron n'en aurait éprouvé aucun soulagement. Il serait alors entré dans une grande colère. J'ai eu peur qu'il vous assassine, puis jette le manuscrit au feu, tout cela avant d'incendier la voiture. Je ne pouvais pas courir ce risque.

— Et Tara ?

— Elle s'était mis dans la tête de détruire le grimoire de laine pour te prouver sa bonne foi. Il était hors de question de la laisser faire. J'ai besoin de ce manuscrit pour recommencer ma vie. Je ne suis pas riche, je n'ai pu emporter qu'une bourse de pièces d'or. À la fin de son existence, le baron de Niel était ruiné, en partie à cause de moi, de mes exigences, des expéditions marchandes que je lui faisais lancer pour me procurer telle ou telle poudre rare. Toute ma fortune tient aujourd'hui dans une poche de cuir grosse comme le poing, il m'en faudra davantage pour m'installer à l'aise en quelque bonne maison bourgeoise douillettement chauffée.

– Je vois. C'est pour cela que tu as besoin du grimoire, tu vas fabriquer de l'or !

– Oui. Avec mes derniers écus, j'installerai un laboratoire et j'achèterai du plomb. Je travaillerai modestement, je fabriquerai des bijoux que je mettrai en gage... et ainsi de suite. Je resterai dans l'ombre, sans jamais me faire remarquer. Je veux juste finir mes jours dans la compagnie des hommes, me réjouir de leur agitation. J'en ai assez de la solitude. Toutes ces années au milieu des moutons ! J'ai bien failli devenir folle. J'irai au marché, je caquetterai avec les commères de mon âge, j'enseignerai des secrets de beauté aux jeunes filles, j'écouterai leurs confidences. Je mènerai une existence bien honnête, toute vouée à la gourmandise. J'irai aux bains, je ferai oindre mon vieux corps d'huile parfumée.

Elle parlait d'une voix rêveuse, détaillant un programme auquel elle avait de toute évidence longuement réfléchi dans la solitude du manoir abandonné. Gilles n'avait aucune peine à se l'imaginer, penchée sur de vieilles images de colportage aux couleurs délavées, rêvant à ce que serait sa vie hors des murailles de sa prison. Il émanait d'elle une horreur paisible, benoîte. Elle avait tué mais n'en concevait aucun remords. Gilles devinait chez elle cet égoïsme forcené qui est le propre de certains vieillards dont le champ de conscience se rétrécit au fil des ans pour ne plus s'étendre qu'à leur unique personne, à la satisfaction immédiate de leurs derniers appétits.

– Alors, maugréa-t-il, tout ce qui figure sur le grimoire n'a aucune importance ?

– La recette de la transmutation des métaux exceptée, non, avoua Lilith. Je n'ai fait que compiler des formules connues, en les arrangeant légèrement. Il fallait bien donner à l'ouvrage une apparence de sérieux. La méthode pour changer le plomb en or est exacte, elle. Je l'ai déjà expérimentée, mais elle est longue, compliquée et ma mémoire n'est plus ce qu'elle était. Je n'arrive plus à me souvenir des ingrédients, des posologies, de la hiérarchie des processus... C'est l'âge, je n'y puis rien. C'est pourquoi j'ai besoin du manuscrit. J'ai heureusement été assez avisée pour transcrire la marche à suivre en grosses lettres, de manière à rester capable de la déchiffrer même lorsque ma vue s'amenuisera.

— Tu n'avais pas besoin de tuer Tara, dit sourdement Gilles. Tu aurais pu prendre l'écharpe et t'en aller pendant que nous dormions.

Lilith secoua négativement la tête.

— Non, fit-elle. La petite garce ne m'aurait pas laissée faire. Et puis nous sommes encore loin de la ville ; la lande est trop vaste pour mes vieilles jambes.

Elle pencha la tête de côté pour observer l'écuyer. Un pli ironique marquait ses lèvres.

— Tu étais amoureux d'elle, n'est-ce pas ? lança-t-elle. C'était sans espoir, crois-moi. Elle ne pensait qu'à son beau chevalier. Elle imaginait de le guérir... Quelle pitié ! Une drôle de gamine ; tantôt d'une intelligence acérée, tantôt d'une sottise aveugle. Tu n'existais même pas pour elle, et pourtant tu es un gentil garçon, d'aspect plutôt avenant. Mais il en va ainsi des femmes et de leurs affaires de cœur. La logique n'y est point sollicitée.

Gilles ne dit rien. Le feu s'éteignait. Le vent plaquait la fumée au ras du sol.

— Que veux-tu faire à présent ? s'enquit-il. Tu sais que je suis un rude combattant et que tu auras du mal à me tuer.

La vieille eut un geste d'apaisement.

– Assez de tueries, dit-elle. Nous pouvons faire un pacte. Je sais que tu n'as pas l'intention de me voler le grimoire. Si tu acceptes de me conduire jusqu'aux faubourgs de la cité, je te prendrai à mon service, car je suis vieille, sans force, et je ne connais rien aux usages du monde. Les filous de la ville auront tôt fait de me dépouiller. J'ai besoin d'un homme de confiance qui traitera en mon nom. Tu commenceras par être mon valet, puis, quand nous jouirons de quelque aisance, je ferai de toi mon intendant... Est-ce assez honnête à ton goût ?

Gilles écarquilla les yeux. Par la malemort ! Il n'avait pas prévu que les choses prendraient cette tournure. Il ne devait pas répondre à la légère ; entrer au service d'une sorcière, c'était courir le risque de finir sur le bûcher.

– Accepte ! le pressa la vieille. J'ai peur de ce qui m'attend là-bas. Les aigrefins me détrousseront dès la première nuit. J'ai toujours su qu'une fois hors du château, je ferais une victime de choix. Aide-moi, je t'apprendrai à faire de l'or. Plus tard, quand je serai morte, tu pourras reprendre ce commerce à ton compte. C'est un métier qui a de l'avenir. Tu hésites ? Alors qu'il y a deux jours tu étais encore au service d'un ogre ! Tuer des enfants et les dévorer te semblerait-il moins grave que de fabriquer quelques lingots ?

Gilles hésitait. Valet chez une sorcière ! Il n'avait jamais envisagé cela. Il la contempla. Elle était petite, maigre, chenue et grise de poil, mais ses yeux brillaient d'une malice infinie. Elle avait été capable d'élaborer un stratagème démoniaque pour se faire transporter là où elle le désirait, et cela à l'insu de tous. C'était une tueuse redoutable, et elle n'existait même pas puisque tout le monde la croyait morte depuis longtemps.

Pour l'heure, elle avait l'air d'une vieille bergère, mais l'écuyer ne doutait pas qu'elle soit en mesure de se métamorphoser en bourgeoise, puis en dame de qualité dès qu'elle en aurait l'occasion. D'ailleurs, quand on l'examinait avec attention, on se rendait compte qu'elle n'était ni laide ni souillon. Une fois coiffée, vêtue de belles étoffes, elle pourrait même être courtisée par quelque barbon. Elle était capable de renaître de ses cendres, cela ne faisait aucun doute.

– Je veux ouvrir un commerce de drap, insista Lilith. La laine, les étoffes n'ont pas de secret pour moi. Nous fabriquerons juste assez d'or pour nous financer, ensuite, nous mènerons une vie honnête. Le beau drap vous ouvre toutes les portes, y compris celles des princes. Si tu sais y faire, tu te trouveras bien vite de hautes protections. (Elle se tut, tisonna la cendre avec une badine, et conclut :) Finalement, j'étais faite pour tenir boutique, voir du monde, cancaner avec les commères du coin de la rue. Je me suis égarée en sorcellerie comme on se perd dans la forêt. Je dois rattraper le temps perdu. Il me reste encore quelques années, je le sais, j'ai fait mon horoscope. J'ai encore deux bonnes décennies devant moi, et je compte en profiter. Tu vas m'y aider. Dans vingt ans, quand je rendrai le dernier souffle, tu seras devenu un gros bourgeois ayant pignon sur rue, un notable, et tu penseras en souriant à la conversation d'aujourd'hui, à ces paroles que nous échangeons devant un feu qui s'éteint, au milieu des flocons de neige, tandis que les corbeaux passent et repassent au-dessus de nos têtes.

– Et que gît derrière nous le cadavre d'une jeune fille assassinée, termina Gilles.

Mais Lilith ne réagit pas. Peut-être même avait-elle déjà chassé de son esprit le souvenir de Tara l'Égyptienne.

L'écuyer lutta contre la haine qui montait en lui. Tant d'épreuves, tant de morts pour satisfaire les rêves d'embourgeoisement d'une sorcière vieillissante ! Ils étaient venus à son secours, tels des nautoniers, des passeurs. Ils lui avaient fait franchir le fleuve dangereux qui la séparait du monde des vivants... et elle les avait assassinés. En guise de remerciement.

— Alors ? s'enquit Lilith de Niel. Acceptes-tu ma proposition ? Je te le répète, les risques seront minimes. Nous ne fabriquerons que l'or nécessaire au lancement de nos entreprises. J'en ai assez de la sorcellerie. J'ai envie de jouer à l'honnête femme, à la commerçante respectée. De faire du lard en mangeant des petits pâtés. J'irai à la foire, à la messe, je ferai carême. Nous deviendrons, toi et moi, des personnes fort fréquentables. Peut-être même aurons-nous nos œuvres, nos pauvres ? Ce serait drôle, non ? D'ici dix ans, nous aurons oublié d'où nous venons, nous nous serons tellement pris à notre propre jeu que tout ce qui aura précédé nous semblera sorti d'un rêve. Quand je mourrai, tu hériteras de tout. C'est un bon traité, ne le repousse pas. Quel avenir t'attend ? Tu veux donc continuer à fourbir les épées, les armures ? Lorsque tu seras trop vieux pour te hisser en selle, tu n'auras plus qu'à chercher refuge chez les moines, comme tous les vieux soldats. Tu deviendras frère porcher... Tu mourras misérable, forcé de t'agenouiller pour dire mille prières malgré tes articulations rhumatisantes. Est-ce vraiment cela que tu veux ?

— Non, avoua Gilles.

— Alors aide-moi à m'installer dans la voiture, ordonna la vieille femme. Sors-en au préalable le cadavre de l'Égyptienne, elle n'a plus besoin d'avoir chaud. Nous abandonnerons la carriole une fois arrivés aux abords de la ville. Sa forme étrange attirerait trop l'attention sur nous.

L'écuyer obéit, la mort dans l'âme. Ayant fait coulisser le panneau, il saisit Tara dans ses bras. Il se rappela qu'il l'avait déjà serrée contre lui, nue, une fois qu'elle sortait de la grande cuve où elle s'immergeait pour lire les livres phosphoriques, et que sa peau lui avait semblé désagréablement froide. C'était la même chose aujourd'hui. Jamais il n'aurait eu la chance de pouvoir caresser la chaleur de son ventre quand la vie l'irradiait d'un feu intérieur. Les mâchoires serrées, il la porta à l'écart et la déposa dans la neige. Les bêtes sortiraient du bois pour la manger dès que le convoi aurait repris sa route. C'était grande pitié de voir finir ainsi une si belle femme.

Quand il se redressa, Lilith de Niel était en train de s'envelopper dans l'immense écharpe de laine tatouée de formules magiques. Une fois entortillée dans son propre grimoire, elle posa sur ses épaules un manteau de toile huilée qui protégerait l'ouvrage maléfique de la pluie et des flocons de neige. Gilles l'aida à se hisser dans la voiture.

— Combien de temps faudra-t-il pour atteindre la ville ? demanda-t-elle.

— Nous y serons avant midi, assura l'écuyer. Au sortir de la lande, il y a un petit pont qui enjambe une rivière. C'est là qu'il conviendra de laisser la carriole. Des mendiants en feront leur maison.

— Nous garderons les moutons, exigea Lilith. Tu les vendras... ou tu les donneras à un aubergiste pour payer notre séjour. Ensuite, il faudra se mettre en quête d'un logis et d'une boutique. J'ai emporté quelques belles pièces de toile en quittant le château, elles sont dans le double fond du chariot, tu t'en chargeras. Elles contribueront à asseoir notre réputation de drapiers. J'en sais autant sur le tissage que sur la sorcellerie, et j'ai découvert quelques secrets de fabrication qui valent bien celui de la transmutation des métaux ! Notre fortune est assurée, je puis te le garantir.

Gilles ne répondit pas mais se porta en tête de l'attelage pour donner aux moutons le signal du départ. Les pauvres bêtes n'en pouvaient plus.

Résistant au désir de se retourner pour contempler une dernière fois le visage de Tara, l'écuyer s'engagea sur la lande, les brebis trottinant à ses côtés.

Ainsi, après avoir servi un ogre, il entrait sous la coupe d'une sorcière. Il ne doutait plus, désormais, de finir aux enfers.

CHAPITRE VINGT-SIX

L'AUTRE RIVE

La plaine était déserte, noyée de brume matinale. Les moutons s'y engagèrent, plus crottés que jamais. Épuisés, ils avaient même renoncé à bêler.

La carriole funèbre cahotait sur le chemin tandis que ses essieux produisaient un bruit lancinant portant loin sur la lande. On voyait à peine la ville dont les contours se réduisaient à des pans de fumée sombre que Gilles craignait de voir soudain s'effacer. Il avait l'impression d'avancer au milieu d'un mauvais rêve. Était-il en train de se damner ? Bien qu'il soit assez peu porté sur la religion, cette éventualité l'effrayait.

Il marcha toute la matinée, remâchant ces pensées. Quand il arriva enfin aux abords de la rivière, il arrêta l'attelage et s'avança vers la voiture pour aider sa nouvelle maîtresse à descendre. Il était temps de se séparer du cercueil à roulettes si l'on ne voulait pas être regardés de travers en franchissant les portes de la cité. On aurait bien du mal à se faire admettre des habitants du lieu si l'on commettait la fantaisie d'en franchir l'enceinte dans un catafalque tiré par des moutons noirs de boue ! Il libéra les bêtes de leurs sangles. Elles se précipitèrent vers la rivière pour se désaltérer.

– Nous y sommes, annonça-t-il en donnant du poing sur le toit du véhicule. Dis-moi ce que je dois prendre dans le double fond. Il ne faut pas s'attarder car nous risquons d'ici peu de croiser des marchands.

Il tendit le bras à la vieille pour l'aider à s'extraire du coffre mobile.

– Une fois à l'intérieur de la cité, il faudra me montrer plus de respect, grommela Lilith de Niel. Tu n'es pas mon fils, cela se voit de prime abord. Je te présenterai donc comme mon homme à tout faire. Je te dirai « tu », mais tu devras t'adresser à moi en me donnant du « maîtresse »... Ne m'appelle surtout pas Lilith, c'est un nom qui fait dresser l'oreille aux prêtres et les met d'emblée dans de mauvaises dispositions. « Maîtresse Jeanne » fera très bien dans le tableau.

Elle répéta ce nom, pour le goûter... ou pour le graver dans sa mémoire. Le grimoire de laine dont elle était enveloppée lui faisait une silhouette courtaude, potelée, qui contrastait étrangement avec la maigreur de sa longue figure.

Gilles s'agenouilla pour accéder au double fond.

– Que dois-je prendre ? répéta-t-il.

– *Ceci !* répondit Lilith de Niel, et, tirant une aiguille à tricoter de sous ses vêtements, elle la planta dans la poitrine de l'écuyer.

Le jeune homme poussa un cri rauque et tomba sur le dos.

– Pauvre niais ! lui cracha la vieille femme. Tu t'imaginais donc que j'allais m'embarrasser de toi ? Quand on veut recommencer sa vie, il ne faut jamais traîner derrière soi quelqu'un qui connaît votre véritable identité. C'est pour cette raison que j'avais prévu de vous tuer tous. Tu m'as bien servi, mais c'est assez maintenant, je vais te laisser là tandis que j'irai tranquillement vers mon nouveau destin.

Fouillant dans sa bourse, elle en tira une pièce d'or qu'elle jeta à sa victime.

– Tiens ! dit-elle. Voici tes gages, pour solde de tout compte. Tu les utiliseras pour payer le nautonier des enfers quand il te mènera de l'autre côté de la vie, sur la dernière rive.

Gilles suffoquait ; la douleur le tenait cloué au sol. Il savait sa blessure mortelle. Dans un instant, il rendrait l'âme. Il lui semblait sentir le sang couler à l'intérieur de sa poitrine.

– Adieu, fit Lilith de Niel en lui tournant le dos. Bonne mort. Transmets mon salut à Foulques de Braz et à la petite Égyptienne. Vous avez été de bons serviteurs.

Alors la rage s'empara de l'écuyer, et, dans un dernier sursaut, il jeta les jambes en avant, frappant la vieille à la hauteur des reins. La sorcière poussa un cri de souris prise au piège et perdit l'équilibre. La seconde d'après, elle tombait dans la rivière. Gilles roula sur le flanc pour la regarder se débattre. Il savait qu'il n'aurait pas assez de force pour la rejeter dans le torrent si jamais elle parvenait à se hisser sur la berge. Mais Lilith paraissait s'affoler, et le jeune homme ne tarda pas à comprendre pourquoi : le grimoire tricoté dont elle s'était si bien enveloppée rétrécissait au contact de l'eau, l'emprisonnant dans une camisole durcie qui entravait ses mouvements ! Comme l'avait jadis prévu Tara, la métamorphose avait été instantanée. Lilith se trouvait tout à coup plus ligotée qu'un cadavre cousu dans un linceul et jeté dans la fosse commune. Les bras serrés le long du corps, les jambes entravées, elle ne pouvait esquisser aucun des mouvements qui lui auraient permis de se maintenir à la surface. Elle était en train de couler à pic. Elle était en train de se noyer !

Gilles la regarda s'enfoncer dans les eaux boueuses avec une grande satisfaction. Le grimoire de laine, à présent plus dur que du carton, enveloppait la mégère de ses multiples épaisseurs, tel un sarcophage. Elle essaya bien de crier une dernière malédiction, mais l'eau lui emplit la bouche, et elle disparut. Ses longs cheveux gris flottèrent une seconde derrière elle, à la façon d'une vilaine fleur aquatique, puis la rivière se referma sur la bergère de Niel. Tout était dit.

— Bon voyage ! lui cria Gilles. Et que la laine te tienne bien chaud là où tu vas !

Il ne put rien ajouter car la douleur le foudroya. Il se laissa tomber sur le dos, et lança une main en aveugle pour explorer sa poitrine. Ses vêtements étaient tout englués de sang, un trou crevait son sein gauche juste au-dessus du cœur. C'était comme s'il avait reçu une flèche, qui l'aurait percé de part en part. Il se demanda avec effroi s'il était en train de mourir.

Le sang s'écoulait de son sein en un flot continu ; un instant, il fut tenté d'aveugler la plaie en la bourrant avec de la vase, mais ç'aurait été inutile.

Déjà son corps se refroidissait, ses nerfs s'engourdissaient. Il ne sentait plus ni ses pieds ni ses jambes. Dans un dernier réflexe, il tira son coutelas, pour affronter les ombres montant des abîmes. Il voulait mourir en guerrier, la lame à la main. Après tant de batailles, tant d'aventures, périr par la traîtrise d'une vieille femme. C'était bête... *si bête*.

Le froid grimpait vers sa poitrine, lui gelant les mains. Ses doigts étaient à présent aussi glacés que l'acier de la garde sur laquelle ils se crispaient.

L'ultime chose qu'il entendit fut le bourdonnement des fées tournant autour de son crâne pour lui voler ses derniers souvenirs.

Chapitre vingt-sept

LA FIÈVRE DE VIE

Il avait la fièvre. Une fièvre qui le brûlait comme si on l'avait immergé dans une marmite d'eau bouillante. La sueur ruisselait sur son visage, lui piquant les yeux. Il en percevait le goût salé sur ses lèvres. Tout ce sel lui donnait soif.

Le pire, c'était cette impression d'avoir les pieds dans le feu. Avait-il été victime des « chauffeurs », ces bandits de grand chemin qui torturaient les paysans en leur carbonisant les orteils pour leur faire avouer où ils cachaient leur magot ?

Non, c'était idiot, rien de tout cela ne pouvait lui arriver puisqu'il était... *mort*.

Et pourtant la fièvre...

Avait-on la fièvre quand on avait trépassé ?

Il se rappelait encore l'affreuse montée du gel dans ses membres, l'engourdissement des nerfs cessant de fonctionner. Le froid, la glace s'installant dans ses veines, dans sa tête.

Il avait chaud, beaucoup trop chaud. La brûlure, d'abord agréable, devenait souffrance.

Il ouvrit enfin les yeux, se dressa sur un coude.

Il se trouvait toujours allongé dans l'herbe au milieu d'une grande tache de sang séché ; l'hémorragie avait amidonné ses vêtements déchirés, mais...

Il n'était pas encore mort... ou bien son âme, après avoir quitté son corps, s'était égarée au pays des ombres. Bientôt il allait voir surgir Tara, le baron. Et Lilith de Niel, sans doute ! Tous se retrouveraient sur la rive du grand fleuve des enfers, attendant d'être conduits, qui au purgatoire, qui aux enfers.

Il perdit de nouveau conscience, et cela pendant un temps inappréciable. Lorsqu'il souleva les paupières, un mouton lui léchait la figure. Tournant la tête, Gilles s'aperçut que les brebis de l'attelage s'étaient regroupées autour de lui, comme elles avaient sans doute l'habitude de le faire, jadis, avec leur maîtresse. Leurs corps laineux avaient formé un rempart efficace contre le froid. L'écuyer n'osait encore bouger. Était-il en enfer ? Mais dans ce cas, les enfers ressemblaient étrangement à la lande où il s'était abattu la veille. La carriole était toujours là, et le petit pont, et la rivière.

Interdit, il baissa les yeux vers sa poitrine, puis écarta les vêtements encroûtés de sang séché. La plaie s'était refermée d'elle-même.

« Je me suis trompé, songea le jeune homme. Le cœur n'a pas été touché. L'aiguille n'a fait que transpercer le poumon. »

Il connaissait bien ces sortes de blessures. Impressionnantes, elles pouvaient guérir d'elles-mêmes en un temps très bref. Il avait vu des soldats transpercés par une flèche qui, trois jours après avoir été cloués au sol au beau milieu d'une bataille, trottaient comme les autres sitôt la plaie aveuglée.

Il se releva précautionneusement. La tête lui tournait, ses jambes le soutenaient à peine. Il s'explora encore pour s'assurer que la blessure était bien obturée. Quand il en fut certain, il se mit en marche, ne sachant pas très bien où il allait. Les moutons lui emboîtèrent le pas.

Les fées bourdonnaient autour de lui sans oser l'approcher, comme si sa fièvre les effrayait.

Il marcha longtemps, dans un halo de brûlure, s'étonnant de ne pas voir l'herbe prendre feu sous ses pas.

La fièvre le poussait à avancer comme s'il était nécessaire qu'il se déplace dans le vent pour se refroidir un peu.

Il continua sa route, jusqu'aux abords de la cité. Là, il s'arrêta pour souffler et s'adossa à une borne de pierre.

Pour se donner une contenance, il enfonça les poings dans ses poches. C'est ainsi qu'il sentit quelque chose de dur dans son pourpoint. Une pièce d'or. Il s'en saisit.

C'était l'écu que Lilith de Niel lui avait jeté au moment de tourner les talons. L'écu qu'elle lui avait abandonné pour payer son passage dans la barque des enfers. Il se rappelait l'avoir saisi au vol, dans un geste instinctif. Ses doigts avaient fait le reste, par réflexe d'homme pauvre.

L'or brillait au soleil d'un éclat lourd. Il y avait là de quoi s'acheter un cheval, des vêtements neufs, et passer les trois prochains mois au bordel jusqu'à s'en sécher les couilles. Qu'est-ce qu'un écuyer sans maître pouvait rêver de mieux ?

« Ici, dit le conteur, s'arrête pour l'heure le récit des exploits de Gilles. Mais son périple ne fait que commencer et d'autres aventures feront bientôt de lui un esclave, un chevalier... peut-être même un roi.

Car qui peut savoir jusqu'où va la malice du destin ? »

Composition réalisée par P.P.C.

Imprimé en France sur Presse Offset par

BRODARD & TAUPIN

GROUPE CPI

La Flèche (Sarthe).
N° d'imprimeur : 9920 – Dépôt légal Édit. 16119-11/2001
LIBRAIRIE GÉNÉRALE FRANÇAISE - 43, quai de Grenelle - 75015 Paris.

ISBN : 2 - 253 - 17203 - 0